나를 바꾸는 시 읽기

시마을로 가는 징검다리

유 종 화 지음

새로운눈®^^

정리본을 내며

22년 만에 다시 정리한다.

이 책은 시와 노래를 합친 시노래(PoemSong)에 관한 글 묶음이기에 첫 번째 시노래 음반인 《노래로 듣는 시》에 실린 노래에 대한 이야기를 중심으로 재구성했다.

일반 가요 음반에 시를 가사로 써서 작곡한 노래가 한두 곡 끼어 있은 적이 있지만 음반 전체가 시노래로 채워진 적은 없었다. 그러기에 1994년에 출반된 《노래로 듣는 시》는 우리나라 시노래 음반의 효시라고 말할 수 있다.

이러한 작업은 자꾸만 멀어져가는 시와 독자와의 거리를 좁히기 위한 방법 중의 하나로 시도한 것이다. 1980년대 후반부터 이런 일을 시작했는데 시에 가락을 붙이면서 거기에 대한 해설도 함께 썼다. 그 해설들을 묶어서 낸 책이 《시마을로 가는 징검다리》다.

《노래로 듣는 시》와 관계가 있는 것들을 2부에 '나를 바꾸는 시 읽기'라는 소제목으로 따로 묶었고, 그 후에 쓴 곡과 거기에 얽힌 이야기들은 3부에 두었다. 또 그 당시에 그런 작업을 하면서 썼던 다른 글들을 모아 맨 앞에 배치했다. 모두 다 시에 대한 접근을 위해 쓴 글들이다.

이렇게 나누어서 구성해놓고 보니 어수선했던 책이 제법 단정해졌다. 그래서 '정리본'이라는 이름을 붙여 본 것이다. 이제야 《시마을로 가는 징검다리》가 본모습을 찾았다는 생각이 든다.

이 글을 쓰고 있는 나는 지금 행복하다. 20여 년이라는 긴 세월 동안 잊지 않고 꾸준히 찾아준 독자가 있었기에 가능한 일이 아니겠는가. 그들에게 고마운 마음을 전한다.

2018년 1월
유 종 화

시에 대한 접근을 위하여

그동안 시를 쓰다가 막힐 때면 다른 사람들은 어떻게 쓰나 하고 남의 시집을 기웃거리다가 노래 같은 시들을 많이 만날 수 있었다. 그냥 흥얼거리면서 읽다 보면 어느새 노래가 되어 버리는 그런 시 말이다. 나는 그때마다 어설픈 기타 실력으로 입 안에서 맴도는 음 하나하나를 더듬거리면서 적어 두었는데, 그것이 모여서 제법 책 한 권 분량이 되길래 『개망초꽃』이라는 시가집으로 묶어 보았다. 그리고 그 중 1부에 실린 곡들을 중심으로 『노래로 듣는 시』라는 음반을 내게 되었다.

그러는 동안에 몇 가지 느낀 게 있다.

하나는 사람들이 대체로 시를 '겉멋' 정도로 생각하고 거의 읽지 않는다는 점이다. 『노래로 듣는 시』에 실린 시 중에 가장 많이 알려졌다고 생각되는 곽재구의 시 「사평역에서」도 아는 사람이 그리 많지 않았다. 다만 한하운의 「전라도 길」은 교과서에 실렸었기에 학창시절의 기억을 더듬어 기억할 정도였다. 그러니까 결국은 교과서에 실린 시 말고는 거의 시를 접하지 않는다는 말이다. 어쩌면 시를 읽는 사람은 결국 서로 다른 사람의 시를 찾아 읽는 시인들 자신뿐이라는 생각이 들 정도였다.

하나는 읽기보다는 듣기를 좋아한다는 점이다. 녹음기에서 흘러나오는, 가락에 실린 시를 들으면서는 그나마 약간의 관심을 보여

주었다.

또 하나는 시를 굉장히 어렵게 생각한다는 점이다. 몇 번 읽어보았는데 무슨 말인지 모르겠다는 사람들이 많았다. 이 점에 대해서는 시인들의 책임도 크다. 십 년 가까이 시를 읽어 온 나도 전혀 이해할 수 없는 시들을 수없이 만나왔다. 이러한 시들을 읽다가 사람들이 시에 등을 돌리는 것은 어쩌면 당연한 일인지도 모른다.

그러나 세상에는 그런 시만 있는 것이 아니다. 우리의 정서를 우리가 알 수 있도록 쓴 시들은 얼마든지 있다. 그런 시들을 보면서 "어, 이건 내 얘기인데"하면서 자신을 한번 돌아다보고 자기가 몸담은 세상을 이제까지와는 다른 시각으로 바라볼 수 있다면, 그게 바로 시를 쓰고 읽는 가치가 아닌가 생각한다. 이런 얘기를 쓰고 있으려니 잘 알지도 못하는 주제에 무슨 문학개론 강의하는 것 같아 머쓱한 느낌이 든다. 사람들에게 필요 없는 것은 세월이 흐르는 동안 자연스럽게 다 사라져갔다. 그런데 가장 오래된 장르인 시가 지금까지 남아 있는 것을 보면 시는 분명 우리에게 쓸모 있는 것임에 틀림없다.

시가 본래 그 옛날 종합예술 시대에 춤과 함께 부르던 노래의 가사였기에 시의 노래화는 결국 시의 본래 모습을 찾아가는 작업이다. 서사적인 줄거리나 비유로부터 발생되는 이미지 등 시적인 장치들이 다 중요하지만 그것이 운율을 타고 밀려올 때 우리에게 더 친숙하게 다가옴은 부인하지 못할 것이다.

결국 시의 노래화는 보는 시에서 듣는 시에로의 전환이라고 볼 수 있는데, 그것이 그동안 시를 멀리했던 사람들에게 좀 더 가깝게 하는 일이라면 결코 '쓸데없는 짓거리'만은 아닐 성싶다. 아무리 좋은 시가 있다한들 그것이 책갈피 속에 누워 있다면 무슨 소용이 있겠는가. 임헌영은 「시와 노래의 하나됨을 위하여」에서 "이제 우리 시는 노래로 불리기를 부끄러워할 필요도 없고 작곡가는 노랫말을 훌륭한 시에서 찾는 작업이 보다 활성화되었으면 싶다. 노래와 시는 결국 만날 수밖에 없는 숙명이니까"라고 말한다.

어떤 시든지 가만히 살펴보면 그 속에 음악적인 리듬이 숨어 있다. 시의 노래화는 시 속에 숨어 있는 그런 음악적인 리듬을 살려내서 좀 더 쉽고 친숙하게 독자에게 다가갈 수 있도록 하는 작업이다.

이 자리에서 시의 방법 중 어느 것이 좋고 나쁨을 따지려는 것은 아니다. 그럴 능력도 없거니와, 다만 시와 독자와의 사이가 아스라이 멀어져 가는 시대에 그 사이를 조금이라도 좁혀 보는 일 중에 시의 노래화는 전달 효과가 가장 빠른 것이라는 점에서 상당한 역할을 할 수 있을 것이라고 생각한다.

이 글은 시에 대한 접근 방식의 하나로 음반에 실린 시에 대한 해설을 모아 놓은 것이다. 일종의 시를 위한 산문인 셈이다. 다분히 평론적인 성격을 띤 글이지만 쉽게 풀어쓰려고 노력했다. 노래화된 시를 따라 부르면서 뜻이 통하지 않을 때 펼쳐 읽다 보면 자연스럽게 시와 친숙해질 것이다.

인용된 글이나 시의 출전과 출판사를 밝혀 두었다. 이는 여기에서 거론된 시집이나 비평서만 찾아 읽어도 어느 정도 시에 대한 안목이 트이고, 더 나아가 스스로 다른 책을 찾아 읽을 수 있는 데까지 갈 수 있을 거라는 생각 때문이다.

나는 가끔 "읽을 만한 책이 없다"라는 말을 듣는다. 맞는 말이다. 읽지 않으면 다음에 무슨 책을 읽어야 할지 몰라서 실제 읽을 책을 찾으려 해도 그럴 수 없게 된다. 친구도 자주 만나야 할 말이 많은 법이지 어쩌다 만난 친구는 처음에는 반갑지만 실제로 별로 할 말이 없어 서먹서먹해지는 경우와 마찬가지다. 그래서 "맞는 말이다"고 했다. 그러나 어느 정도까지만 찾아 읽다보면 자연스럽게 다음에 읽어야 할 책이 머릿속에 그려진다. 그런 이유에서 꼭 읽어

보기를 권하는 마음으로 시가 실린 시집의 제목과 출판사를 적어 둔 것이다.

처음에 이 책의 제목을 『남들보다 조금 늦게, 어색하게 웃는 사람』이라고 하려 했다. 그것은 내가 '나'를 생각해 볼 때 꼭 그런 사람이었기 때문이다. 친구들끼리 모여 앉아 이야기를 하다가 어떤 책의 문구(그것도 많이 알려진)를 재치 있게 인용한 말을 듣고 다들 한바탕 웃어대는데, 그런 말은 생판 처음 들어보는 것이라서 웃기지도 않는데 따라 웃자니 이상하고, 그렇다고 다들 웃는데 가만히 앉아 있자니 혼자만 무식한 것 같아서, 남들보다 반 박자 늦게 어색하게 따라 웃은 적이 많이 있었다. 어쨌든 나는 그런 사람이었다. 그래서 책읽기를 시작했고, 이제 그런 이야기를 들려주는 책의 머리말을 쓰고 있다.

이번에 내놓는 『시마을로 가는 징검다리』를 통해서 많은 사람들이 시에 관심을 갖고 더욱 친숙해졌으면 좋겠다. 그리고 남들과 박자를 맞추어서 시원스럽게 웃어젖힐 수 있으면 더욱 좋겠다.

서문이 너무 길어졌다. 그것은 미련이 많은 내 천성 탓이다. 끝으로 인사드릴 사람이 너무 많아서 생략한다. 다만 부족하지마는 이런 책이 나올 때마다 보아주실 아버지가 계셔서 행복하다. 올해 일흔넷이신 아버지께서 다음에도 또 다음에도 건강한 모습으로 계속해서 이런 행복한 끝인사를 쓸 수 있게 해 주셨으면 좋겠다. 그리고 이런 일을 한답시고 자주 놀아 주지도 못한 옥선이랑 태영이랑 인영이에게 미안한 마음을 전한다.

1996년 4월
유종화

목 차
- 나를 바꾸는 시 읽기 -

1
시는
꼭 아름다운
꽃이어야만 하는가

인생, 그리고 외상값

　게을러진 탓일까? 요즘은 자꾸 짧은 시에 눈이 쏠린다. 간결하면서도 뭔가 오랫동안 생각을 하게 하는 그런 시 말이다.
　짧다고 해서 다 여운을 남기는 것은 아니지만 아무튼 요즘 시를 읽으면서 선시 같은 시들을 종종 만날 수 있고, 자꾸 거기에 눈이 머무는 것은 어쩔 수가 없다.

　　연탄재 함부로 발로 차지 마라
　　너는
　　누구에게 한 번이라도 뜨거운 사람이었느냐

　　　　　　　　　　　　　　　　-안도현 「너에게 묻는다」 전문

　금방이라도 덤벼들 듯한 생각이 드는 이 시를 읽고 나는 뒤통수를 한 대 얻어맞은 기분으로 멍하니 뭔가 모를 감정에 빠진 적이 있었다. 정말로 나는 '누구에게 한 번이라도 뜨거운 사람'이었을까.

　　마을이 가까울수록
　　나무는 흠집이 많다

　　내 몸이 너무 성하다

　　　　　　　　　　　　　　　　-이정록 「서시」 전문

단아하면서도 오랫동안 사색에 빠뜨리게 해 주는 시이다. 특히 1연과 2연의 사이에서 상상의 날개를 펼쳐본다면 몇 시간 정도의 얘깃거리와 생각거리가 있을 것이다.

점점 길어지기만 하는 요즘의 시들을 읽다가 이렇듯 산뜻하면서도 뭔가를 생각하게 해 주는 시를 만나면 신선한 충격을 느끼고, 다시 한 번 자신을 돌아보는 시간을 가지게 된다.

이번엔 어느 학생이 쓴 「인생」이라는 시를 보자.

산 오징어 만 원

죽은 오징어 오천 원

언뜻 보아서는 시 같지도 않지만 찬찬히 들여다보면 '오천 원'과 '만 원' 사이에서 느낄 수 있는 인생의 의미를 읽어낼 수 있다.

시인은 횟집 앞에 붙어 있는 가격표를 그대로 옮겨 놓은 것 같은데, 「인생」이라는 제목과 관련해서 생각해 보면 '삶'이라는 것과 '산 것과 죽은 것 사이', 그리고 '서글픔' 등 많은 것을 떠올리게 한다.

병든 아우야 내년의 단풍 보고 죽어라

단 1행으로 된 고은의 「내장산」이라는 시이다. 어떠한 미사여구를 다 동원한다 해도 내장산 단풍의 아름다움을 이처럼 감동 깊게 그려내기는 힘들 것이다. 아름다운 단풍의 모습을 아무리 세세히 그려준다 한들 '병든 아우에게 내년의 단풍 보고 죽'으라는 진술보다 더 감동적으로 와 닿게 할 수 있을까.

이것이 시의 매력이다. 짧은 진술이나 고도로 압축된 묘사 속에서 허우적거리며 한참 동안을 헤매게 할 수 있는 힘. 그것이 바로 시가 주는 맛이다.

이 시만 해도 그렇다. 얼마나 아름다웠으면 ㄱ 경치를 보지 못하고 죽는 것을 억울하다고까지 말할 수 있겠는가.

시의 내용을 풀어보면, '내장산의 경치는 참 아름답다.' 그러니 '죽기 전에 꼭 보아둘 만한 가치가 있다.' 정도가 될 것이다.

똑같은 의미를 지녔어도 시와 설명은 이처럼 맛이 다르다. 위의 설명만 듣는다면 긴장감도 없이 맥이 풀리고 만다. 이런 말을 들으면 그저 그런 얘기려니 하고 넘어갈 뿐 감동으로 다가오지 않는다.

그러나 이 시는 다르지 않는가. '아름답다'라는 표현이 한 마디도 없지만 얼마만큼 아름다운 모습일지는 군이 설명을 하지 않아도 가슴으로 느낄 수 있을 것이다. 그것이 바로 시가 주는 감동이다.

> 등을 씻다가 무심결인 듯 아내는
> 내 불알을 만진다 손아귀에 쥔 거
> 귤만하여 무슨 향기라도 나는 건가
> 인제는 이러한 일도 무심하구나
>
> -강우식 「귤」 전문

피식 웃음이 나오면서도 뭔가를 생각하게 해 주는 시다. 하나가 되어 살아가는 중년 부부의 모습이 선명하게 그려지지 않는가. 그리고 4행의 '인제는 이러한 일도 무심하다'라는 진술에서는 앞서 말한 '인생'에 대해서 담담하게 생각할 수 있는 푸근함을 안겨준다.

황인숙의 「삶」이라는 시를 읽으면서 마치자. 제목처럼 우리들의 삶에 대해서 이런저런 생각을 하게 해준다. 특히 문장부호를 유심히 보면서 시를 읽는다면 거기에 숨어있는 삶에 대한 생각도 함께 느낄 수 있을 것이다.

왜 사는가?

왜 사는가······

외상값.

문학, 사람 그리고 만인보

시에 대한 선입견을 버려야

누가 나에게 이 가을에 읽을 만한 책 한 권 없냐고 물어온다면 서슴없이 『만인보』(창비)를 읽어보라고 권하겠다.

『만인보』는 고은이 쓴 시로, 만여 명의 특징을 잡아 형상화시키려고 시작한 일종의 인물 서사시다. 지금까지 15권이 출간되었는데 그 속에는 천오백 명 정도의 사람들 모습이 그려져 있다. 1권을 먼저 읽어도 좋고 15권을 먼저 읽어도 괜찮다. 한 편 한 편이 독립되어 있어서 읽는 순서는 아무래도 상관이 없다. 그 속에 들어 있는 천오백여 명의 사람들 속에는 우리들의 역사, 우리들의 아버지, 우리들의 이웃, 또 우리들의 모습이 그려져 있다.

그런데 고은이나 김지하 또는 양성우 같은 시인을 권할 때는 한 가지 꼭 덧붙여 얘기해야 할 것이 있다. 아직 그들의 시를 접해 보지 않은 사람들은 그들의 시가 거칠고 투쟁적이고 어떤 이념을 앞세우고 있다고 생각하고 읽기를 거북하게 생각한다는 점이다. 그러나 실제로 읽어보면 그렇지 않다. 그들의 시 속에도 똑같이 사람 사는 모습이 들어 있다.

신경림은 양성우의 시집 『청산이 소리쳐 부르거든』(실천문학사)의 서문에 "어떤 평론가가 그를 목청이 높은 시인의 예로 들길래, 그의 시를 읽어 본 일이 있냐고 물었더니, 시는 읽지 못했다고 해서 고소를 금치 못했던 일이 있다"고 말하고 있다.

고은의 경우도 마찬가지다. 그의 시를 읽어보지도 않고, 일단 그의 이름만 듣고 그의 시가 격하고 거칠 것이라는 선입견을 갖고 멀리하는 경우가 있다.

정말 그런지 『만인보』 제1권에 나오는 「딸그마니네」를 읽어 보자.

갈뫼 딸그마니네 집
딸 셋 낳고
덕순이
복순이
길순이 셋 낳고
이번에도 숯덩이만 달린 딸이라
이놈 이름은 딸그마니가 되었구나
딸그마니 아버지 홧술 먹고 와서
딸만 낳는 년 내쫓아야 한다고
산후조리도 못한 마누라 머리끄덩이 휘어잡고 나가다가
삭은 울바자 다 쓰러뜨리고 나서야
엉엉 우는구나 장관이구나
그러나 딸그마니네집 고추장맛 하나
어찌 그리 기막히게 단지
남원 순창에서도 고추장 담는 법 배우러 온다지
그 집 알뜰살뜰 장독대
고추장독 뚜껑에
늦가을 하늘 채우던 고추잠자리
그 중의 두서너 마리 따로 와서 앉아있네
그 집 고추장은 고추잠자리하고
딸그마니 어머니하고 함께 담는다고
동네 아낙들 물 길러와서 입맛 다시며 주고 받네

그러던 어느 날 뒤안 대밭으로 순철이 어머니 몰래 들어가
그 집 고추장 한 대접 떠가다가
목물하는 그 집 딸 덕순이 육덕에 탄복하여
아이고 순철아 너 동네장가로 덕순이 데려다 살아라
세상에는 그런 년 흐벅진 년 처음 보았구나

이 시 속에서 어디 사상이니 이념이니 투쟁이니 하는 것들을 생각할 수가 있겠는가. 그저 사람 사는 모습이 보일 뿐이다. 역사니 민중이니 이념이니 하는 것들은 자연스럽게 시 속에 녹아 흐르고 있을 뿐이다.

진솔한 삶의 모습이 진하게 배어 있어

재미도 있지만 그 재미 뒤에는 어딘가 모르게 쌔하게 아려오는 맛이 있다. 그게 바로 우리들이 살아온 모습이고 지금 우리가 살고 있는 모습이다. 고은은 『만인보』에서 바로 그러한 것을 그려내고 있다.

백낙청은 『만인보3』의 발문에서 "한 대작의 완성이 문학하는 누구에게나 남의 일일 수 없다는 단순한 뜻에서만이 아니라 아무리 뛰어난 재능의 시인일지라도 남들이 함께 살아 주고 싸워 주고 읽어 줌으로써만 그런 위업을 달성할 수 있는 것이며, 그런 겹겹의 만남 가운데서는 우리 각각의 몫으로도 전보다 훨씬 더 아름다운 일이 반드시 돌아오는 것임을 알기 때문이다."라고 말하고 있다.

결국 고은의 그러한 작업은 우리가 읽어 줌으로써, 즉 독자가 읽고 그 일에 동참함으로써 그 뜻있는 작업이 완성될 수 있을 것이다. 아무리 좋은 글이 있다한들 독자가 읽지 않는다면 무슨 쓸모가

있겠는가.

올 가을은 윤달이 끼어서 유난히 길다. 이 가을에 우리의 삶을 그대로 그려내고 있는 『만인보』를 한번 접해 보았으면 한다. 1권을 다 읽기도 전에 분명 2권을 찾으러 서점으로 달려갈 것이다.

> 개사리 세 마을 중
> 첫 마을에는 문개평이 살고 있지
> 노름판마다 투전판마다
> 초상집 멍석마다
> 또 묵내기판마다
> 어디 하나 그냥 두지 않고
> 영락없이 나타나
> 산에 가 엉덩이 까고 앉으면
> 왱 하고 나타나는 똥파리님인 양 나타나
> 하룻밤 내내 하품 먹으며
> 괄시받으며
> 큰판에 한 푼씩 개평 뜯어
> 그것 챙겨와
> 마누라한테 말하기를
> 어찌 간밤에는 패가 안 나와
> 이것밖에 못 벌었네
> 그러자
> 마누라 대꾸하기를
> 우리 서방 문개평이 이만하면 됐지 뭐

-「문개평」 전문

고은은 이렇듯 우리 주변에 꼭 하나쯤 있을 것 같은 사람들의 모습을 그린 『만인보』를 한 번에 3권씩 묶어서 내고 있다. 다섯 번에 걸쳐 15권을 냈는데, 몇 년이 지난 지금까지 여섯 번째 묶음인 16, 17, 18권이 나오지 않고 있다. 풍문으로만 곧 나온다는 소식을 들었을 뿐이다. 이 가을이 가기 전에 얼른 나왔으면 좋겠다. 그러면 나는 어김없이 그 세 권에 실린 삼백여 명의 사람들을 만나면서 날밤을 꼬박 샐 것이다.

시는 꼭 아름다운 꽃이어야만 하는가

시는 바로 우리의 현실 속에 있다

오철수의 비평서 『시 쓰는 엄마』(필담)와 양정자 시집 『아내일기』(정민)를 나란히 놓고 읽다 보니 엉뚱한 생각이 든다. 학창 시절 그 많던 문학소녀들은 다 어디로들 숨어 버렸는지 지금 우리 문단에서 활동하고 있는 여류 시인은 남자들에 비해서 비교할 수 없을 정도로 적다는 점이다. 그나마 손가락으로 꼽을 만큼의 몇몇을 제외하고는 거의 자기의 목소리를 내고 있는 여류 시인을 찾아보기란 그리 쉬운 일이 아니다.

그러한 이유가 어디에 있을까 하고 가만히 생각해 보니 무지개를 좇아가다가 허망하게 돌아서는 문학소녀의 모습이 떠오른다.

시는 현실 생활을 살아가는 우리들의 마음속에 살고 있다는 것을 느끼지 못하고, 어딘가 멋들어진 곳에 시가 있으리라는 감상에서 헤어나지 못하고 있는 것이 문학소녀들이 진짜 시인이 되지 못하고 거기에 머물러 버리는 가장 큰 이유일 것이다.

시는 바로 우리 현실 속에 있다. 이러한 것을 깨닫게 해 주는 가장 좋은 본보기가 바로 양정자의 시집 『아내일기』다.

　나의 시에는
　세 살 다섯 살 된 내 딸, 아들이 떼쓰는 울음소리

눈물나도록 어여쁜 재롱
내 악쓰는 소리가 섞여 있다

아이들이 떠들고 그림 그리는 옆에서
부대끼며 싸우며 시를 쓰므로
피노키오 파스 색깔
미운 오리새끼, 인어공주의 눈물 몇 방울 떨어져 얼룩져 있다

내가 늘 빠져나오려고 애쓰는 그이의 더운 입김
너른 가슴팍
가랭이 사이 늪 같은 깊은 잠 묻어 있다

나의 시에는
물 묻은 내 손에서처럼
설거지질의 야릇한 냄새, 갖은 양념내
걸레의 썩는 냄새가 배어 있고…

아, 쓰지 않고 살 수 있다면
얼마나 행복하랴
남들은 서른 살에 일찍 철들어버리는 시를
나는
무모하게도 이제 막 시작하려 하고 있다
늦도록 마음의 긴 번민 끝내지 못한
이제 죽을 수도 살 수도 없는 서른 살에

시는 꼭 아름다운 꽃이어야만 하는가
부대끼며 싸워가며 살아가는
실팍한 생활의 시 쓰고 싶다

―양정자 「나의 시」 전문

문학소녀와 시인의 차이

양정자의 시집 『아내일기』의 첫 장에 나오는 시인데, 이 시만 읽어도 그가 시를 어디에서 찾는지 알 수 있을 것이다.

그는 '시는 꼭 아름다운 꽃이어야만 하는가'라고 물어보면서, 스스로 '부대끼면서 싸워가며 살아가는/실팍한 생활의 시를 쓰고 싶다'고 대답한다.

'시는 꼭 아름다운 꽃이어야만' 한다는 생각과 '부대끼면서 싸워가며 살아가는' 것이라는 생각의 사이가 바로 문학소녀와 시인의 차이점이다.

오철수는 여기에 대해서 이렇게 말하고 있다.

　이것이 바로 우리가 써야 할 시입니다. 군이 치장할 필요가 없고 군이 감출 필요가 없는 우리의 생활, 생활 감정이 주인공으로 등장하는 글이 우리의 시입니다. 알 듯 모를 듯 쓰지 않아도 그 자체로 구체적이며 단독적인 형상을 가지며 은은한 향기를 발하는 우리들의 희망, 원망, 기쁨, 슬픔 등등 늘 우리와 같이하지 않습니까. 우리들은 그 생활의 주인공입니다. 그 속에서 보다 나은 인간적 삶을 향해 나아가고자 하는 갈망에 하루하루를 반성하고 지나온 날을 내일의 지혜로 삼는 우리의 생활과 그 생활의 주인공인 여러분의 사상 감정! 이것이 우리 문학의 새로운 영역을 살찌울 양수입니다.

-오철수, 『시 쓰는 엄마』 34쪽에서

이렇듯 시는 멀리 있는 것이 아니고 우리들의 희망, 원망, 기쁨, 슬픔 등등 늘 우리와 같이하는 현실 속에 있는 것이다. 양정자의 『아내일기』는 시가 그런 것임을 우리에게 말해주고 있다.

시집의 어디를 펼쳐 보아도 그 속에는 현실이 있고 생활이 있고 사람 사는 냄새가 묻어 있다.

오늘 하루 무사히 살았구나, 휴우
하루의 피곤함과 외로움과 어려움을
저마다 얼굴에 어둡게 짊어지고
옹기종기 오랜만에 둘러앉은 식구들
아이들은 하루하루 커갈수록
어른들은 하루하루 늙어갈수록
말 못할 저마다의 번민은 구름처럼 피어나
날이 갈수록 웃음과 말이 적적해지는구나
서로 사이 무너지는 빈 정적을 염치없이 비집고 들어와
폭군처럼 군림하는 저 뻔뻔스런 TV
식구들 어느새 혼을 다 뺏긴 채
넋 없이 뼈 없이
고린내 나는 발만이 둘러앉아
입인지 코인지 분간 못하고
꾸역꾸역 처넣은 저녁식사
쓰디쓴 세상살이
마음 한번 확 터놓고 웃기가 얼마나 어려운지
위협적으로 웃음을 강요하는 저 저질 TV프로에
울을 수도 웃을 수도 없어
입술들만 가면처럼 씰룩거리는데
가슴속은 더욱더 황량해질 뿐이어서
더욱 더 가난하고 슬퍼지는
우리들의 저녁 밥상

-「저녁 밥상」 전문

　바로 이 모습이 우리들의 현실이 아니라고 부인하지는 못할 것
이다. 다만 그러는지조차 깨닫지 못하고 살아가고 있을 뿐이다. 이

처럼 시는 우리의 생활 속에 있다.

이 시에서 양정자 시인은 우리들의 가장 보편적인 생활모습을 그려 주고 있지만, 그 속에 흐르는 감정은 오손도손 모여 앉아서 정담을 주고받는 가정을 강렬하게 원하고 있음을 느끼게 해준다.

생활과 그 생활이 불러일으킨 사상과 감정

이런 시를 읽는 독자들이 '어, 그래! 이게 바로 우리의 모습이었어' '그래서는 안 되는데…' 하고 공감을 할 때, 시는 시의 몫을 했다고 말할 수 있다. 그리고 시가 그러한 몫을 하기 위해서는 생활과 그 생활이 불러일으킨 감정에서 시작되었을 때 비로소 가능한 것이다.

그 여자 희고 고운 손가락에서
무심히 반짝이는
다이아몬드 반지에는 그 시부모님의
박제된 고통이 숨겨져 있다

고향이 전라도 깊은 산골이라던가
군인이요, 돈도 벌지 못하는
그녀의 약혼자가 해주었다는
그 빛나는 다이아몬드 반지에는
아, 보인다

쩍쩍 갈라터진 논바닥 같은
그 시골 부모님들의 손발이

오랜 가난과 인고에 찌들은
칡뿌리 같은 얼굴
피와 땀과 짜디짠 눈물이

-「약혼반지」 전문

   시인은 일상의 삶 속에서 세상을 볼 줄 알아야 한다. 위에 인용한 시에서처럼 무심코 그러려니 생각하고들 있는 일 속에서 '쩍쩍 갈라터진 논바닥 같은 그 시골 부모님들의 손발'을 볼 수 있어야 한다. 그게 바로 시이고, 그걸 볼 수 있는 사람이 바로 시인이다. 이렇듯 시는 '멀리 있는 무지개'가 아니고 '생활과 그 생활이 불러일으킨 사상과 감정'이다.

너 어디 있느냐

도둑맞은 20여 년

책꽂이에 꽂혀 있는 몇 권의 책을 바라보다가 문득 20년쯤의 시간을 도둑맞았다는 생각이 든다.

『이용악 시전집』(창비), 김상훈의 『항쟁의 노래』(친구), 『오장환 시전집』(창비), 김기림의 『길』(깊은샘), 『백석시 전집』(학영사), 백석시집 『흰 바람벽 있어』(고려원), 『백석시 전집』(창비), 임화시집 『다시 네거리에서』(미래사) 등이 바로 그런 생각을 하게 하는 책들이다.

모두가 북한에 살거나 월북했다는 이유로 출판이 금지되었다가 1980년대 후반에 해금되어 출판된 책들이다. 그나마 이제라도 자유롭게 이러한 책들을 읽을 수도 있다는 것이 다행한 일이기는 하지만 책의 내용을 살펴보면 '재북'이나 '월북'이라는 이유로 40여 년의 긴 세월을 묶어 둘 만큼 이념적으로 큰 문제가 될 만한 것들은 거의 없다. 대개가 1948년 남과 북의 정부가 수립되기 이전에 쓰인 것들이기에 특별히 금서로 취급할 필요까지 있었을까 하는 생각까지 든다.

아무튼 이들의 시를 제외한 문학사는 어차피 한쪽 벽이 허물어진 집과 마찬가지여서 다시 써야 한다. 이들의 시는 그 동안 우리가 교과서에서 배워 왔던 시들과 그 형식면에서부터 상당한 차이점을 보여주고 있다.

그 중에서도 내 개인적으로 관심이 가는 것은 백석과 이용악의 시이다. 나는 이들의 시를 읽으면서 20여 년쯤의 시간을 도둑맞았다는 생각을 했다. 정말이지 그때는 자연을 노래하고 별을 노래하고 비유를 통해서 잘 다듬어진 언어로 써져 있어야 시가 되는 줄 알았다. 만약 나의 학창 시절에 김소월과 김영랑, 그리고 청록파 시인들의 시들과 나란히 이들의 시를 접할 수 있었다면 다양한 시를 읽으면서 자랐을 것이고, 시를 보는 눈도 달라졌을 것이다.

우선 백석의 시 「여승」을 함께 읽어 보자.

여승은 합장하고 절을 했다
가지취의 내음새가 났다
쓸쓸한 낯이 옛날같이 늙었다
나는 불경처럼 서러워졌다

평안도 어느 산 깊은 금덤판
나는 파리한 여인에게서 옥수수를 샀다
여인은 나어린 딸을 따리며 가을밤같이 차게 울었다

섶벌같이 나아간 지아비 기다려 십 년이 갔다
지아비는 돌아오지 않고
어린 딸은 도라지꽃이 좋아 돌무덤으로 갔다

산꿩도 섧게 울은 슬픈 날이 있었다
산 절의 마당귀에 여인의 머리오리가 눈물방울과 같이 떨어진 날이 있었다

참으로 슬픈 한 여인의, 아니 한 가족의 이야기를 담담하게 그려 내고 있다. 그리고 '여인의 머리오리가 눈물방울과 같이 떨어'지듯

가슴에 감동으로 다가 오는 시다. 이런 시를 무슨 이념이나 사상을 문제 삼아 40년이라는 긴 세월을 묶어 놓았을까?

이 시는 1930년대에 쓰인 것이다. 1930년대면 일제강점기다. 그 당시에 먹고살기가 힘들어서 남편은 금광에서 돈을 벌어 오겠다고 집을 나갔다. 그렇게 나간 남편은 몇 년을 기다려도 오지 않는다. 어디 그리 쉽게 돈벌이 될 만한 곳이 있었겠는가? 그래서 기다리다 못한 여인은 딸과 함께 남편을 찾아 나선다. 옥수수를 팔아 그걸로 입에 풀칠을 하면서 남편이 남기고 간 말대로 금광이 있다는 곳을 찾아 헤맨다.

그러던 중 나이 어린 딸은 병에 걸려 그만 죽게 된다. 남편도 찾지 못하고 딸까지 잃은 여인은 끝내 산으로 들어가 중이 된다는 슬픈 이야기다. 맨 끝 행의 '산 절의 마당귀에 여인의 머리오리가 눈물방울과 같이 떨어진 날'이 바로 여인이 머리를 깎고 스님이 되는 장면이다.

이 이야기는 얼핏 보아서 한 여인의 생애, 아니 한 가족의 이야기를 다루고 있는 것 같지만, 더 큰 시각으로 바라다보면 그 당시 민족의 슬픔을 노래하고 있다. 그때 우리 민족이 겪어야만 했던 상황의 전형적인 모습을 한 여인의 운명을 통해서 대신 보여준다.

친일파들의 시가 교과서를 가득 메우고 있을 때, 이런 시들은 금서로 지정되어 꽁꽁 묶여 있었음을 생각해 보면 20년의 시간을 도둑맞았다는 말에 어느 정도 수긍할 것이다.

'불온서적'과 '청소년 권장도서'의 차이

실제로 몇 년 전에 서점에서 오장환의 시집 『병든 서울』을 사면서 뒤통수가 따갑게 느껴진 적이 있다. 누가 나를 간첩으로 보지 않나 하는 생각이 들었기 때문이다. 우습겠지만 사실이다.

거기에는 그럴 만한 이유가 있다. 20여 년 전 내가 막 고등학교를 졸업할 무렵에 충격적인 기사가 실린 신문을 보았다. '교사간첩단 검거'라는 대문짝만한 기사에 박정석이라는 고등학교 때 국어선생님의 성함이 적혀 있었다.

이유는 간단했다. 불온서적을 읽었다는 것이다. 그 불온서적이라는 것이 바로 오장환의 시집 『병든 서울』이다. 지금은 어느 서점에서나 쉽게 구할 수 있고, 몇 년 전의 어떤 자료를 보니 '청소년 권장도서'로 지정되어 있다.

'불온서적'과 '간첩' 그리고 '청소년 권장도서'의 사이를 생각해 보면 머리가 혼란스럽다.

그때 함께 간첩으로 몰렸던 이광웅 선생님은 고문 후유증으로 몇 년 전에 돌아가셨고, 간간이 들려오는 얘기를 들어보면 박정석 선생님도 성한 몸은 아니시란다.

추라한 지붕 썩어가는 추녀 우엔 박 한 통이 쇠었다
밤서리 차게 나려 앉는 밤 싱싱하던 넝쿨이 사그러 붙던 밤. 지붕 밑 양주는 밤새워 싸웠다
박이 딴딴히 굳고 나뭇잎새 우수수 떨어지던 날, 양주는 새 바가지 꿰어 들고 추라한 지붕, 썩어가는 추녀가 덮힌 움막을 작별하였다.

오장환의 『병든 서울』에 나오는 「모촌」이라는 시의 전문이다.

1930년대 우리 민족의 처참한 모습을 보여주고 있다. 양주(부부)는 허기진 배를 채우기 위해 박속을 긁어 먹고 만주나 북간도로 유랑생활을 떠난다.

이 모습 역시 그 당시 우리 민족의 전형적인 모습이다. 이러한

시를 읽으면 간첩이 되는 것일까?

한참 감수성이 예민하던 학창 시절에 이러한 시들을 읽으면서 자랐더라면 나는 분명 지금보다 몇 배 더 시에 대한 안목도 넓고 식견도 깊어졌을 것이다. 그래서 20년을 도둑맞은 기분이라는 말을 썼다.

생소한 이름, 색다른 감흥

김윤식은 『너 어디 있느냐』(나남)라는 제목으로 해금시인의 시를 한눈에 볼 수 있게 묶었다. 거기에는 임화, 권환, 김창술, 안용만, 박세영, 박아지, 조운, 백석, 박팔양, 조벽암, 임학수, 이찬, 김조규, 이흡, 여상현, 이용악, 조남령, 설정식 등의 시가 실려 있다.

조금 생소한 이름들이기는 하지만, 생소한 만큼 색다른 감흥도 느낄 수 있을 것이다. 그 중 가장 압권이라고 생각되는 이용악의 시 「낡은 집」을 함께 읽어보자.

> 날로 밤으로
> 왕거미 줄치기에 분주한 집
> 마을서 흉집이라고 꺼리는 낡은 집
> 이 집에 살았다는 백성들은
> 대대손손에 물려줄
> 은동곳도 산호관자*도 갖지 못했니라
> 재를 넘어 무곡을 다니던 당나귀
> 항구로 가는 콩실이에 늙은 둥글소†

---

* 이 시에서는 '물려줄 지위나 재산'의 뜻으로 쓰임.
† 다 자란 수소

모두 없어진 지 오랜
외양간엔 아직 초라한 내음새 그윽하다만
털보네 간 곳은 아무도 모른다

찻길이 뇌이기 전
노루 멧돼지 쪽제비 이런 것들이
앞뒤 산을 마음 놓고 뛰어다니던 시절
털보의 셋째아들은
나의 싸리말 동무*는
이 집 안방 짓두리광주리† 옆에서
첫울음을 울었다고 한다

"털보네는 또 아들을 봤다우
  송아지래두 붛었으면 팔아나 먹지"
마을 아낙네들은 무심코
차거운 이야기를 가을 냇물에 실어보냈다는
그날 밤
저릇등이 시름시름 타들어가고
소주에 취한 털보의 눈도 일층 붉더란다

갓주지 이야기‡와
무서운 전설 가운데서 가난 속에서
나의 동무는 늘 마음 졸이며 자랐다
당나귀 몰고 간 애비 돌아오지 않는 밤
노랑고양이 울어 울어
종시 잠 이루지 못하는 밤이면

---

*죽마고우의 뜻. 아이들이 싸리비를 말로 삼아 타고 다니는 놀이를 하기도 함.
† 반짇고리
‡ 갓을 쓴, 절의 주지. 아이들을 달래거나 울음을 그치게 할 때 갓주지에 관한
   이야기를 한다고 함.

어미 분주히 일하는 방앗간 한구석에서
나의 동무는
도토리의 꿈을 키웠다

그가 아홉 살 되던 해
사냥개 꿩을 쫓아다니는 겨울
이 집에 살던 일곱 식솔이
어데론지 사라지고 이튿날 아침
북쪽을 향한 발자국만 눈 우에 떨고 있었다

더러는 오랑캐령 쪽으로 갔으리라고
더러는 아라사*로 갔으리라고
이웃 늙은이들은
모두 무서운 곳을 짚었다

지금은 아무도 살지 않는 집
마을서 흉집이라고 꺼리는 낡은 집
제철마다 먹음직한 열매
탐스럽게 열던 살구
살구나무도 글거리† 만 남았길래
꽃피는 철이 와도 가도 뒤울안에
꿀벌 하나 날아들지 않는다

이게 바로 일제 때 우리 민족의 모습이다. 그 당시에 꽃과 자연
과 별을 노래하던 시인들은 버젓이 교과서에 실려 있고, 이렇듯 민
족의 아픔을 함께했던 시들은 40년 동안 세상에 얼굴도 내밀지 못
했다.

---

* 러시아의 옛 이름
† 그루터기. 풀이나 나무 또는 곡식 따위를 베고 남은 밑동.

"털보네는 또 아들을 봤다우
  송아지라도 붙었으며 팔아나 먹지"

　이 대목에서는 아연 할 말을 잃게 한다. 그리고 어느 것이 진짜
문학이고, 우리가 배우고 읽을 가치가 있는 것인지는 말하지 않아
도 가슴으로 느꼈을 것이다.
　가을이다. 서점에 나가 이런 생소한 이름 하나 만나 친숙해졌으
면 좋겠다. 분명 예년과 다른 가을이 될 것이다.

까만 물이 흘러가는 곳에
맑은 마음 하나 흐르고

이런 것도 시가 되나

임길택의 시집 『탄광마을 아이들』(실천문학사)을 읽는다. 읽으면서 내내 머릿속에서 가시지 않는 생각이 있다. 하나는 '이런 것도 시가 되나' 하는 것이고, 하나는 '이런 것이 바로 시구나' 하는 점이다.

첫 번째 생각은 기교라고는 하나도 없이 밋밋하게 써 놓은 문장을 보면서 느끼는 점이고, 두 번째 생각은 바로 그 밋밋한 문장 속에 잔잔하게 밀려오는 그 무엇인가가 있다는 점이다. 그것은 바로 진실성을 바탕에 둔 삶의 이야기 속에 묻어 있는 감동 때문일 것이다.

시를 쓰고 읽는 목적 중 가장 중요한 것이 감동에 있다는 것을 새삼 생각해 보면 '이런 것이 바로 시구나' 하는 생각이 더 옳음을 느낄 수 있다.

먼저 첫 장에 나오는 시부터 읽으면서 얘기하도록 하자.

아버지가 하시는 일을
외가 마을 아저씨가 물었을 때
나는 모른다고 했다

기차 안에서
앞자리의 아저씨가
물어왔을 때도
나는 낯만 붉히었다

바보 같으니라구
바보 같으니라구

집에 돌아와
거울 앞에 서서야
나는 큰 소리로 말했다

우리 아버지는 탄을 캐십니다
일한 만큼 돈을 타고
남 속이지 못하는
우리 아버지 광부이십니다

「거울 앞에 서서」라는 시의 전문이다. 이 시를 쓴 임길택 시인은 무안에서 나서 목포교육대학을 졸업한 후 강원도의 탄광마을에서 교직생활을 하고 있다. 그래서 『탄광마을 아이들』 속에는 '탄광마을 아이들'이 서정적 주인공이 되어 마을 주변의 이야기를 하고 있다.

위에 인용한 시도 마찬가지다. 서정적 주인공인, 탄광마을에 사는 아이는 항상 탄가루에 범벅이 되어 있는 아버지의 직업을 남 앞에서 떳떳하게 얘기하지 못한다. 하지만 속마음은 그렇지 않다. 마지막 연의 '우리 아버지는 탄을 캐십니다/일한 만큼 돈을 타고/남 속이지 못하는/우리 아버지 광부이십니다'라는 구절은 뭔지 모를 찡한 느낌을 준다. 시적인 기교라고는 하나도 없다. 그러나 찡하게 해 주는 뭔가가 있다. 그게 바로 감동이고, 그래서 시가 되는 것이다. 그런 아버지의 「월급날」 모습을 보자.

월급을 타서
어머니께 모두 드리고
아버지 담뱃값 좀 달라 그런다

그러나 어머니
웃으실 듯 말 듯한 얼굴로
곗돈 붓고 김장하고
외상값 갚고 뭐하고 뭐하고
안된다 한다

그러는 어머니께
사정사정하여 아버지
겨우 5천 원 받아낸다

우리 아버지
돈 벌어놓고도
용돈 타 쓰느라 고생이 많다
우리는 그 옆에서 히히 웃는다

　　탄광마을 사람들의 월급날 모습이다. 덧붙여 설명할 필요도 없는 시이다. 그냥 읽다 보면 싸하게 아려오는 무언가가 있을 것이다.
　　그처럼 아껴서 살림하는 어머니에게 꿈이 하나 있다.

한겨울에도
부엌에 수돗물 철철 넘쳐나는 집

길가에서 멀리 떨어져
먼지 좀 안 들어오는 집

우리 어머니의
꿈 하나

   탄광마을에 사는 「어머니의 꿈」이다. 어찌 보면 꿈이랄 것도 없
는 소박한 마음이다. 그러나 탄광마을에 사는 사람들에게는 평생
이룰 수 없는 진짜 '꿈'인지도 모른다. 우리에게 평범한 일이 그들
에게는 간절한 소망이고 꿈인 셈이다. 그들은 이런 '꿈'을 이루기
위해 탄광마을에 오면서 「약속」을 했다.

이곳에 이사 올 때
아버지는
오 년만 살고 가자 했습니다

나중에 알고 보니
정훈이네도
금옥이네도
성욱이네도
우리와 같은 약속으로 살러 왔는데

성욱이네 넉 달도 못 채우고 떠나갔고
정훈이네 금옥이네
벌써 십 년째랍니다
거짓말 모르던 우리 아버지
약속을 지키실지 궁금합니다

   이곳(탄광마을)에 올 때 누구나 '꿈'을 실현시키기 위해 마음 다

잡아 먹고 왔지만 그 꿈을 이룬 사람은 없다. 성욱이네는 탄광 생활을 견디지 못하고 떠나갔고, 나머지 사람들은 이제나 저제나 하면서 '앞으로는 좀 더 나아지겠지' 하는 생각으로 하루하루를 살아간다. 그러다가 그러한 그들의 소박한 꿈이 이루어지지 않는 문제점을 발견하고 「아빠랑 나랑」 함께 외친다.

영순이 생일이라고
금희랑 시장에 갔다
예쁜 수첩을 샀다

버스를 타고 올라오는데
세원탄광 사무실 벽에
노란 현수막이 걸려 있었다
"탄이 안 팔린다 정부가 책임져라"

아빠가 소리지르고 있었다
나도 속으로 소리를 쳤다
"탄이 안 팔린다 정부가 책임져라"

이렇게 외쳐 보지만 현실의 생활은 더 나아질 것이 없다. 그래서 아버지는 생각한다. 고향을 그리워하는 것이다.

늦잠에서 일어나신
아버지

창밖을 보다 말고
혼잣말을 하였다

벌써
못자리할 때가 되었구나!

소리 없이
봄비가 내리고 있었다

「일요일」이라는 시다. 다른 날에는 일에 쫓겨서 이런 생각을 할
틈도 없었을 것이다. 그러나 생각한들 무엇하랴. 고향에서 일구어
먹을 논밭이 있었더라면 이곳에 왔겠는가?
생각은 생각으로 끝날 뿐 결국 현실에 맞추어 살 수밖에 없다.
그 현실이란 마치 「외상수첩」과 같다.

과자 사 먹으러
외상수첩 들고 간다

두부도 사고
라면도 사고
아버지 소주도 그거면 된다

어머니를 졸라
돈 대신 받은 외상수첩

그 안에
깨알같은 글씨들이
우리 식구 손때만큼이나
가득 차 있다

오늘 나는 거기에
또 한 줄 채우러 간다

이런 것이 바로 시다

하루하루를 외상수첩에 외상값 늘어나듯 빠듯하게 살아가는 탄광마을 아이들이지만 그들의 마음속에는 '정직함'이 있고 '다부짐'이 있다. '이제 나는 울지 않는다'고 말하는 서정적 주인공인 어린이의 모습 속에서 미래의 '꿈'이 결코 꿈만이 아님을 느낄 수 있다.

아버지의 왼손 네 손가락
엄지손가락만 빼고는
모두 잘라냈다

그 손으로도
나를 업어주셨고
아버지는
내 팽이를 깎아 주셨고
하루도 빠짐없이
탄광일을 나가신다

오늘은
축구를 하다 넘어져
오른쪽 얼굴을 깠지만
나는 울지 않았다
잘려나간
아버지의 손가락을 생각하며
쓰린 걸 꾹 참았다

이제 나는 울지 않는다

이 어린이의 다부진 모습을 보고 누가 그들의 미래에 희망이 없다고 말할 수 있겠는가. 그리고 따뜻한 세상을 살아갈 수 있는 '어떤 것'이 생활 속에서 자연스럽게 몸에 배인 그 어린이를 보면서 흐뭇함을 느낄 수 있다.

어머니가 어디 가면서
연탄불 꺼치지 말라 하면
나는 짜증부터 냈습니다
불 안꺼칠 생각을 하면
맘 놓고 놀 수가 없기 때문입니다

그리고 선생님이
한 주일 동안 연탄갈기를
방학숙제로 내주었을 때도
별놈의 숙제 다 해오란다며
투덜대기만 했습니다

그러나 이제
연탄을 갈며 보니
아버지의 땀 섞인 검은 연탄은
제 몸을 태워 방을 덥히는데
날더러도
그렇게 살아가라 이야기합니다

「연탄을 갈며」라는 시다. '아버지의 땀 섞인 검은 연탄은/제 몸을 태워 방을 덥히'는 것을 느끼고, '날더러도 그렇게 살아가라 이야기한'다고 생각하는 서정적 주인공인 탄광마을 어린이의 모습을 보면서 미래의 따뜻한 세상을 함께 꿈꾸어 볼 수 있다.
　소개하고 싶은 시들이 무척 많지만 글이 길어져서 이만 줄여야겠다. 생각 같아서는 시집 전체를 그대로 베껴 두고 싶은 심정이다.

　이처럼 살아가면서, 또 세상을 바라보면서 자기만의 감정으로 해석한 것을 표현한 것이 바로 시다.

'후기(後記)'를 통해서 본 시와 가까워지기

시와 가까워지기 위하여

시가 어렵다고 야단이다. 맞는 말이다. 몇 번을 읽어도 무슨 뜻인지 알 수 없고 설명을 들어야 겨우 그런가 보다 하고 고개를 끄덕인다. 이렇게 독자의 가슴에 직접 부딪치지 않고 설명을 통해서 전달된다면 이미 그 시는 감동이 죽어 있는 것이다.

그러나 세상에는 그런 시만 있는 것은 아니다. 교과서에 나온 시에 적당히 길들여져, 자기와는 아무런 상관이 없는 것이라고 단정지어 버리는 사람들을 위해 이 글은 쓴다.

특히 내가 가르치는 학생들에게 시에 대한 접근 방식의 하나로 딱딱한 논문이 아닌 작가가 책 뒤에 자기의 시에 대해서 써 놓은 '후기'를 통해서 시와 좀 더 가까이했으면 하는 바람으로, 시가 결코 우리의 삶과 동떨어진 먼 곳의 이야기가 아님을 말해 보고자 한다.

시가 있어야 할 자리

시는 곧 생활이라고 우리는 믿습니다. 생활에서 우러나는 인간의 살아가는 모든 이야기가 시로 압축되기 때문입니다. 예로부터 시는 음악으로 노래되고, 그림으로 어울리고, 시극으로 공연되었습니다. 원시인들이 먼저 개발한 예술이 곧 시였으며, 힘든 일을 할 적에 한 두 레로 모여 용기와 끈기를 발휘한 것도 시였습니다.

시는 활자로서가 아니라 낭독으로서 읽혔으며 책으로 묶여지기 전에 동구밖 담벼락에 벽시로 씌어졌습니다. 시는 난해하고 고상하게 만들어지는 특수한 지식 계급의 전유물이 아니라 바로 우리 민중의 고난의 삶을 이기는 지혜의 온 축으로 모아지는 것임을 우리는 오늘의 현실 속에서 절실히 깨닫고 있습니다.

－「실천문학의 시집 발간에 부쳐」에서

어떤 문예 작품도 삶, 즉 우리의 생활과 관련이 없는 것은 없겠지만, 특히 시는 어느 장르보다도 우리의 삶과 더욱 긴밀한 관련성을 가지고 있다. 이는 시가 노동요에서 발생했다는 것을 보면 금방 알 수 있다. 옛날에 사람들은 일을 하면서 노동의 고달픔을 달래기 위해서 노래를 불렀다. 그 노래 중에서 가사가 떨어져 나와 시로 발전된 것이다. 그렇기에 시는 주로 쓰인 것이 아니라 읊어진 것이다. 때문에 직접 읊으면서 상대방에게 전달된 것이라면 그 내용이 어려웠을 리 없고, 그들이 주로 시를 노래한 곳은 일하는 곳, 즉 삶의 현장이었기에 우리의 생활과 밀착된 곳에 항상 시가 있어왔다.

그러던 것이 시가 문자화되면서 전문적인 시인이라는 계층이 생겨나고, 이들은 주로 삶의 현장에서 벗어나 있는 사람들이었기에 그들의 시 안에 들어 있는 내용도 생활과 자꾸 멀어지고, 형식의 매끄러움에만 매달리게 되었는데, 그 결과 시는 고상하게 만들어지는 지식 계급의 전유물로 전락해 버리게 되었다. 우리가 교과서에서 배운 시들은 대체로 이러한 부류들의 시들이고, 따라서 이러한 시들만 접한 세대들은 당연히 시란 우리의 삶과 무관한 것이라는 선입견을 갖고 멀리하게 되었으리라고 생각한다. 그러나 이러한 시에 대한 잘못된 생각은 1970년대에 들어서면서 달라졌다. 여러 시인들에 의해서 다시 본래의 모습을 찾으려는 움직임이 있어 왔다.

그 중 대표적인 시인으로 신경림을 들 수 있는데, 먼저 그의 시집 『길』의 「후기」에 쓰인 이야기를 들어 보자.

돌아다니면서 내가 분명히 깨달은 것 중의 하나는 사람들은 대체로 마음 편하게 살기를 좋아한다는 점이었다. 편하게 대할 수 있는 사람을 좋아하고 편하게 만들어 주는 사람을 좋아한다는 점이었다. 그래서 나의 시도 앞으로 읽는 사람이 편하게 대할 수 있고 읽는 사람을 편하게 만들어 주는 것이 되어야겠다는 생각을 했었다.

편하게 대할 수 있는 사람을 좋아하듯 읽는 사람을 편하게 만들어 주는 시, 그것은 바로 우리가 사용하는 일상적인 언어로 쓴, 우리의 삶을 담아낸 시를 말한다. 그는 그러한 시들이 가야 할 길을 말하는 것도 빠뜨리지 않고 있는데, 조금 더 들어보기로 하자.

시의 값은 오히려 본질적으로 작고 하찮은 것, 보잘것없는 것들을 돌보고 감싸 안고, 거기에 그치지 않고 스스로 낮고 외로운 자리에 함께 서고 나아가서 그들의 속에 하나가 되는 데 있는 것이 아닐까. 또 그것이 시의 참 길이 아닐까. 그렇다면 시는 잘나고 우쭐대고 설치는 사람들의 몫이 아니라 못나고 겸허하고 착한 사람들의 몫일지도 모를 일이다.

이렇듯 시는 작고 하찮은 것, 그리고 낮고 외로운 자리, 곧 우리의 생활 속에서 우리와 하나가 되었을 때 제값을 할 수 있다.

신경림은 『농무』(창비), 『새재』(창비), 『달넘세』(창비), 『가난한 사랑노래』(실천문학사), 『길』(창비), 『쓰러진 자의 꿈』(창비) 등을 통해서 자잘한 삶의 결, 삶의 얼룩들을 하나하나 베껴가면서 시를 우리 곁으로 성큼 끌어당기는 데 큰 몫을 했다. 우리의 생활 주변에 이러한 시들이 많이 있음에도 불구하고 마치 자기가 읽은 시들이 시의 전부인 양 어렵다고만 야단을 치는 독자에게도 문제가 있다. 실제로 신경림 이후의 많은 사실주의 계열의 시인들은 시의 소재를 우리의 삶 속에서 찾고, 누구나 알 수 있는, 우리들이 평상시에 사용하는 일상어로 시를 쓰고 있다.

이런 시인들이 시의 소재를 어디에서 찾고 있는지, 시가 있어야 할 자리가 어디인지 도종환의 시집『고두미 마을에서』(창비) 후기를 통해서 보자.

나는 민중이니 민족이니 역사니 하는 것을 먼 곳에서 찾지 않는다. 식민지 시절에 앗기우며 한 세월을 보낸 할아버지, 태평양전쟁 말기에 남양군도에 징병으로 끌려가신 큰아버지, 그 큰아버지와도 싸웠을 군대에 배속되어 분단의 전쟁을 치른 아버지, 소금장수, 이발쟁이, 날품팔이, 농사꾼 형제들, 언청이, 못난 누이들, 분단시대에 살아가는 우리 모두와 내 이웃의 삶 속에는 생생한 역사와 삶의 아리고 한스러운 흔적들이 박히어 있기 때문이다.

시가 쓰이는 자리

『우리들 소원』(풀빛)이라는 시집이 있다. 버스 안내양이었던 최명자 시인은 시집 뒤에 그가 시를 쓰게 된 동기를 적어 두었다. "시는 어렵고 복잡한 것이어서 나 같은 사람은 쓸 수가 없어" 하고 생각하는 사람들에게 "시가 별 거 아니구나. 시가 그런 것이라면 나도 쓸 수 있겠어" 하는 생각을 갖게 할 수 있는 글이다.

시를 쓰기 위해서라기보다는 응어리져 있는 속엣말을 토해 보고 싶었다. 동료들의 분노와 욕설을 나열해 보고 그것을 분노를 터뜨렸던 동료에게 보여 주었다. 동료들은 박장대소를 하기도 하고 짝짝 그어 버리고는 자기들이 다시 고쳐 써서 보여주기도 했다. 횟수가 거듭될수록 참가하는 사람이 늘었다. 너나없이 글이란 별 거 아니고, 우리도 쓸 수 있다는 자신감을 갖게 되었고, 글쓰기에 흥미를 느끼는 동료들이 늘어났다. 말 못하는 고민을 글로 써서 돌려보며 서로를 이해하게 되었다. 그렇게 되자 시간이 없어서 이야기를 나눌 수 없었던 사람들도 서로 이해할 수 있었고 같은 사회 구조 속에서 함께 고통받는 처지라는 것을 인식하게 되어 문제를 해결하기 위해서는 서로가 단결해야 한다는 사실을 깨닫게 되었다.

글쓰기 즉, 시 쓰기는 이렇게 시작되는 것이다.

나는 가끔 학생들에게서 "어떻게 하면 가장 쉽게 시를 이해할 수 있는가"라는 질문을 받는 경우가 있다. 그때마다 이렇게 대답한다. "직접 써 보라"고 시를 이해하는 가장 좋은 방법은 직접 쓰는 것이다. 자기가 쓰려는 마음을 갖고 다른 사람의 시를 읽는 것과 그냥 읽는 것과는 큰 차이가 있다. 쓰려는 눈으로 시를 바라보면 더 쉽게 이해가 된다는 뜻이다.

우리의 부모들 세대에는 글자를 몰라서 '문맹'이라는 단어가 많이 쓰였다. 지금은 문맹이 사라진 대신 '문예맹'이 많이 생겨났다. 특히 '시맹'(이런 말도 있나?)이 많다. 즉 문예 작품이나 시를 읽고 그 뜻을 모른다면 옛날의 문맹이나 마찬가지라는 말이다. 이러한 관점에서 쓰기를 권하는 것이다. 쓰려는 눈으로 바라보면 문예맹도 많이 사라질 것이라는 생각에서다.

이 정도까지 얘기를 해도 "그래도 내가 어떻게 시를 써…" 하면서 망설이는 사람들이 있을 것 같아 최명자의 후기를 좀 더 붙인다. 좀 길기는 하지만 하나도 버릴 말이 없어 그대로 인용한다.

예술이라는 말이 많은 사람들 입에서 오르내리나 우리들은 그 예술과 문화를 알지 못한다. 지친 노동과 주변 환경과의 관계 속에서 먹고 일하고 잠자는 것 외에는 배우지 못했고 또 가르쳐주는 사람도 없었기에 그냥 하루를 지나치고 잠자는 것으로만 메꾸며 살아왔다.

새삼스럽게 어울리지도 않는 시라는 것을 쓰고 나니 가관이다. 그런데도 즐겁기만 하다. 그동안 눌려 맺혀진 설움과 억울함을 원없이 풀어 쏟아 놓고 보니 가슴이 시원하고 후련하다. 사회의 통념상 시라는 게 많이 배운 지식인들이나 읽고 쓰라고 생긴 것 같고 나와는 너무나 먼 거리에 있는 어떤 것만 같았다. 문화가 어떤 형태의 것이며 어찌하였길래 그리도 사람을 교양 있고 품위 있고 우아하게 만드는지 이제껏 알려고도 하지 않았고, 또 관심을 기울일 시간적인 여유도 전혀 없었다. 그저 부지런히 일하고 잘 먹고 건강하게 일하면 된다는 생각뿐, 나 자신이 인간으로서 어떻게 살아야 하며 우리의 일터와 매일매일의 노동이 근로자인 나를 어느만큼 주체성 있는 인격의 소유자로 만들어 가고 있는지 관심 깊게 돌아보지 않았다.

우리는 가장 소박하고 진실한 마음가짐으로 일터와 숙소에서 주변 환경 속에서 수시로 일어나는 작은 일들의 의미를 한줄의 시 속에 담아 먼저 나 자신과 만나고 동료의 마음을 읽어 이해와 사랑 속에 머물고자 했다.

지금껏 남들이 써 놓은 글들을 읽어 보았으나 대부분이 나와는 거리가 먼 이야기들이었기에 읽어도 모르겠고 우리의 환경에 어울리지도 않아 먼저 우리들의 이야기부터 시작해 보아야겠다는 생각이었다.

수필을 썼으면 했으나 시간이 너무 없고 피곤하여 시를 택했으며 문법도 형식도 모르겠고 다만 우리의 이야기를 간추려 가난하고 힘겨운 이 생활을 이겨 보려 온 힘을 기울였을 뿐이다.

이렇듯 시 쓰는 일은 말을 그럴듯하게 만들어 내는 것이 아니라 "가장 소박하고 진실한 마음가짐으로 일터와 숙소에서 주변 환경 속에서 수시로 일어나는 작은 일들의 의미를 한 줄의 시 속에 담아 먼저 나 자신과 만나고 동료의 마음을 읽어 이해하는 사랑 속에 머물고자 하는" 마음이다.

결국 시 쓰는 직업은 사기 개조의 작업이다. 생활 속에서 삶의 의미를 찾아내는 일이 시 쓰기의 첫걸음이니, 그런 의미에서 시 쓰는 일은 결국 자기를 발견하는 일이고 그러면서 천천히 자기를 개조해 나가는 작업이라는 말이다. 작가가 될 생각이 없는 사람도 글쓰기 교육을 받는 까닭도 바로 이러한 이유에서다.

이제 시를 써서 보이는 일을 부끄러워할 필요도 없고, 시는 많이 배운 지식인들이나 읽고 쓰는 것이라는 생각을 깨뜨렸으면 한다. 우선 자기 생활 주변의 이야기부터 시작해서 그동안 눌려 맺혀진 생각들을 풀어 놓다 보면 자신을 어느 정도 주체성 있는 인격의 소유자로 만들어 가고 있음을 깨닫게 될 것이다. 이런 이유에서 시를 이해하는 가장 좋은 방법으로 직접 써 보기를 권유한 것이다.

이 말을 뒷받침해 주는, 정일근의 『바다가 보이는 교실』(창비)「후기」의 부분을 적어 본다.

시는 나의 발언이다. 내가 보고 듣고 느끼고 생각한 모든 것을 시라는 형식을 통해 발언하는 것이다. 내가 살고 있는 이 시대에 대해 정직하게 성실하게 발언하는 것이다.

정직하게 발언하려는 사람은 정직한 자리에 서 있어야 한다. 자기가 정직한 자리에 서 있어야 한다는 생각을 시 쓰기를 하는 과정에서 끊임없이 깨닫게 된다면 성과물의 성패를 떠나서도 시 쓰는 일은 의미 있는 일이 아니겠는가.

시 쓰기는 자기 삶을 찾는 것

이상에서 시인들의 시집의 후기에 밝힌 글을 중심으로 시가 바로 삶이라는 입장에서 시에 대한 접근을 시도해 보았다. 시는 우리와 먼 것이 아니다. 단순히 독자의 입장에만 머물지 않고 시를 쓰려는 주체적 입장에서 시를 본다면 시에 한 걸음 더 가까이 다가설 수 있고, 나아가 미처 깨닫지 못한 자기를 발견하고 개조해 나가는 데까지 나아갈 수 있음을 살펴보았다. 시를 읽고 쓰는 것이 결국 삶의 의미를 찾아내는 한 방법이라면 결코 헛된 일은 아니다.

백무산은 『만국의 노동자여』(청사) 「후기」에 다음과 같이 쓰고 있다.

> 옳은 시 한 편이 우리에게 닥친 싸움의 총체적 인식 수단으로써 작은 의미나마 지닌다면 한번 제대로 쓰고 싶다.
> 어머니 말씀처럼
> "애야 시 같은 것은 쓰지 말거라."

"시 같은 것", 즉 여태껏 우리가 주로 교과서에서 보아 왔던 뜬 구름 같은, 삶의 이야기는 쏙 빠져 버린, 알갱이 없이 언어만 반짝거리는 "시 같은 것"에서 벗어나면 우리는 곧 삶을 담은 제대로 된 '시'를 만날 수 있을 것이다.

여기서 하나 잊지 말아야 할 것이 있다. 시는 아무나 쓸 수 있다. 그러나 감동은 아무나 줄 수 있는 것이 아니라는 것이다. 시를 쓰려는 사람이 바른 위치에서 올바른 시각으로 삶을 돌아볼 때 거기서 새어 나오는 정서에 비로소 감동이 묻어날 수 있다는 말이다. 자기도 감동을 못하면서 누구를 감동시키겠는가.

정희성의 『한 그리움이 다른 그리움에게』(창비) 「후기」에 쓰인 말을 통해서 지금까지 얘기한 시를 읽고 쓰는 자세를 다시 점검해 보면서 마친다.

일상을 일상으로 치부해 버리는 한 거기에 시는 없다. 일상 속에서 심상치 않은 인생의 기미를 발견해 내는 일이야말로 지금 나에게 맡겨진 몫이 아닐까 싶다.

시와 노래는 본래 하나였다

시는 노래다

새삼 시와 노래가 무엇인지 생각해본다.

옛날에는 노동의 시름을 달래기 위해서, 혹은 수확의 기쁨을 나누면서 흘러나오는 말과 가락을 자연스럽게 읊조렸다. 거기에는 사람살이의 애환이 묻어 있었다. 그리고 그 모든 것이 우리의 곁을 떠나지 않고 우리의 삶의 주변에서 함께 나뒹굴었다. 그것은 그냥 우리네 생활의 일부분이었다.

그러던 것이 사회의 변화에 따라 가사와 가락이 차차 분리되기 시작하였는데, 그 가사가 발전되어 지금의 시라는 장르가 되었고, 가락을 발전시킨 것이 바로 노래라는 분야로 정착하게 된 것이다. 이렇듯 근대 자본주의의 발달과 함께 시와 노래로 나뉘어졌을 뿐이지 본래는 하나였다.

그리고 그 하나였던 모습이었을 때의 시가 가장 시답고 가락 또한 노래다웠다고 생각한다. 그래서 서로 그 본연의 모습을 찾아가는 것이 시를 시답게 하고 노래를 노래답게 하는 것이라는 생각을 바탕에 깔고 이 글을 쓴다. 그럼 여기에서 이러한 주장을 하는 몇몇 사람들의 이야기를 들어보자.

고대 공동사회에서는 하나의 종합예술이었던 것이 근대 자본주의의 발전과 함께 분리되기 시작한 시와 노래의 거리는 현대문학 이후 더욱 심화되었다. 고도기술집약형 산업자본주의화는 예술에서 전문성까지 부추겨 민중이 지닌 예술적 감성을 외면한 채 예술을 위한 예술의 형태를 취하게 되었으며 이런 과정에서 시는 활자매체의 미술로 전락하고 노래는 대중가요와 성악가를 위한 상아탑 속의 가락으로 양분되는 모습을 드러냈다. 그러나 후기자본주의의 예술적 소외화 현상도 시와 노래의 숙명적인 만남을 저지할 수는 없었다. 우리의 경우만 봐도 80년대의 민중예술 운동 속에서 시와 노래는 영원한 동반자로서 굳게 다시 만나고 있음을 재확인하게 되었고 90년대로 접어들자 이런 현상은 더 한층 확산될 조짐을 보이고 있다.

그렇다. 시와 노래는 결국 하나로 만날 수밖에 없다. 그동안의 소원했던 관계는 따지고 보면 시와 노래가 둘 다 자신의 직분과 본질을 잊고 있었던 데 그 원인이 있다. 가장 큰 원인은 근대화 과정 속에서 우리의 전통적인 예술의식과 예술형식이 서구의 영향으로 허물어져 버린 데 있다. 전통적인 개념으로 우리의 '시'는 오히려 '시가'에 가까워서 문자로 홀로 서기보다는 노래에 실려 다니는 속성이 강했다. 이것이 근대 서구의 개인주의 이념이 강한 활자 문학의 영향으로 해체되면서 난해시로 치달아 '가(歌)'는 없어지고 '시'만 남아 근대문학사가 이룩되어 온 것이다.

-노동은 「참과 거짓의 노래사」 중에서

시를 보면 우리는 가끔 제목에서 '○○가(歌)' 혹은 '○○노래' 등의 것들을 꽤나 볼 수 있다. 또 시의 중간 중간에서도 자신의 시를 가리켜 '나의 노래' 등으로 표현하는 경우가 있고 또 우리는 그것을 자연스럽게 받아들인다. 그럼에도 불구하고 일반적으로는, 시와 노래는 아주 다른 종류의 것으로 생각하고 있다. 시는 어렵고 고상한 것이고, 진지하고 엄숙하고 고통스럽기까지 한 것임에 반해, 노래는 즐겁고 쉽고 누구나 할 수 있고, 그런 의미에서 조금 격이 낮은 것이란 느낌을 갖는다.

그러나 주지하다시피 시(詩)와 노래(歌)는 기원적으로 같다.

문학사 책들을 뒤져보면 운문문학의 총칭으로 시가(詩歌)란 용어를 쓰고 있는데 이는 시와 노래가 근원적으로 같다는 것을 의미한다. 『상서』에서도 '시(詩)는 뜻을 말하는 것이고 노래는 그 말을 길게 뽑는 것(詩言志歌永言)'이라 하였고 서정시라는 뜻의 'lyric'이란 단어가 lyre라는 악기를 뜻으며 부르던 노래라는 의미에서 나온 것임을 생각하면 시와 노래의 기원적 동질성은 동서양 모두 가지고 있었던 것 같다. 음성을 매체로 하는 언어의 존재는 문자의 발명에 선행하였고 그 후에 가사가 기록되기 시작하였다. 이렇게 기록된 가사가 결국 시인데 나중에는 기록문학으로서의 독자적인 발전을 하게 된다. 이때부터 시와 노래는 분리되기 시작한다. 동양의 시의 전범이라 할 수 있는 『시경(詩經)』 역시 당시의 노래의 가사를 모아 추린 것이다.

-이영미 「시와 노래」 중에서

위에 인용한 이영미의 이야기에서도 시와 노래는 하나라는 것을 알 수 있다. 그러나 지금의 현실은 시와 노래가 전혀 다른 종류의 모습으로 각자 제 갈 길을 가고 있다는 데 문제가 있다. 시는 점점 더 난해해지고 고상해져서 독자와의 사이가 멀어졌다. 노래는 노래대로 사람들의 감각을 자극하는 극히 상투적인 가사로 청자들에게 다가감으로써 그 격을 잃어 가고 있다.

이제 시의 독자들은 시인의 현학에 질려버렸고 노래의 청자들은 저속한 가사의 반복에 고개를 저어 버리는 지경에까지 이르렀다. 이러한 시대에 다시 시가 독자와 가까워지고, 노래가 청자들과 친해지려면 그 옛날의 시의 본연의 자세로 돌아가는 것이 가장 현명한 방법이라고 생각한다.

시와 노래는 왜 만나야 하는가

위에서도 지적했듯이 시와 노래는 그 현학성과 저속함 때문에 사람들과의 사이가 멀어져 있는 것이 현실이다. 이러한 때에 시와 노래가 다시 만난다는 것은 다시 사람들과의 거리를 좁히는 가장 좋은 방법일 것이다. 독자로부터 외면당한 시는 이미 시로서의 가치를 잃어버렸다고 할 수 있다. 시인들은 친숙한 리듬을 타고 독자들의 가슴속에서 울렁거리는 그런 시를 쓰는 일에 눈을 돌려야 한다. 노래 또한 마찬가지다. 사랑과 이별이라는 정해진 틀에서 벗어나 삶과 관련된 가사를 들려줌으로써 청자들이 '어! 이건 내 얘긴데' 하면서 가슴으로 받아들일 수 있는 그런 노래를 불러야 한다는 말이다.

그러기 위한 제일 좋은 방법이 좋은 시에 좋은 가락을 붙여서 독자나 청자에게 다가가는 것이다. 이것은 시인이나 작곡가가 서로 노력해야 할 일이지 어느 한쪽의 노력만으로는 그 결과를 기대하기 어렵다.

시인은 우리 생활과 사람을 노래하는 시를 우리가 사용하는 일상적인 언어로 표현해야 할 것이고 작곡가는 건강한 시를 찾아 거기에서 가락을 뽑아 친숙하게 다가갈 수 있는, 어렵지 않은 멜로디로 사람들의 가슴속에 파고들어야 한다.

이러한 만남이 잘만 이루어진다면 시인은 그동안 소원했던 독자와의 거리를 상당히 좁힐 수 있을 것이고 노래 역시 건강하고 진솔한 가사와 멜로디로 독자들의 마음에 잔잔한 감동으로 다가갈 수 있을 것이다.

시에 곡이 붙여지는 것은 작곡가가 임의로 선택한 경우와 시인에게 주문 생산을 한 경우가 있을 것이다. 그리고 작사가는 시를 원작

대로 쓰는 경우와 노랫말에 맞게 개작하는 경우가 있을 수 있다. 음악계에서는 시문학이 점점 노래와 멀어져 가는 현상을 달갑지 않게 볼 것이며 마찬가지로 시인들도 자신의 시가 노래로 전혀 불리지 않는 것을 굳이 자랑할 필요는 없을 것이다.

(중략)

과연 우리 시에서 노래로 불릴 만한 것은 다 곡이 붙여졌을까란 물음에 나는 유감스럽게도 전혀 그렇지 않다고 답할 수밖에 없다. 이 말은 작곡가들의 나태함이나 역량 부족이란 뜻이 아니라 그만큼 시와 노래가 별개로 존재할 수밖에 없었던 우리 문화 풍토를 반성하는 의미에서이다.

이제 우리 시는 노래로 불리기를 부끄러워 할 필요도 없고 작곡가는 노랫말을 훌륭한 시에서 찾는 작업이 보다 활성화되었으면 싶다. 노래와 시는 결국 만날 수밖에 없는 숙명이니까.

－임헌영 「시와 노래의 변천사」 중에서

임헌영의 지적대로 우리는 '시와 노래가 별개로 존재할 수밖에 없었던 우리 문화 풍토를 반성'해야 한다. 그리고 '작곡가는 노랫말을 훌륭한 시에서 찾는 작업이 보다 활성화'되어야 한다. 그보다 한 걸음 더 나아가서 시인들 스스로 노래가 될 수 있는 시를 써야 한다.

나는 사람들에게 두 가지 방법으로 시에 대한 접근을 시도해보았다. 하나는 교과서에 실린 시를 주제와 시어의 의미를 가르쳐주면서 접근을 했고 또 하나는 시에 대한 배경 설명과 작가에 대해 간단히 소개만 하고 그 시가 노래로 만들어진 음반을 틀어주었다.

첫 번째 방법은 공부를 많이 한 것 같으면서도 머리로만 갈기갈기 찢긴 시의 조각들을 담아가는 듯했다. 그러나 두 번째 방법은 노래를 듣고 난 뒤에 많은 사람들이 숙연해졌다. 그 시가 「전라도 길」이라는 한하운의 시였는데 그 당시 한하운의 처지만 간략하게 설명하고 노래를 들려주었을 뿐인데도 그 효과는 엄청나게 달랐다.

이것은 시를 머리가 아닌 가슴으로 받아들였다는 증거다.

개인적으로 그러한 것을 시도해보면서 시와 노래가 할 일이 결국 독자들의 가슴을 촉촉이 적셔주는 데 그 의의가 있다면 결국 시와 노래의 만남은 당연한 일일 수밖에 없는 것이다. 시와 노래가 하나가 될 때 시는 시답고 또 노래는 가장 노래답다고 말할 수 있는 것이다.

'노래와 시는 결국 만날 수밖에 없는 숙명이니까'라는 임헌영의 지적대로 그 옛날 시와 노래가 분리되기 이전처럼 그냥 생활 속에서 흥얼거리는 리듬과 가사가 가슴과 가슴으로 전달되는 그런 감동의 자리가 만들어질 수 있도록 시인과 작곡가 모두가 노력해야 한다. 그럴 때 시와 노래는 제 값을 다한다고 말할 수 있을 것이고, 그러한 감동의 주고받음이야말로 시를 쓰고 노래를 부르는 가장 중요한 의의라고 말할 수 있다.

시와 노래는 어떻게 만나야 하는가

시와 노래의 만남에 있어서 가장 중요한 위치에 있는 사람은 시인과 작곡가라는 것은 새삼스럽게 거론할 필요도 없다. 그러나 여기서 중요한 것은 시인과 작곡가가 시와 노래에 대한 생각이 지금과는 달라야 한다는 것이다.

지금까지 통념상 시인들은 노래가사를 저속하게 보아 온 것이 사실이다. 적어도 자기가 쓰는 시는 그보다는 격조가 높은 글이라는 자만감에 빠져 있었다.

> 저 산은 내게 우지 마라 우지 마라 하고
> 발 아래 젖은 계곡 첩첩산중
> 저 산은 내게 잊으라 잊어버리라 하고
> 내 가슴을 쓸어내리네
>
> 아, 그러나 한 줄기
> 바람처럼 살다가고파
> 이 산 저 산 눈물 구름 몰고 다니는
> 떠도는 바람처럼
>
> 저 산은 내게 내려가라 내려가라 하네
> 지친 내 어깨를 떠미네

위에 인용한 글은 시로 쓴 것이 아니라 하덕규라는 대중가요 가수가 노랫말로 쓴 것이다.*

「한계령」이라는 산을 통해서 사람들이 겪는 현실적인 문제는 그 자리를 피한다고 해결되는 것이 아니고, 그것을 근본적으로 풀어야만 마음이 평화로운 수 있다는 것을 말하고 있다. 이 노랫말은 '고상한 시인들'이 써놓은 시에 결코 뒤지지 않는다.

이러한 가사를 보면서 시인들은 생각을 바꾸어야 한다. 즉, 오늘날의 노랫말을 저질이라고 팔짱만 끼고 앉아 있는 것은 자기의 직분을 잃고 있다는 말이다. 저질이라는 생각이 들면 그것을 바로잡을 사람들이 과연 누구인가는 생각해보지 않았는가? 그 일을 할 사람이 바로 시인 자신들이다. 시인들은 노랫말을 비웃지만 말고 본인이 직접 가슴 뭉클한 시적인 노랫말을 써야 한다. 그것이 시인

---

*이 글은 하덕규가 쓴 게 아니고 정덕수의 「한계령에서」라는 시의 일부이다.

들이 해야 할 일이며 오늘날 시와 노래가 독자들과 사이가 멀어지고 격조가 떨어지는 노랫말의 성행을 바로잡을 수 있는 지름길이다.

이제 시인들은 낮은 쪽으로 눈을 돌려야 한다. 시라는 것도 결국 사람과 사람 사이에 주고받는 말일 뿐이다. 아무리 그럴듯한 시를 쓰고 고상한 척 해보았자 사람들과 함께 호흡할 수 없다면 그것이 무슨 의미가 있겠는가.

또 하나 시인들은 시를 쓰고 나서 여력으로써의 노랫말 쓰기를 경계해야 한다. 노랫말도 시를 쓸 때의 자세와 같아야지 무슨 보시를 하는 듯한 마음으로 가사를 써서는 안 된다는 말이다. 그런 사고방식에서 탈피하지 못한다면 좋은 가사가 나오겠는가? 진지함이 동반되었을 때 감동도 묻어 나오는 법이다. 그런 의미에서 시인의 직분과 시인이 가져야 할 바른 자세에 대해서 말해 보았다.

이제 시인들은 시와 노랫말을 구분하지 않는 글쓰기를 시도해야 할 것이고 작곡가는 그런 좋은 글에 정감이 있는 가락을 붙여 사람들의 가슴에 파고들어야 한다. 그래야 비로소 그 옛날, 시가 바로 노래고 노래가 곧 생활의 일부였던 그 감동의 자리를 만들어 낼 수 있다는 말이다.

그런 시도가 전혀 없었던 것은 아니다. 여력으로써의 노랫말 쓰기가 아닌 온 힘을 기울인 노랫말 쓰기가 10여 년 전에 시인 김정환에 의해서 시도된 적이 있다.

대중문화 특히 대중가요가 지닌 그 퇴폐적이고 감상적이고 마취적이고 도색적인 요소를 극복하기 위해서는 '민중노래'가 있어야 할 것은 두말 할 나위도 없지만, 단순한 민요복원 작업이나 민중적 의식 수준의 현현만으로 자족한다면 그 결과만으로 거대한 대중문화 매체를 극복하기란 도대체 불가능하다 할 것이다.

- 김정환 「새로운 노랫말 운동을 위하여」 중에서

이런 이론을 내세우고 그는 '일노래' '일상노래' '의식노래' 등으로 구분하여 다양한 노랫말 쓰기를 시도했다. 그러나 어찌된 까닭인지는 몰라도 흐지부지되고 말았는데 이제라도 여러 시인들이 다시 해보면 좋겠다.

새삼스러운 얘기 같지만, 시를 쓰고 읽는 이유를 생각해보자. 시가 제값을 할 수 있을 때는 바로 사람들 곁에 머물러 있을 때다. 그러나 유감스럽게도 요즈음의 시는 어느 한정된 공간 안에서만 맴돌고 있음을 부인하지 못할 것이다. 어쩌면 서로 다른 시인들이 서로의 시들을 읽어보는 것이 요즘 독자들의 전부가 아닌가 하는 생각도 해본다.

그러나 노래는 그렇지가 않다. 아무리 저질이라고 생각하고 외면한다 해도 어느새 그것이 사람들 곁에 다가와 있음을 느낄 수 있을 것이다. 그리고 시를 읽는 독자와 노래를 듣는 사람들의 수를 비교해서 생각해보면 그 파급효과 면에서 노랫말의 중요성은 시에 비교할 바가 아니다. 이제 그처럼 사람들 곁에 쉽게 다가갈 수 있는 노랫말 속에서 생활에서 새어나오는 진실된 삶의 노래를 많이 들을 수 있으면 좋겠다. 그것이 바로 시인에게 주어진 몫이 아닐까.

시와 노래의 하나 됨을 위하여

이제 시와 노래는 그 옛날의 본질을 찾아서 하나가 되어 사람들과 함께 호흡해야 한다.

노래 같은 시들이 있다. 읽으면서 자연스럽게 흥얼거리고 싶은 시말이다. 그것은 일정한 흐름을 반복해서 보여주기 때문에 느껴진 것이다. 깊은 뜻을 아우르고 있으면서도 쉽고 간명한 시가 박자를 머릿속에 그려지게 만든다면 그 시는 명시가 아닐 수 없다.

- 오봉옥 「좋은 시를 쓰기 위한 낙서」 중에서

오봉옥의 지적처럼 '깊은 뜻을 아우르고 있으면서도 쉽고 간명한 시가 박자를 머릿속에 그려지게 만드는 시. 바로 그런 시를 써야 한다. 그것이 곧 시와 노래가 하나가 되는 지름길이다.

세상을 향해 나뒹굴어야 할
음유시인의 사랑 노래

한보리에 대한 얘기를 해야 하는데 문득 그와 다툰 일이 먼저 떠오른다.

오년 전쯤의 일이다. 어느 날 내가 근무하는 학교의 도서실에 계절에 맞지 않는 바바리를 걸치고 두꺼운 음악노트를 옆구리에 낀 사내가 서부 영화의 '장고'처럼 나타났다. 전에 광주의 꼬두메 녹음실에서 안면만 익혔을 뿐 친한 사이는 아니었다. 그는 친구를 찾아서 집을 나서보기는 오늘이 처음이라고 하면서 멋쩍게 웃었다. 그 '장고'가 바로 오늘 얘기하려는 한보리다.

우리는 서둘러 선술집으로 자리를 옮기고 술잔을 나누었다. 술이 몇 순배 돌고 이런저런 얘기를 나누다가 어느덧 화제는 그의 노래로 옮겨가게 되었다. 그 노래 때문에 우리는 다투게 되었는데, 처음이랄 수 있는 만남에서 다 큰 어른들끼리 얼굴을 붉힌 것이 지금은 아득한 추억으로 남아 가끔 떠올리면서 속으로 웃곤 한다.

> 새가 물어가 버린 오후 한 시간
> 나는 아프리카 해변을 꿈꾸고 있네
> 새가 물어가 버린 오후 한 시간
> 커다란 사자 한 마릴 꿈꾸고 있네
> 아, 졸리운 오후
> 나는 꿈속에 있네

나는 꿈속에 꿈속에 있네

—「몽상가의 손목시계」 부분

　이게 바로 우리를 다투게 한, 그가 쓴 노래 가사다. 문제가 된 부분은 2행의 '나는 아프리카 해변을 꿈꾸고 있네'와 4행의 '커다란 사자 한 마릴 꿈꾸고 있네'였다.

　나는 그를 만나기 전에 이미 이 노래를 알고 있었다. '꼬두메'의 건반 연주자인 박양희 씨가 전해준 『꼬두메·2』 음반에 「몽상가의 손목시계」가 실려 있어서 자연스럽게 들을 수 있었다. 그때 나는 왜 하필이면 '아프리카의 해변을 꿈꾸고', '커다란 사자 한 마릴' 생각해야 하느냐고 따졌다. 그는 그것은 작가의 상상력이라고 대답했고, 나는 작가의 현실의식이 잘못되었기 때문이라고 지적했다.

　우리나라 해변도 많고, 토종 짐승도 많은데, 하필이면 우리와 아무런 관련이 없는 외국의 것을 떠올렸다는 것이 내 불만이었다. 우리는 그 일 때문에 몇 시간을 다투면서 얘기를 했는데, 이렇다 할 결론도 내지 못하고 둘 다 술에 뻗어 버리면서 논쟁은 그쳤다.

　지금 생각해 보면 무슨 결론을 낼 일도 아니다. 작가마다 자기의 철학이 있는 것이고, 창작에 대한 나름대로의 생각이 각각 다르기 때문이다.

　아무튼 이상하게도 그 일이 있은 후로 우린 가까워졌다. 나이가 같다는 것과 하는 일이 비슷하다는 것. 그리고 너저분한 성격이 서로 닮았다는 것이 그렇게 만들어 준 것 같다.

　그러나 가만히 생각해 보면 그 논쟁의 저변에 깔린 근본적인 문제가 있다. 그것은 한보리는 낭만주의자이고 나는 현실주의자였기 때문이 아닌가 한다.

　그를 낭만주의자라고 지칭한 것은 그의 노래와 시에서 그런 징후를 많이 찾아볼 수 있기 때문이다.

나의 사랑 깊은데 너는 등을 돌리는구나
내 슬픔의 시작인지 너는 아느냐
사랑은 그렇다
모든 것을 포용하는 것
너에게 사랑을 주고 싶다
이 외로운 세상에서

—「슬픔의 시작」부분

흔들리는 바람
꽃이 지는 소리에도
내 마음은 파랗게 멍들어가네
혼자 보낸 휴일

—「혼자 보낸 휴일」부분

그리우면 그리운 대로 그리워 하자
또 잊혀지면 잊혀지는 대로 아쉬워말자
헤어질 때야 물론
조금 섭섭하겠지만
무어 그리 서럽기야 할랴고
바람이 불면 바람이 부는 대로 흩어지는 연기마냥
사라지면 사라지는 대로
또 그리우면 그리운 대로
가슴에 묻어두고 사는 게지

—「그리우면 그리운 대로」전문

그의 시집 아무 장에서나 대충 뽑아본 것인데 감성과 정서를 중시하는 낭만주의적 요소가 여기저기에 흩어져 있다.

그러나 그는 낭만주의적 요소를 그냥 속수무책인 채로 드러내놓고 있지만은 않는다. 그는 모든 감정을 '포용'하고, '가슴에 묻어두고' 다스릴 줄 안다. 그것이 한보리의 시와 다른 연시들과의 차이점이라고 보아도 괜찮을 것이다. 그의 연가는 떠나간 대상에 대해서 원망하거나 야속해하지 않는다. 보낼 것은 보내고 남은 상처는 속으로 삭이는 넉넉함을 보여준다는 말이다. 그래서 그의 노래는 청승맞지가 않다. 그러한 한보리의 시들은 그가 직접 붙인 가락에 실려 있어서 더욱 우리에게 친근감 있게 다가온다. 그런 면에서 그를 음유시인이라고 부르는 데 주저하지 않는다.

이 시대의 음유시인이란 작곡과 시 쓰는 능력을 겸비한 사람으로, 세상 돌아가는 이야기와 우리들의 삶과 꿈을 가락에 실어 노래하는 가객 정도로 해석하는 것이 더 어울릴 것 같다.

—졸저『바람 부는 날』중에서

위에서 음유시인에 대해서 잠깐 살펴보았는데, 한보리가 거기에 딱 어울리는 사람이다. 그는 매일 일기를 쓰듯 곡을 쓴다. 이 시집에 실린 시들도 거의 다 가락이 붙어 있는 것들이다. 그가 실타래처럼 풀어낸 가락과 시들이 많은 사람들의 가슴에 전해지면 좋겠다. 이 말은 그의 능력에 비해서 아직 사람들에게 한보리의 재능이 많이 알려져 있지 않은 점이 안타까워서 하는 말이다.

그는 사소한 일상적인 일들을 그냥 지나치지 않는다. 그것이 그를 음유시인을 만든 것이기도 하지만⋯⋯.

모래시계를 뒤집는 것처럼

지나간 시간을 되돌릴 수 있다면
내가 걸어왔던 수많은 길을 되돌아가서
너를 아프게 했던 나의 가벼움과
가슴 멍들게 했던 이별의 말을
고스란히 거두어 지우련만
아! 나는 너에게 얼마나 거칠었으며 얼마나 잔인했던가
아! 나는 너에게 얼마나 견디기 힘든 짐이었을까
모래시계를 뒤집는 것처럼
내 아쉬운 옛날로 돌아갈 수만 있다면
저 들에 핀 강아지풀처럼
머리 부비며 살아갈 텐데

―「모래시계」부분

이 시에서도 한보리는 사소한 것에서 하나의 가슴 아픈 사랑노래를 만들어낸다. 여기에 대한 설명은 그의 창작노트를 엿보는 것이 더 효과적일 것 같아 잠깐 인용한다.

요근래 연가 작업을 몇 개 했더니 아내가, 혹시 애인이 생긴 거 아니냐고 은근히 묻기에 곡을 쓰게 된 동기를 얘기해 주었다. 「모래시계」라는 곡인데, 사실 나는 멋진 연애를 할 만큼 낭만적인 사람은 되지 못한다. 하루는 목욕탕에 가서 전날 먹은 술독 좀 빨리 풀어볼까 하고 사우나실에 들어갔더니 그곳에 초록색 모래시계가 있었다.―참, 나는 비쩍 마른 편이라 사우나실에는 좀처럼 들어가지 않는다.―어렸을 때부터 유독 시간과 공간 그런 것에 관심이 많아서 노래도 시간에 관한 것이 꽤 많다. 생각해 보니, 시간이라는 시간적 개념이 시계라는 평면에 의해 가시화되고, 모래시계란 시간의 양을 부피로써 확인시키는 더 구체적인 시간 표현이 아닌가. 그 사우나에서 나는 시간과 모래시계의 관계를 생각했다. 모래시계를 뒤집으면 조금 전의 모래들이 과거의 칸으로 다시 떨어져 내리듯 이 시간이 거꾸로 가서 다시 살아볼 수 있게 된다면 어떤 일들이 해보고 싶어질까? 이런 생각을 하다가 「모래시계」를 쓰게 되었다.

일상적인 사소한 일들을 그냥 놓치지 않는 그가 바로 시인의 눈을 가진 사람이다. 그는 그러한 눈을 가지고 세상을 바라보기에 그토록 많은 시와 노래를 쓸 수 있었을 것이다.

그러기에 그는 위의 「모래시계」(그는 이 시의 끝에 '1984.10.7'이라는 날짜를 기록해 놓고 있는데, 그것은 TV 드라마 「모래시계」보다 먼저 만들었다는 것을 밝히기 위해서이다)같은 절창을 부를 수 있게 되었을 것이다.

내친 김에 그의 창작노트를 조금 더 보고 가기로 하자.

「푸른 바람이 부는 마을」이라는 시를 쓰게 된 동기를 밝히는 부분인데, 창작에 대한 한보리의 견해도 들을 수 있어 좀 길지만 그대로 인용한다.

벌써 십 년도 더 된 얘기다. 6·25를 특집으로 다룬 무슨 다큐멘터리를 보고 있었다. 마을 전체가 북한군들에게 희생된 사건에 관한 것이었는데, 그 마을 이름이 '청풍리'였다. 그 무렵, 나는 일본 사람들이 개명해 놓은 마을 이름을 순 우리말로 고쳐보곤 했었다. '청풍리'를 우리말로 바꾸면, '푸른 바람이 부는 마을'이 된다. 푸른 바람이 부는 마을! 울림이 좋다고 느껴졌다. 나는 벌써 오랜만에 고향을 찾아드는 주인공이 되어 그 마을을 향하고 있다. 아마 나는 먼 친척의 장례식 때문에 고향에 갈 것이고, 옛날 생각, 옛 여인의 이름도 떠올렸으리라! 기차역에 닿았을 무렵은 이미 새벽, 마을은 푸른 안개에 싸여있고, 나는 안개가 천천히 흐르고 있는 솔밭을 지나간다.

밤새 내려 고인 별빛

새벽바람에 날리네
거리마다 푸른 바람
푸른 바람이 떠다니네
그 바람 나의 품에 안기어
내 가슴 보자고 하네
아픈 나의 마음을 어루만지네
푸른 바람
푸른 바람이

그리움에 다시 찾은
푸른 바람 부는 마을
그 사람 나의 품에 안기던
솔밭길로 가자하네
아픈 나의 마음을 흔들어 놓네
푸른 바람
푸른 바람이

―「푸른 바람이 부는 마을」 전문

이 곡을 듣는 사람마다 언제 그렇게 가슴 아픈 사랑을 해보았느냐
고 부럽다고 했다. 그런데 쓰게 된 동기를 얘기했더니 여간 실망스러
워 하는 게 아니었다. 사람들의 감상을 위해서라도 가끔은 진실을 은
폐할 필요가 있는 것일까? 곡을 쓰게 된 동기가 여러 가지겠지만 모
두 다 진지한 것은 아니다. 하지만 아무리 쉽게 쓰인 곡이라 하더라
도 다시 생각해 보면 그렇게 단순하지만은 않다. 창작이란 여러 가지
경험들이 축적되고, 그것이 쌓여서 가슴에 고여 있다가 어느 순간 그
경험들의 이미지를 연결시켜 주는 매개체나 사건을 통해서 구체화된
이미지를 형성화하는 작업이기 때문이다. 창작자가 받아들이는 모든
자극이 결국에는 작품 안에 녹아들며, 단지 그 매개되는 소재의 형태
에 따라서 변형 또는 전이될 뿐, 그 기저에 흐르고 있는 주제는 변함

이 없다는 얘기다. 창작에 관한 나의 견해는 이렇다.

이러한 그의 창작에 대한 견해를 들어보면 그가 하나의 시나 노래를 쓰기 위해 얼마나 진지하게 고민하는가를 알 수 있다. 그런 진지함이 '청풍리'라는 동네 이름 하나를 '아픈 마음 어루만지는' 연가로까지 풀어낼 수 있었을 것이다. 그러한 한보리의 창작에 대한 태도가 비단 이 시 하나에만 적용되었으랴. 노래 하나 시 한 줄에 정성을 다했음을 쉽게 짐작할 수 있다.

사실 그의 시는 연시가 주류를 이루고 있다. 그렇다고 그의 시가 전부 연가만 있는 것은 아니다. 곡이 붙지 않은 몇몇의 시들이 있는데, 그 시들이 연가보다는 성취도 면에서 더 시적인 완성도가 높다. 「능주 장터」, 「산」, 「까마귀」, 「산감나무」, 「봄산」 등이 그것인데, 그러한 시들을 보면 한보리의 시가 어느 한편은 현실에 깊이 뿌리박고 있음을 느낄 수 있게 해준다. 어쩌면 현실에 뿌리박은 건강한 정신이 항상 기저에 깔려 있기에 그의 노래가 연가일지라도 공허한 울림으로 끝나지 않고 가슴에 젖어 오는지도 모르겠다.

> 능주 장터 파장 무렵
> 머리 풀린 바람 춤추고
> 가난한 허리춤엔 벌써 어둠 밀리는데
> 질긴 소리 하나 있었네
> 아주 질긴
> ―오늘 하루도 적자난 인생
> 능주 장터 파장 무렵 구겨진 천막엔
> 어느새 달려왔는지 개 짖는 소리
> 개 짖는 소리 들리네

―「능주 장터」 전문

시인은 시골 장터의 파장 무렵을 을씨년스럽게 그려내고 있다. 감정에 치우쳐 소리 내지 않고 담담하게 그려내고 있는 시골 장터 의 모습에서, 이제는 그 존재가치를 잃어버린 시골의 모습을 안타 깝게 느끼도록 해준다. 거기에는 아쉬움이 있고, 그리움이 녹아 있 다. 그러기에 그런 시골 장터의 모습을 바라보는 시인의 마음이 따 뜻하다는 것을 쉽게 짐작할 수 있다.

욕심을 부리자면 앞으로 이런 부류의 노래가 더욱 많이 있었으 면 좋겠다. 삶의 모습이 묻어나는 그런 노래 말이다.

아무튼 음유시인으로서의 한보리는 김민기, 정태춘, 한돌, 조동진 의 뒤를 이어 하덕규 백창우와 함께 이 시대를 살아가는 우리들의 삶과 꿈 그리고 사랑을 폭넓게 노래해 주어야 한다. 그것은 한보리 가 가야 할 올바른 삶의 길이면서 동시에 그에게 주어진 의무이기 도 하다.

한보리는 항상 그것을 잊지 말아야 한다. 그렇지 않으면 우리는 또 다시 싸울 수밖에 없을 것이다.

알겠나? 장고!

2

나를
바꾸는
시 읽기

남은 두 개 발가락 잘릴 때까지

침 튀기던 은사님의 흉내를 내며

비가 오는 날에는 사람이 좀 청승을 떨게 되는가 보다. 그날 숙직을 했는데 밖에는 비가 부슬부슬 내리고 있었다. 나는 그 비를 바라보다가 어김없이 술 생각이 났고, 술 생각을 하다가 웬일인지 고등학교 때 국어 선생님 생각이 났다. 이야기가 좀 에돌아가지만 나는 어렸을 적부터 술을 좋아했다. 할머니의 술심부름으로 주막에서 막걸리 한 되를 사들고 오다가 몇 모금씩 마시던 것이 버릇이 되었고, 고등학교 때는 하숙비와 용돈을 타러 집에 갔다가 논에서 일하시는 아버지의 새참이 나오면 낟가리 뒤에 숨어서 술을 홀짝거렸는데, 아버지는 그런 나의 행동을 살짝 눈감아 주셨다.

나중에 들어보니 술은 어른들 앞에서 배워야 한다는 생각에 아버지께서 그러셨다는데, 하여튼 그 버릇이 어디 가겠는가? 학교가 파하면 까까머리를 감추기 위해 함께 하숙하는 대학생 형의 교련 모자를 빌려 쓰고 선술집엘 드나들었다. 그러던 것이 몇 번인가 술이 너무 과해서 다음날 학교에 못 나간 일이 있었고, 그때마다 걱정스런 얼굴로 나를 찾으셨던 분이 바로 우리 담임 선생님이셨던 국어선생님이다.

그 선생님은 시를 가르치는 시간이면 항상 한하운에 관한 이야기를 침을 튀기면서 하셨는데, 어찌나 열강을 하셨던지 20여 년이

지난 지금에도 기억에 생생하게 남아 있고 이제 나도 시를 가르치는 시간이 되면, 마치 내가 한하운에 대해서 제일 잘 아는 것처럼 그 선생님의 흉내를 내며 침을 튀기면서 떠들어대곤 한다.

문둥이가 된 자신의 삶을 표현

가도가도 붉은 황톳길
숨 막히는 더위뿐이더라

낯선 친구 만나면
우리들 문둥이끼리 반갑다

천안 삼거리를 지나도
쑤세미 같은 해는 서산에 남는데.

가도가도 붉은 황톳길
숨막히는 더위 속으로 쩔름거리며
가는 길…….

신을 벗으면
버드나무 밑에서 지까다비를 벗으면
발가락이 또 한 개 없다

앞으로 남은 두 개의 발가락이 잘릴 때까지
가도가도 천리 먼, 전라도 길

전라도 길

가도가도붉은 황톳길 숨막히는더위뿐이 다

낯선친구우 리 만나면 문 등이끼리반갑 다

천안 삼거-리를 지 나 도 해는-서산에남는 데

가도-가도 황 톳-길 숨막히는더 위 길

길을가다신-발을 벗으면 발가락이또하나없 고

남은두개발가락- 잘릴때까지 천-리먼전-라도 길

어찌 보면 징그러울 정도로 문둥이가 된 자신의 삶을 잘 표현해
낸 시다.

시를 쓴 한하운은 1919년 함경남도 함주군에서 태어나서 이리농
림학교를 졸업하고 25세 때 북경대학 농학과를 마치고 북경대학원
에서 몇 년간 연구를 하다가 귀국하여 함경남도와 경기도청에서
공무원으로 근무하던 중에 천형이라고 불리는 문둥병이 나타난다.
그 당시로서는 부러울 것이 없던 그에게 살 끝이 썩어 들어가는
나병이라는 선고는 하늘이 무너져 내린 것만큼이나 큰 충격이었을
것이다.

그는 당시의 심정을 '만사는/무지개가 사라지듯이/아름다운 공허
였다'(「무지개」), '그래도 살고 싶은 것은/한번밖에 없는 자살을 아
끼는 것'(「봄」)이라고 표현하면서 '소록도로 가는 길'이라는 부제가
달린 위의 「전라도 길」이라는 시를 『신천지』에 발표하고 표류 생
활을 시작한다.

간밤에 얼어서
손가락 한 마디
머리를 긁다가 땅 위에 떨어진다

이 뼈 한 마디 살 한 점
옷깃을 찢어서 아깝게 싼다
하얀 붕대로 덧싸서 주머니에 넣어 둔다

날이 따스해지면
남산의 어느 양지 터를 가려서
깊이 깊이 땅 파고 묻어야겠다

「손가락 한 마디」라는 이 시는 소록도로 가면서 쓴 「전라도 길」

못지않게 명징한 화폭으로 그 당시의 그의 모습을 잘 그려 내고 있다.

한하운은 천안을 지나 전리도의 끝인 소록노까지 가면서 장마철에 발이 푹푹 빠지는 황톳길을 걸어가다가 신발에 흙이 고여 무거워지면 털어 냈을 것이다. 그런데 그동안 또 썩어서 떨어진 발가락이 흙과 함께 털려 나온다. 그때의 심정은 어떠했을까. 이제 남은 발가락은 두 개밖에 없다. 나머지 두 개도 소록도까지 가다 보면 또 썩어서 떨어져 나갈 것이다.

이런 생각을 하며 가는 그의 심정을 한스럽게 표현한 「비 오는 길」이라는 시를 잠깐 더 보고 가기로 하자.

주막도 비를 맞네
가는 나그네

빗길을 갈까
쉬어서 갈까

무슨 길 바삐바삐
가는 나그네

쉬어갈 줄 모르랴
한잔 술을 모르랴

소록도까지 걸어가면서 자신의 처지를 생각해 본다. 비는 내리는데 주막에 가서 쉴 수도 없다. 어렸을 적 기억을 되살려 보면, 동네 어귀에 문둥이가 나타나면 사람들은 돌팔매질을 해댔다. 한하운에게도 그랬을 것이다. 바쁜 일이라곤 하나도 없는데, 쉬어 가고 싶은데, 술이라도 한 잔 하고 싶은데, 그럴 수 없는 자신의 처지를 묵묵히 돌아보면서 한스러운 전라도 길을 가야만 했다.

어린 시절로 돌아가고 싶은 간절한 소망

그러한 그의 시 중에서 요즘 황지우나 박남철 정도의 시집에서
나 보여야 할 엉뚱한 시가 하나 있다. 「개구리」라는 시인데 먼저
읽어 보자.

가갸 거겨
고교 구규
그기 가

라랴 러려
로료 루류
루리 라

한번 읽고는 선뜻 이해하지 못할 이 시가 1940년대에 쓰인 것은
지금 생각해 보아도 신기하다. 그러나 그 당시의 그의 심정과 결부
시켜 찬찬히 들여다보면 어렴풋이 그 해답을 얻을 수 있다. 소록도
로 가는 길에 학교가 있었을 것이고, 그 학교에서 선생님을 따라서
글을 읽는 아이들의 소리를 들었을 것이다. 한하운은 문득 그 소리
를 듣고 자기가 어렸을 적, 친구들과 함께 공부하던 시절을 떠올렸
을 것이다. 그리고 그 시절로 돌아가고 싶은 생각이 간절했을 것이
다. 그 시절이란 꼭 어린 시절이 아니어도 문둥병이 걸리기 이전의
건강했던 시절이다. 그는 개구리 울음소리처럼 선생님을 따라 책을
읽던 그 어린 시절로 돌아가고 싶은 간절한 소망을 이 시를 통해

나타내고 있다.

이렇듯 '옛날에 서서 우러러보던 하늘은/아직 푸르기만 하다마는 //아 꽃과 같은 삶과/꽃일 수 없는 삶과의//갈등 사잇길에 쩔룩거리며 섰(「삶」)'던 한하운은 48세쯤 되었을 때 나병을 완치하고 신안 농업기술학교의 교장으로 취임하게 된다. 그 후 그는 한국사회복지 협회 회장을 지내면서 나환자 구제 운동에 힘쓰다가 1975년 57세의 나이로 나병이 아닌 간장염으로 타계하였다.

'나는/나는/죽어서/파랑새 되어//푸른 하늘/푸른 들/날아다니며// 푸른 노래/푸른 울음/울어 예'고 싶어 했던 한하운은 죽기 전에 이미 파랑새가 된 굳건함을 보여 주었다.

삶이 팍팍할 때 불러 보았으면

청승떨던 얘기를 하다가 침 튀기던 얘기가 너무 길어진 것 같다. 다시 청승떨던 얘기로 돌아가자.

그날 나는 소주 몇 잔을 걸치고 기타를 퉁기면서 '비가 오면 생각나는 그 사람……' 어쩌고저쩌고 하면서 뽕짝거리다 나도 모르는 사이에 '가도 가도 붉은 황톳길……' 하면서 「전라도 길」을 노래 부르고 있었다. 몇 번 더 부르다가 더듬더듬 오선지에 베껴 두었는데, 나중에 꺼내서 불러 보아도 별로 고칠 데가 없었다. 지금도 술만 먹으면 가끔 흥얼거리는데 그때마다 꼭 떠오르는 사람이 있다.

바로 '풍년두부'라는 별명을 가진, 고등학교 때 국어 선생님이셨던 임영춘 선생님(선생님은 후에 『갯들』(현암사)이라는 좋은 소설을 써서 또 한 번 나를 감동시킨 적이 있다)이다.

선생님께 실례되는 얘기지만 나중에 한하운 시집을 사서 사진을 보니 어쩌면 두 분이 그리 닮아 보이던지…….

한하운처럼 가장 처절한 상황에 부딪쳤을 때는 아니더라도 가끔가다 삶이 팍팍할 때, 그 당시의 한하운을 생각하면서 그래도 나는 그보다는 낫다는 마음으로 잔잔하게 마음을 가라앉히면서 불러 보면 좋겠다.

아무튼 나는 그날의 청승 덕분에 내가 가장 좋아하는 노래 하나를 얻었다. 그리고 이런 청승이라면 가끔 떨어도 괜찮을 듯싶다.

시와 노래의 조화로운 만남

그건 어쩌면 사랑인지도 몰라

이 노래는 시에 가락을 붙인 것이 아니라 처음부터 노래의 가사로 쓴 것이다. 내 친구의 이야기를 노래로 만들어 본 것인데 처음부터 가사와 가락을 함께 만들었기 때문에 내가 만든 노래 중에서 가락과 노랫말의 조화가 잘 이루어졌다고 생각하는 것 중의 하나이다.

김상욱은 유행가와 시의 차이점을 얘기하면서 "유행가가 감정을 실제보다 우스꽝스러울 정도로 과장되게 드러내고 있는 데 비해, 시는 감정을 차곡차곡 일정한 질서 아래 표현한다. 잃어버린 사랑을 그저 목놓아 울어 버림으로써 드러내는 것이 유행가라면, 시는 그 울음을 안으로 삼킨다. 치마 속이 보일 정도로 땅바닥에 퍼질러 앉아 엉엉 우는 것이 생활에 가까운 일이라면, 어깨를 조금씩 들썩이며 제 손으로 입을 틀어막아도 새어나오는 흐느낌은 예술에 가깝다"(『시의 길을 여는 새벽별 하나』에서)고 했다.

내가 다시 가사를 읽어 보아도 '입을 틀어막아도 새어나오는 흐느낌'은 아니고 '잃어버린 사랑을 그저 목놓아 울어 버린' 이야기에 가깝다. 일단 읽어 보자.

바람 부는 날 내 마음속엔

작은 바람이 일어
비가 오는 날 내 가슴속엔
슬픈 이슬이 맺혀
바람 부는 날 거리에 나가
자꾸 서성거리고
비가 오는 날 전화벨 소리
자꾸 기다려지네

그건 어쩌면 사랑인지도 몰라
그대 이미 내 맘속에 있는걸

바람 부는 날 비가 오는 날
그대 향해 떠나네
바람 따라서 구름 따라서
포두 향해 떠나네

다시 읽어 보아도 '어깨를 조금씩 들썩이며 제 손으로 입을 틀어
막아도 새어나오는 흐느낌', 즉 '예술'과는 거리가 멀다는 생각이 든
다. 그저 평범한, 글 속에 있는 내용을 곰곰이 생각해 볼 필요도
없이 그냥 들려오는 이야기일 뿐이다.

그러나 이 이야기 속의 주인공, 즉 바람 부는 날이나 비가 오는
날이면 자꾸 서성거리면서 뭔가를 기다리는 사람의 입장에서 본다
면 절실한 문제일 수도 있다.

이 노래를 만들게 된 동기는 이렇다.

내가 살고 있는 집에서 10분쯤만 걸어가면 바닷가가 있다. 바닷
가라고 해서 경치가 번듯하거나 맑은 물이 출렁거리는 곳은 아니
다. 사람들도 후미진 곳에 있는 항구라는 뜻으로 흔히 '뒷개'라고
부른다. 그 이름에 걸맞게 큰 배는 들어오지 않고, 밀물 때 작은

바람 부는 날

부 는날— 내마 음 속엔— 작은 바 —람이 일 어   비가
부 는날— 거리 에 나가— 자꾸 서 —성거 리 고   비가

오 는날— 내가 슴 속엔— 슬픈 이 —슬이 맺 혀   바람
오 는날— 전화 벨 소리— 자꾸 기 —다려 지   네   그건

어 쩌면— 사랑 인 —지도 몰 라   — 그대 이미— 내맘

속 —에있 는 걸   — 그건 어 쩌면— 사랑 인 —지도 몰

라   — 그대 이미— 내맘 속 —에있 는 걸

— 바람 부 는날— 비가 오 는날— 그대 향 —해떠 나

네   바람 따 라서— 구름 따 라서— 모두 향 —해떠 나 네

고깃배만 가끔씩 들어오는 곳이다. 그러나 어느 항구보다도 사람 사는 모습이 정답게 느껴지는 곳이기도 하다.

나는 가끔 거기에 가서 술을 한 잔씩 하곤 하는데, 한동안 거기에 갈 때마다 동행하던 친구가 있었다. 그 친구는 성격은 활발해서 앞니가 약간 튀어나온 모습으로 항상 웃었다. 그러던 그가 언제부턴가 얼굴에 웃음을 잃고 안정을 찾지 못하는 모습을 보이더니 술이 거나해진 어느 날 속엣말을 터놓았다.

대학 다닐 때 같은 과 여학생을 우연히 마주쳤는데 곧 결혼한다고 했단다. 그 말을 듣고 난 후부터는 꽤히 이상해지더라고. 딱히 좋아한다고 생각지 않았었는데, 막상 그 얘기를 듣고 난 후에는 불안하고, 자꾸 서성거리게 되고, 자신을 스스로 통제할 수가 없다고 했다. 그래서 그녀가 근무하는 포두(고흥군에 있는 지명)에 가서 그런 자기의 마음을 털어 놓았는데, 그녀는 이미 정혼을 했고…….

나는 그 이야기를 들으면서 머릿속에 뭔가를 떠올리고 있었다.

…그건 어쩌면 사랑인지도 몰라. 그대 이미 내 맘속에 있는걸

그날따라 분위기가 분위기인 만큼 평소보다 술이 거나하게 취해서 집으로 돌아왔다. 돌아오는 길에 바닷바람은 얼굴을 때리고 그 친구는 더 심각하게 중얼거리는데, 나는 나대로 뭔가 계속 중얼대고 있었다.

…그건 어쩌면 사랑인지도 몰라. 그대 이미 내 맘속에 있는걸. 바람 부는 날 비가 오는 날 그대 향해 떠나네. 바람 따라서 구름 따라서 포두 향해 떠나네….

「바람 부는 날」은 이렇게 해서 만들어진 노래다.

유행가의 노랫말과 시의 어울림

유행가의 노랫말과 시의 이야기를 하려니 한 가지 더 말해 둘 것이 있다. 우리는 은연중에 노랫말은 좀 저속한 것이고, 시는 좀 고상한 것이라는 생각을 갖고 있다는 점이다. 그러나 나는 꼭 그렇다고 생각지 않는다. 먼저 이영미의 말을 들어 보자.

> 우리는 시의 제목에서 'XX가(歌)' 혹은 'XX노래' 등의 것들을 꽤 볼 수 있다. 또 시의 중간중간에서도 자신의 시를 가리켜 '나의 노래' 등으로 표현하는 경우가 있고, 또 우리는 그것을 자연스럽게 받아들인다. 그럼에도 불구하고 일반적으로는, 시와 노래는 아주 다른 종류의 것으로 생각되고 있다. 시는 어렵고 고상한 것이고, 진지하고 엄숙하고 고통스럽기까지 한 것임에 반해, 노래는 즐겁고 쉽고 누구나 할 수 있고, 그런 의미에서 조금 격이 낮은 것이란 느낌을 갖는다.
> 그러나 주지하다시피 시(詩)와 노래(歌)는 기원적으로 같다. 문학사 책들을 뒤져 보면 운문 문학의 총칭으로 시가(詩歌)란 용어를 쓰고 있는데. 이는 시와 노래가 근원적으로 같다는 것을 의미한다.

「시와 노래」라는 제목의 이 이영미의 말은 귀담아 들을 만하다. 그는 또 동양의 시의 전범이라 할 수 있는 『시경』 역시 당시의 노래가사를 모아 추린 것이라고 말한다.

이렇듯 유행가의 가사라고 해서 다 저속한 것만은 아니고 시라고 해서 무조건 고상한 것만은 아니다. 이러한 말을 뒷받침하기 위해서 시를 능가하는 훌륭한 노랫말 하나를 소개한다.

> 저 산은 내게 우지 마라 우지 마라 하고
> 발 아래 젖은 계곡 첩첩산중

저 산은 내게 잊으라 잊어버리라 하고
내 가슴을 쓸어 내리네

아 그러나 한 줄기
바람처럼 살다 가고파
이 산 저 산 눈물 구름 몰고 다니는
떠도는 바람처럼

저 산은 내게 내려가라 내려가라 하네
지친 내 어깨를 떠미네*

    하덕규라는 대중가요 가수가 노랫말을 쓴 「한계령」이라는 노래의 가사이다. 솔직히 말해서 이 노랫말을 능가하는 시를 만나기란 그리 쉽지 않은 일이다.
    김선태 시인은 여기에 대해서 이렇게 말하고 있다.

    '한계령'은 강원도 양양군과 인제군 사이에 있는 해발 950m의 제법 높은 재입니다. 그러나 '시인과 촌장'의 하덕규가 작사·작곡하고 양희은이 부른 이 '한계령'은 인간 속세의 초월할 수 없는 벽이며, 기어이 속세를 사랑할 수밖에 없음을 우리에게 알려주는 가사와 곡 모두가 시를 능가하는 탁월한 노래가 아닐 수 없습니다. 시를 배우고 쓰는 우리는 부끄럽습니다.

    맞는 말이다. 「한계령」을 통해서 '인간 속세의 초월할 수 없는 벽'을 느끼고 '내려가라 내려가라' 하면서 '지친 내 어깨를 떠미'는 모습을 통해 끝내 인간이란 '속세를 사랑할 수밖에 없음'을 깨닫게

---

*이 가사는 2003년에 정덕수의 시 「한계령에서」의 일부임이 밝혀졌다. 하덕규의 표절이 2003년 이전에 쓴 다른 사람들의 글까지 엉망으로 만들어 놓는 결과를 가져왔다.

해 주는 이 노랫말을 보자. 여기서 우리는 노랫말은 항상 시보다 좀 더 저속한 것이라고 생각을 할 수 있겠는가? 그러나 문제는 이런 가사들이 많지 않다는 데 있다. 하나같이 떠나버린 임에 대한 안타까운 사랑의 감정만 되풀이 하다 보니 어느새 유행가 가사는 저속하다는 등식이 우리들 머릿속에 자리 잡게 된 것이다. 노랫말을 좋은 시에서 찾아오는 것도 이러한 문제를 해결하는 좋은 방법 중의 하나라고 생각한다.

이런 말을 하고 있으려니 어슴푸레 기억나는 노랫말 하나가 있다. 들국화에 대한 전설을 가사로 쓴 것인데 좋은 노랫말이라는 생각에 기억나는 대로 적어본다.

무지개 피고 나뭇잎 피고
꽃 피고 웃음도 피고
무지개 지고 나뭇잎 지고
꽃 지고 웃음도 지고

엄마 찾아간 아이는
들국화가 되었나

하늘을 가르는 은빛 날개는
내일을 보며 접어 두노라

같이 울어 줄 수 있는 노랫말

내 개인적인 얘기지만 나는 심수봉과 한영애의 노래를 좋아한다. 울적할 때, 아니면 혼자 조용히 술을 마실 때 심수봉과 한영애의 노래를 듣고 있으면 마음이 편해진다. 그래서 언젠가 친구에게 이런 말을 한 적이 있다. 성악가나 클래식 음악을 하는 사람들은 실연을 했을 때 소주 한 잔 하면서 심수봉의 「당신은 누구시길래」나 한영애의 「누구 없소」를 듣는지, 아니면 베토벤의 「운명」이나 차이코프스키의 「호두까기 인형」을 틀어 놓고 눈물을 흘리는지 궁금하다고. 아무튼 나는 사뭇 그것이 궁금했다. 내가 클래식 음악에 문외한이어서 정답을 알 수 없지만 전자 쪽이 더 맞지 않나 하는 생각을 해본다.

노래는 항상 우리들 곁에 있다. 그런 만큼 같이 울고, 같이 웃고, 같이 소리칠 수 있는 가사가 많이 나왔으면 좋겠다. 그 아름다운 성공 사례를 우리는 정태춘이나 김민기 등에서 찾아볼 수 있다. 또 훌륭한 시에서 빌려오는 것도 좋은 방법 중의 하나다. 곽재구의 시 「유곡나루」에 정태춘이 곡을 붙여 시와 노래의 만남이라는 것이 이런 것이구나 하고 보여 주는 「나 살던 고향」을 들어보자.

> 육만 엥이란다.
> 후꾸오까에서 비행기 타고
> 전세버스 부산 거쳐, 순천 거쳐
> 섬진강 맑은 유곡나루
> 아이스박스 들고, 허리 차는 고무장화 신고
> 은어잡이 나온 일본 관광객들
> 삼박사일 풀코스에 육만 엥이란다
> 초가지붕 위로
> 피어오르는 아침햇살
> 신선하게 터지는 박꽃넝쿨 바라보며
> 리빠나 모노 데스네, 리빠나 모노 데스네*
> 깨스불에 은어 소금구이
> 혓바닥 사리살살 굴리면서

---

* 리빠나 모노데스네 : '훌륭하구만'이라는 뜻의 일본어.

신간선 왕복 기찻값이면
조선관광 다 끝난단다 음, 음
육만 엥이란다

초가지붕 위로
피어오르는 아침햇살
신선하게 터지는 박꽃넝쿨 바라보며
리빠나 모노 데스네, 리빠나 모노 데스네
낚싯대 접고 고무장화 벗고
순천의 특급호텔 사우나에 몸풀면
긴 밤 내내 미끈한 풋가시내들
써비스 한번 볼만한데, 음. 음
환갑내기 일본 관광객들
칙사 대접받고, 그저 아이스박스 가득, 가득
등살 푸른 섬진강 그 맑은 몸값이
육만 엥이란다

　노래는 여기서 끝난다. 아니다 이제 시작이다. 단 한 줄 진짜하
고 싶은 말을 그는 잊지 않는다.

　나의 살던 고향은 꽃 피는 산골…… 좆돼부렀다~

　어떤가? 피가 거꾸로 솟지 않는가? 노랫말도 이 정도는 되어야
같이 울어 줄 수 있지 않겠는가?

단 네 줄로 짚어 낸 한 나라의 민중사

자기의 세계와 소리를 가진 시인

시인을 만나다 보면 종종 시에서 느꼈던 이미지와 전혀 다른 느낌을 주는 경우가 있다. 그러나 어떤 때에는 인사를 나누지 않아도 저 사람이 바로 그 시인이구나 하고 금방 알 수 있는 경우도 있다. 김준태 시인을 처음 보았을 때 나는 그런 느낌을 받았는데 멀리서 보는 순간 저 분이 틀림없이 김준태 시인이다는 생각을 했다.

몇 해 전 부안의 어느 바닷가 옆에 있는 초등학교 운동장에서 마이크도 없이 강연을 하고 있는 그를 처음 보았을 때 덩치와 키가 어찌나 크던지 주눅이 들 정도였고, 그 덩치에 어울리게 목소리도 커서 학교의 담장 밖까지 들려 올 정도였다. 그는 그의 시속에서 느꼈던 강렬한 인상을 그대로 가지고 있었다. 그러한 김준태 시인에 대해서 나종영은 이렇게 말한다.

다 알다시피 김준태 시인은 개성이 매우 강한 시인이다. 그는 가락이나 발상법, 시적 진술 등의 모든 부분에서 두루두루 독창성을 구가하고 문학적으로 철저하게 자주성을 견지해 온 시인이다. 곧 아무도 흉내낼 수 없을 만큼 철두철미하게 자기의 세계와 소리를 가진 시인이라고 할 수 있을 것이다.
  —김준태 시집, 『꽃이, 이제 지상과 하늘을』 해설에서

만인을 깊은 사색에 빠뜨리는 위력

이제 그 누구도 쉽게 흉내 낼 수 있다고 생각하는 「감꽃」이라는 시를 보자.

> 어릴 적엔 떨어지는 감꽃을 셌지
> 전쟁통엔 죽은 병사들의 머리를 세고
> 지금은 엄지에 침 발라 돈을 세지
> 그런데 먼 훗날엔 무엇을 셀까 몰라

단 네 줄로 우리네 현대사를 짚어 낸 이 시에 대한 해설은 아무래도 김형수의 이야기를 빌려오는 것이 더 좋을 것 같다.

만 10년 전에 썼던 시가 아직도 살아 우리의 가슴속에서 메아리치는 경우이다. 누구라도 좋을 한 사람의 독백 형식을 빌어 역사적 운명의 궤도를 달리고 있는 한반도 민중의 삶을 노래한 시다. 우리가 예술성의 문제를 내세워 정치 표준 못지않게 강조하려 고집한 경우는 이럴 때뿐이다. 운율·가락·소리의 울림을 우리의 호흡에 맞게 조화시켜 내면서 단 네 줄의 문장 속에 한 나라의 민중사를 담아내는 위력, 그것으로 만인을 깊은 사색에 빠뜨리는 위력, 참으로 그리기 어려운 역사의 물줄기를 눈에 보이도록 구체화시켜 버리는 역량, 예술성이란 바로 이런 것이다.

그러면 어떻게 해야 이렇게 위력 있는 시를 쓰는 것이 가능할 것인가. 내용이 쉽다고 쓰기조차 쉬운 것으로 이해해서는 안 된다. 깊은 사색 없이 간단하게 여겨 백날을 흉내 내 봐야 이런 시는 써지지 않는다. 차라리 길고 짧고에 상관 않고 형상 사유의 훈련을 쌓는 길이 옳고 빠르고 쉬운 길이다.

－김형수, 『대중을 위한 문학교실』에서

이렇듯 김준태 시인의 「감꽃」은 단 네 줄로 된 짧은 시지만 그 네 줄의 문장 속에 '한 나라의 민중사를 담아 낸 위력'을 지닌 시다. 감동을 주는 시는 너무도 평범해서 하찮게 보이기까지 하는 우리의 일상생활을 쓰는데, 가만히 그 밑바닥을 들여다보면 대단히 엄숙한 진리들을 담고 있다.

우연한 현상 속에 담긴 놀랄 만한 진리

「감꽃」이 그렇다. 서정적 주인공이 어렸을 적에 먹고 살기가 힘들어 새벽에 남보다 일찍 일어나 감꽃을 주워 먹으며 허기진 배를 채우는, 하찮은 이야기부터 시작해서 6·25를 거치고, 돈 되는 것이면 무엇이든 찾아다니는 현대에 이르기까지 약 100년의 세월을 '셌지'라는 각운의 반복만 있을 뿐 어떤 시적인 기교도 없이 엄숙한 역사적 진리를 짚어내 버린다. 그리고 '먼 훗날엔 무엇을 셀까 몰라'라는 마지막 행에서 우리의 뒤통수를 때리듯 한심스런 역사와 현실을 단 한 줄로 압축해서 말한다.

시인은 우연한 듯한 현상 속에서 소스라치게 놀랄 만한 진리가 담겨 있는 것을 찾아낼 수 있어야 한다. 그리고 우연한 현상을 통해 진리가 드러났던 방식대로 시가 쓰일 때 작게 시작해서 크게 끝나야 한다. 「감꽃」은 그러한 느낌의 순차성이 잘 나타난 보기 드문 좋은 시다. 느낌의 순차성이란 '형상적 사유'라고도 말하는데, 기왕 얘기가 나온 김에 「감꽃」을 통해서 알아보기로 하자. 이것은 시를 쓰는 사람이 알아야 할 가장 기본적인 것이기 때문이다.

감 꽃

어 릴 땐 떨 어 지 는 감 꽃 을 셌 지

전 쟁 통 엔 죽 은 병 사 머 리 를 세 고

지 금 은 침 발 라 돈 을 세 — 지

먼 훗 날 엔 무 얼 셀 까

생활 속에서 받은 느낌의 순서에 맞게 그려져야 한다는 것입니다. 바둑에도 수준이 있듯이 이 시에서도 서술 순서가 있습니다. 다음의 시는 그것이 대단히 잘 지켜진 경우입니다.

㉠ 어릴 적엔 떨어지는 감꽃을 셌지
㉡ 전쟁통엔 죽은 병사들의 머리를 세고
㉢ 지금은 엄지에 침 발라 돈을 세지
㉣ 그런데 먼 훗날엔 무엇을 셀까 몰라

㉠㉡㉢㉣의 순서가 조금만 어긋나도 형상이 일그러져 실체를 알아 보기 힘들게 됩니다. 이미 ㉣에서 할 말을 얻어 낸 상태에서 시를 쓰 더라도 조급하게 ㉣에서 시작하지 않고 ㉠에서 시작해야 합니다. 그 순서는 생활 속에서 느낌이 전해 오는 순서입니다. "순이가 등 뒤에 서 툭툭 쳐서 돌아다봤다"라고 하는 문장은 이러한 순서가 틀려 있 는 문장입니다. 등 뒤에서 툭툭 쳤을 때는 그 사람이 누구인지 모르 는 것이 상태입니다. 이 문장은 "누군가 등 뒤에서 툭툭 쳐서 돌아다 보니 순이였다"로 고쳐야 옳습니다.

현실이란 복잡하게 얽혀 있으면서도 뒤죽박죽 무질서한 것이 아니 라 대단히 정연한 질서를 가지고 있습니다. 시는 이 점까지를 옳게 반영해야 합니다.

— 김형수, 『자주적 문예운동』에서

이렇듯 생활의 논리에 맞게 서술해 간 시를 따라 읽을 때 그 감 동의 폭도 점점 더 커지게 마련이다. 「감꽃」에 대한 노래 이야기를 하려다가 어느덧 시 쓰는 법까지 흘러와 버렸는데, 내심 그것을 노 린 바도 없지 않다. 시를 쓰는 법을 배우는 가장 좋은 방법 중의 하나가 바로 좋은 시를 찾아 읽는 것이기 때문이다.

시는 '아침마다 쓸어내는 방 먼지에' 있다

김준태 시인은 시를 쓴다고 깝죽거리는 사람들에게 일침을 가하 는 시 한 편을 써 놓는 것을 잊지 않았다. 그가 시를 어디에서 찾 는지 보자.

어디 멋들어지게 둔갑시킬 싯귀는 없나 하고

초조히 서두르는 앙큼한 놈아
네놈이 노려야 할 혁신적이고 어쩌고 하는 시는
네놈이 걷어차버린 애인에게 있고
밤중에 떨어진 꽃잎 밑에 있고
이장네 집에서 통닭을 삼키는 면서기의 혓바닥에 있고
어금니로 질근질근 보리밥을 씹어대는
시골 할머니의 흠 없는 마음속에 있고
전봉준이가 육자배기를 부르며 돌아오던
진달래꽃 산 굽이에 희부옇게 있고
네놈의 뒤통수에 패인 흉터에 있고
아침마다 쓸어내는 방 먼지에 있을 것이다

　　　　　　　　 －「詩作을 그렇게 하면 되나」 중에서

　이렇듯 시의 내용을 우리네 역사와 사회와 현실에서 찾는 김준
태 시인은 『참깨를 털면서』(창비), 『나는 하느님을 보았다』(한마당),
『국밥과 희망』(창비), 『불이냐 꽃이냐』(청사), 『넋통일』(전예원), 『아아
광주여, 영원한 청춘의 도시여』(실천문학사), 『칼과 흙』(문학과지성사)
등의 시집을 내고, 『꽃이, 이제 지상과 하늘을』(창비) 통치하는 세상
을 꿈꾸고 있다. 그리고 "내일 우린 사람 모양으로/아름다움 하나
로도 살아갈 수 있다"고 말한다. '통일을 꿈꾸는 슬픈 색주가'인 그
는 '기차는 가고 똥개만이 남아 우는' 「호남선」 곁에서 '뜨끈뜨끈하
고도 달착지근한 보리밥'으로 남아, '남도의 툇마루'에 앉아 「제목을
붙일 수 없는 슬픔」을 토해 내고 있다.

　할아버지가 돌아가시자
　국민학교 출신 아버지는 무덤을 만들어주고
　중학교 출신 그의 아들은 10년 후
　어느새 아예 그 무덤을 없애버리고

그 자리에 밭을 일구어 고구마를 심고
20년 후, 또 그의 손자는 그 밭마저
아파트업자들에게 미련 없이 팔아버리고
아 그리하여 옛사람의 그림자도 사라졌다네

끝내 버리지 않는 사람에 대한 희망

그는 '엄지에 침 발라 돈을 세'는 데에만 정신이 빠진 시대에도
'사람'에 대한 희망을 끝내 버리지 않는다.

　나는 30여 년간 시를 쓰고 산다. 그러나 나는 시를 모른다. 다만
나는 '사람'을 소중하게 생각하고, '사람'을 얘기하다가 홀로 나자빠져
버리기도 한다.

−『통일을 꿈꾸는 슬픈 색주가』 서문에서

이제 그의 시 「참깨를 털면서」를 통해서 순리에 따르는 삶의 지
혜를 배우면서 마치자.

　산그늘 내린 밭귀퉁이에서 할머니와 참깨를 턴다
　보아하니 할머니는 슬슬 막대기질을 하지만
　어두워지기 전에 집으로 돌아가고 싶은 젊은 나는
　한 번을 내리치는 데도 힘을 더한다
　세상사에는 흔히 맛보기가 어려운 쾌감이
　참깨를 털어대는 일엔 희한하게 있는 것 같다
　한 번을 내리쳐도 셀 수 없이
　솨아솨아 쏟아지는 무수한 흰 알맹이들

도시에서 십 년을 가차이 살아본 나로선
기가 막히게 신나는 일인지라
휘파람을 불어가며 몇 다발이고 연이어 털어댄다
사람도 아무 곳에나 한 번만 기분좋게 내리치면
참깨처럼 솨아솨아 쏟아지는 것들이
얼마든지 있을 거라고 생각하며 정신없이 털다가
"아가, 모가지까지 털어져선 안 되느니라"
할머니의 가엾어하는 꾸중을 듣기도 했다

그대와 나 사이에 강이 흐른들 무엇하리

공허한 소리가 아닌, 가슴에 울려오는 노래

이 글을 쓰려니 소설가 김주영 씨의 글이 기억난다. 그는 밤새워 읽을 연애소설을 한권 쓰고 싶다고 했다. 그것은 아마 영원히 변하지 않을 인간의 보편적인 감정을 쓰고 싶다는 말일 것이다. 안도현의 시집 『그대에게 가고 싶다』(푸른숲)를 읽으면서 나는 그런 김주영의 말이 문득 떠올랐다.

내가 아는 한, 안도현은 철저한 현실주의 시인이다. "시에다 삶을 밀착시키고 삶에다 시를 밀착시키는 일. 그리하여 시와 삶이 궁극적으로 완전한 하나가" 되기를 원하는 그이지만 현실의 모순과 각박한 세상에 대한 외침 속에 도랑물처럼 잔잔하게 흐르다가 고여 있는 사랑의 샘물도 꽤나 깊었나 보다. 아니, 그런 소리를 외칠 수 있는 그이기에 그의 연시도 귓가에서 맴도는 공허한 소리가 아닌, 가슴에 울려오는 노래로 들려온다.

> 저물녘
> 그대가 나를 부르면
> 나는 부를수록 멀어지는 서쪽 산이 되지요
> 그대가 나를 감싸는 노을로 오리라 믿으면서요
> 하고 싶은 말을 가슴에 숨기고
> 그대의 먼 산이 되지요

먼 산

저물 녘 그 대 가 날 부 르 면

나는 부를 수록 멀 어지 는

서 쪽 산 이 되 - 지 요

그 대 가 날 감 싸 는 노 - 을 로

오 리 라 오 리 라 믿 으 면 서 요

하 고 싶 은 말 숨 기 고

그 대 의 먼 산 이 되 지 요

「먼 산」이라는 이 시에 더 이상의 어떤 설명을 할 필요가 없다. 그냥 '그대'와 '나' 사이를 감싸고도는 사랑을 느끼면서 읽으면 된다. 그러나 그 사랑에 대해서 조금 덧붙여 말하자면 '나'는 '그대가 부를수록 멀어지는 서쪽 산이 되지'만 '하고 싶은 말을 숨기고 그대의 먼 산이 되'는 것은 결국 '그대가 나를 감싸는 노을로 오리라'는 믿음이 있기 때문이다.

그러면 이러한 믿음은 어디에서 생겨났을까? 사랑이다. 그것뿐이다. 정갈하고 단아한 이 시에서 어떤 뜻을 찾으려 할 것이 아니라 '서쪽 산'을 따뜻하게 '감사는 노을'에서 촉촉하게 적셔 오는 사랑을 느끼면 된다. 이 시만 놓고 본다면 '나'와 '그대'와의 평범한 사랑 이상의 어떤 의미를 찾을 수는 없다. 누구나 말할 수 있는 그런 평범한 연시일 뿐, 그 이상의 어떤 의미를 찾기 힘들다는 말이다. 그러나 이 시인이 말하는 사랑의 의미는 여기에서 그치지 않는다.

세상을 후려치고 가는 회초리가 되지 못한다면

그대와 나 사이에 강이 흐른들 무엇하리

내가 그대가 되고
그대가 내가 되어
우리가 강물이 되어 흐를 수 없다면
이 못된 세상을 후려치고 가는
회초리가 되지 못한다면
그리하여 먼 훗날
다 함께 바닷가에 닿는 일이 아니라면

그대와 나 사이에 강이 흐른들 무엇하리

  시인은 「강」에서 말한다. '그대'와 '나' 사이에 아무리 사랑이 깊
은들 결국 세상을 껴안고 흐르는 사랑이 아니라면 무슨 소용이 있
겠느냐고.
  '나'와 '그대' 사이, 둘만의 사랑은 의미가 있는 사랑이 아니다. 그
사랑이 '세상을 후려치고 가는 회초리가 되지 못한다면' 진정한 사
랑이 될 수 없다. '그리하여 먼 훗날' 세상을 껴안고 함께 뒹굴다
'다함께 바닷가에 닿는' 사랑을 꿈꾼다.
  그런 사랑을 꿈꾸는 시인이기에 다음의 「이사」라는 시도 가능했
을 것이다.

        이삿짐을 실은 용달차 한 대가 지나간다
        산다는 것은 기어코 저렇게 이불 한 채, 솥단지 몇 개 싣고
        따뜻한 방을 찾아 이사 가는 것인가 보다
        살림이 너무 없어 비어 있는 자리에
        한 사내와 어린 것 둘도 짐이 되어 얹혀 간다
        새로 옮겨 가는 집에도 주인이 있을 것이다

  세상을 사랑하는 따뜻한 마음이 가장 선명하게 그림으로 그려지
는 시다. 시인은 하찮은 일도 예사롭게 그냥 넘기지 않는다. '이삿
짐을 실은 용달차 한 대가 지나가'는데 '살림이 너무 없어 비어 있
는 자리에 한 사내와 어린것 둘도 짐이 되어 얹혀 간다'는 아주 평
범한 묘사 속에도 세상을 껴안고 흐르려는 따뜻한 시선을 느낄
수 있다.
  게다가 '새로 옮겨 가는 집에도 주인이 있을 것이다'라는 진술에
서는 앞서 말한 '다함께 바닷가에 닿는 일이 아니라면', '그대'와

강

그대와 나 사이에 강이 흐른들 무엇하리 무엇하리

이 못된 세 - 상을 후려치고갈 회초리가 못된다면

내가 그대 가 되고 그대가 내가 되어 우리가 강물되어 흐를수없다면 무엇하

리 무엇하리 무엇하리 무엇하리

먼 훗날다 함께 바 -닷가에 닿는일이 아니라면

그 대와 나 사이에 강이 흐른들 무엇하리 무엇하리

'나' 사이에 아무리 사랑이 깊은들 무엇하겠느냐고 물어오던 그 사랑이 확연해짐을 느낄 수 있다.

짠하게 생각하는 그의 마음이, 어쩔 수 없는 현실을 안타깝게 바라보는 그의 마음이 바로 사랑이다. 그는 그런 모습을 보면서 함께 아파하고 있다.

「먼 산」이라는 노래이야기를 하려다가 약간 다른 쪽으로 흘러간 것 같다. 하지만 꼭 그런 것만은 아니다. 결국 사랑 이야기인데, 사랑도 이쯤 되어야 공허한 울림이 아닌, 가슴에 울려오는 노래가 되지 않겠는가. 김주영이 말한 밤을 새워 읽을 만한 연애소설을 쓰고 싶다는 얘기도 결국 이런 감정이 바닥에 깔린 그런 이야기를 쓰고 싶다는 말일 것이다.

'맑은 사람'의 풀여치 울음 같은 노래

아이들처럼 순수한 마음을 가진 사람

'풀여치' 혹은 '맑은 사람'이라는 별명을 가진 시인이 있다. 시인치고 마음이 맑지 않은 사람이 있을까마는, 그 시인들 사이에서도 '풀여치'라는 맑고 깨끗한 이름으로 불리는 것을 보면 그는 틀림없이 아이들처럼 순수한 마음을 가진 사람일 거라는 생각이 든다.

그가 누구이고, 왜 그런 이름이 붙여졌는지 김용택 시인의 말을 들어보자.

나는 사람들에게 늘 이런 소리를 하곤 한다. 적어도 우리들이 세상을 살아가면서 더럽혀진 발을 광웅이 형님과 남준이의 가슴에 담가 씻어야 한다고. 그래야만 사람의 모습을 그나마 갖추고 사는 거라고. 그 둘이야말로 우리가 최소한 맘 놓고 숨 쉴 수 있는 무공해지대이며, 깊은 산중 깨끗한 풀밭 속의 한 떨기 야생화 위에 앉은 풀여치인 것이다.

－박남준 시집 『풀여치의 노래』 해설에서

김용택 시인은 이광웅 선생님과 박남준 시인을 가리켜 '우리들이 세상을 살아가면서 더럽혀진 발을' 그들의 '가슴에 담가 씻어야' 할 정도로 맑고 깨끗한 풀여치 같은 사람이라고 말한다. 그러나 안타깝게도 두 마리(?) 풀여치 중에서 큰풀여치인 이광웅 선생님은 이른바 '오송회' 사건으로 간첩 아닌 간첩으로 몰려 옥고를 치르고 그 후유증으로 몇 해 전 진짜 풀여치가 되어 풀밭이 있는 산속으로 가셨다. 이제 홀로 남은 작은풀여치인 박남준 시인은 『세상의 길가에 나무가 되어』(황토)셨다가, 언젠가는 『쓸쓸한 날의 여행』(서해문집)을 떠나더니, 이제 '모악산방'(그는 그가 사는 집을 그렇게 부른다)에서 『풀여치의 노래』(푸른숲)를 부르고 있다.

먼저 '맑은 사람'의 풀여치의 울음 같은 노래 하나 들어보자.

분단된 현실에 대한 안타까움

> 흐르는 것은 눈물뿐인데
> 바람만 바람만 부는
> 날마다 강에 나가
> 저 강 건너 오실까
> 내가 병 깊어 누운 강가
> 눈발처럼 억새꽃들 서둘러 흩어지고
> 당신이 건너와야 비로소 풀려 흐를 사랑
> 물결로도 그 무엇으로도 들려오지 않는데
>
> ―「날마다 강에 나가」 전문

언뜻 보아서는 사랑하는 임을 기다리는 내용을 담은 평범한 연시처럼 느껴진다. 서정적 주인공이 다분히 여성적이라는 느낌이 드는 이 시는 '당신이 건너와야 비로소 풀려 흐를 사랑'이 '물결로도 그 무엇으로도 들려오지 않음'을 안타까워하면서 '날마다 강에 나가' 눈물을 흘리면서 누군가를 기다리고 있다는 내용을 담고 있다.

날마다 강에 나가

흐르는것 은 눈물뿐인데 바람 만바람 만 부는날마다

강가 에나 가 기-다리네 저 강건너오실 까 내가

병 깊어-누운강 가 눈발 처럼 억새꽃 들 서둘

러 서둘러 흩어 지고 서둘러 흩어지 고 -

당신이저 강 건-너와야 비로 소풀 려 호-틀사랑

물 결로 도 무엇으로도 들 려오지않는 데

그래서 이 한 편의 시를 놓고는 평범한 연시로 보아 마땅하다. 그러나 시집 전체에 흐르는 감정과 바로 다음에 이어지는 「가을편지」, 「칠석·1」, 「칠석·2」라는 시를 읽어보면 약간 다르게 해석할 수 있다. 「칠석·2」라는 시를 보자.

> 그리움이 크면
> 저 들판 까막까치도 다리를 놓아 주는 것을
> 이쪽과 저어기 끝
> 은하수의 하늘도 만나는 것을
> 기다림의 수놓으며 베를 짜는 아낙도
> 워워 소가 되어 논밭 갈던 사내도
> 이 땅 위 선 하나로 남북이 되어 갈라져
> 등 돌리고 누운 채 미움이 더해 가는지
> 아아 그리움이 깊어
> 일 년에 한 번 십 년에 한 번만이라도
> 저처럼 눈물비 뿌리며 서로 부둥켜안고
> 뜨겁고 뜨건 눈물 울어 보았으면

이 시와 연결시켜서 읽고 나면 앞의 시 「날마다 강에 나가」의 내가 얻은 '병'이 무엇인지 분명히 드러난다. '병'이란 다름 아닌 '그리움'이다. 그 그리움이란 남과 북으로 상징되는 '베를 짜는 아낙'과 '소가 되어 논밭 갈던 사내'가 '서로 등 돌리고 누운 채 미움이 더해 가는' 분단된 현실을 안타까워하면서 '은하수의 하늘도 만나'듯이 '서로 부둥켜 안고' '뜨겁고 뜨건 눈물 울어 보았으면' 하는 바람이다.

그의 시집 첫 장에 나오는 「세상의 길가에 나무가 되어」도 그러한 맥락에서 해석이 가능하다.

세상의 길가에 나무가 되어

먼 길을 걸어서도 당신을 볼 수 없어요
새들은 돌아갈 집을 찾아 갈숲 새로 떠나는데
가고 오는 그 모두에 눈시울 붉혀가며
어둔 밤까지 비어가는 길이란 길을 서성거렸습니다
이 길도 아닙니까 당신께로 가는 걸음
차라리 세상의 길이란 길가에 나무가 되어 섰습니다

이 시에서 '세상의 길이란 길에 나무가 되어'서 있는 서정적 주인공은 바로 통일을 기다리는 주체이고, '당신'은 바로 다름 아닌 '통일'을 의미하는 말로 해석할 수 있다.

이제 「날마다 강에 나가」가 단순히 남녀 간의 사랑을 노래한 연시가 아니라, 분단된 조국의 현실에 대한 안타까움을 노래한 시라는 것을 알 수 있을 것이다. 그러나 이런 설명을 하면서도 나름대로 조금 허전한 구석이 있다. 그것은 서정적 주인공의 입장이 다분히 여성적이고 기다림에서 머문다는 점이다. '당신이 건너와야 비로소 풀려 흐를 사랑'을 눈물만 흘리면서 기다리다가 '병 깊어' 강가에서 서성거리고 있을 뿐이다. 또 「칠석2」에서는 '그리움이 깊어' '서로 부둥켜 안고/뜨겁고 뜨건 눈물 울어 보았으면' 하고 약간의 뜻을 더해 가기는 하지만 '등 돌리고 누운 채 미움을 더해 가는' 현실에 대한 감정을 '저 들판의 까막까치도 다리를 놓아 주는' 것처럼 누군가가 해주기를 바라는 마음에 머문 듯한 인상을 지울 수가 없다.

그렇다고 해서 무조건 목소리를 높이는 것이 좋다는 것은 아니다. 목소리가 높은 시인일수록 그 울림은 공허해져서 실제로 감동으로 다가오지 않는 경우가 더 많다. 여기서 말하고 싶은 것은 서정적 주인공의 입장이 좀 더 적극적인 자세로 자기가 그 길을 가려는 의지를 가진 사람이었으면 좋겠다는 말이다. 이를테면 '저 강

건너 오실까'보다는 '내가 건너가야지' 하는 생각을 가진 서정적 주인공의 설정이 더 좋지 않겠나 하는 생각이다.

따뜻한 마음이 있는 사람들의 이야기

그렇다고 아직 속단하기에는 이르다.

그의 시집은 뒤로 갈수록 점점 더 무게를 싣는 구성을 취하고 있다. 즉 서정적 주인공의 입장이 '기다리는' 소극적인 입장이 아니라, 자기가 주체가 되어서 그 일을 해보겠다는 적극적인 입장으로 바뀐다.

그래서 그는 끝에 가서 '다시는 만날/그 인연이야 어려웁다고/이 대로야 영영 남이 되어 버리겠냐'고 반문하면서 결코 "우리들 남이 될 수 없다"고 단호하게 얘기한다. 그는 여러 가지 울음소리를 낼 줄 아는 풀여치다. 때로는 여인처럼 다소곳한 울음으로 나직하게 노래 부르기도 하고, 때로는 잘못된 세상에 대해서 악을 쓰듯 처절하게 울부짖기도 한다.

나는 그의 시 중에서 사람 사는 모습이 그려진 것들을 좋아한다. '맑은 사람'의 끈적끈적한 정이 묻어나는 그의 시 한 편을 더 보자.

포구에 밤이 오고
눈발을 털며 기웃거리다 모여든
썰렁한 대폿집
뜨끈한 시래깃국에 시린 막걸릿잔 돌리며
가슴마다에 맺힌 응어리를 삭힐 때까지
몇은 신이 나서 떠들고
포구의 시절 좋은 때를 그리워하지만

그리움은 그리움으로만 안타까울 뿐
몇은 풀이 죽어 술잔을 거푸 들이켰다.

밤이 깊도록
포구는 눈발에 휩싸이고
속절없는 사내들의 가슴은
뻘밭처럼 질척이는데
누군가의 입에서 구성진 뽕짝이 나왔다
젓가락 장단에 맞추어
그렇게라도 해야만 직성이 풀리겠다는 듯
사내들은 바락바락 악을 써댔다
목포는 항구다, 목포느은 하앙구우다

어디서 육자배기 가락이라도 들려올 것 같은
목을 놓아 목을 놓은 밤
울릉도나 주문진
오징어 배라도 타러 갈까
공사판을 찾아 돌며 날품이나 팔러 갈까
흥어의 저 바다에 조기만 다시 온다면
살구꽃 허옇게 피는 날
칠산 앞바다에 참조기떼 돌아오는 날은
다시 올 수 없을까
영영 글러 버린 것일까

밖은 좀처럼 눈발이 그치지 않았다
움추린 어깨 너머로 하나 둘
포구의 불빛들이 힘없이 사라지고 있었다

-「법성포7」 전문

그의 고향인 법성포의 모습을 잘 그려 놓은 시다. 이제는 폐선장이 다 되어 버린 법성포 앞바다를 보면서 사람들은 '포구의 시절 좋은 때를 그리워하지만', '그리움은 그리움으로 안타까울 뿐'이다. 그래서 '사내들의 가슴은 뻘밭처럼 질척이고', '누군가의 입에서 구성진 뽕짝이 나온다.' 이러한 그들의 모습을 보고 '움추린 어깨 너머로 하나 둘/포구의 불빛들이 힘없이 사라지고 있다'고 느끼는 시인의 마음은 따뜻하다. 세상을 바라보는 따뜻한 마음은 그 무엇보다도 더 아름다운 법이다. 박남준의 시 속에는 항상 따뜻한 마음이 있는 사람들의 사는 이야기가 들어 있다. 그래서 그의 시는 감동으로 울려온다.

노래를 잘 부르는 시인

박남준 시인에 관해 얘기하려면 빠뜨려서는 안 되는 것이 하나 있다. 그의 노래 솜씨다. 김용택 시인의 이야기를 들어 보자.

어느 날 내가 전주에 갔더니 자취방에 머릿결이 곱고 얼굴이 곱상하게 생긴 녀석이 술에 취해 노래를 부르고 있었다. 이미자의 '동백아가씨'를 간사하게, 처절하게 또는 간드러지게 부르더니 또 한 곡조 '목포는 항구다'를 또 그렇게 불렀다. 그때는 참 이상하게도 생긴 녀석이 노래를 부른다고 생각했다. 그가 바로 박남준이었다.

백학기 시인은 그런 그에 대해서 아예 시를 한 편 썼다.

목포느으은 하항구우우다
박남준이 그의 시를 읽는 밤에

별똥별이 졌다
나는 눈물이 났다

-「서정시를 쓰기 힘든 시대·23」 전문

짐작컨대 박남준 시인이 어느 시낭송회에서 앞에 인용한 「법성
포.7」이라는 시를 낭송하면서 중간의 '목포는 항구다'라는 부분을
간드러지게 노래하듯이 낭송하는 것을 보고 쓴 것 같다. 얼마나 낭
송을 잘했으면 다른 시인이 쓴 시의 소재거리가 되었을까 생각해
보면 그의 노래 실력을 미루어 짐작할 수 있을 것이다.

언젠가 박남준 시인이 내 출판기념회에 와서 땀을 뻘뻘 흘리면
서 불러주던 노래를 나는 지금도 잊을 수가 없다. 그때가 낮이어서
'별똥별이 지는 것'은 보지 못했지만, '맑은 사람'의 모습이 저런 것
이구나 하고 느끼기에 충분했다.

정갈하면서도 선명한 그림으로 남는 시

큰고모의 눈물방울처럼

나는 지금도 시와 노랫말의 차이점을 잘 모른다. 단지 시는 형식이 좀더 자유롭고 노랫말은 한정된 마디 안에 들어 있어야 한다는 제약 때문에 시보다는 형식의 제약을 더 받는다는 것을 느낄 뿐이다. 이러한 제약은 운율적인 측면에서 볼 때 더 압축되고 고정된 틀 속에서 꿈틀거리기 때문에 더 시적인 맛이 살아나야 하는데 실제는 그렇지 않다.

어느새인가 우리에게 시는 좀 고상한 것이고 노랫말은 시보다 저속한 것으로 인식되어져 있다. 이러한 현상은 그동안의 유행가가 질질 짜는 가사만 반복적으로 사용한 데서 생긴 잘못된 생각이다.

원래 시라는 독립된 장르가 있었던 것이 아니다. 노래와 춤이 함께 어우러졌던 것이 차츰 세분화되면서 노랫말이 떨어져 나와 시가 되었음을 생각해 보면, 시는 고상한 것이고 노랫말은 저속한 것이라는 생각은 바뀌어야 한다. 그렇다고 지금의 유행가 가사를 보면서 그것을 시라고 부르기에는 선뜻 내키지 않는 것도 사실이다.

시 쪽을 보아도 마찬가지이다. 너무 늘어지는 경향의 요즘 시들을 보면, 산만함 때문에 가락에 실려 다가오던 감동이 죽어가고 있다는 생각이 든다.

이런 면에서 볼 때 시를 노랫말로 사용하는 것은 시와 노래 양

쪽에 다 절실하게 필요한 문제라고 생각한다. 그리고 그러한 생각에서 내가 읽었던 「개망초」라는 시와 그 시를 흥얼거리면서 만들어 보았던 노래 얘기를 해보고자 한다.

이 고개 저 고개
개망초꽃 피었대
밥풀같이 방울방울 피었대
길을 능구렁이같이 영 넘어가고
낮이나 밤 무섭지도 않은지
지지배들 얼굴마냥 아무렇게나 피었대
아무렇게나 살드래 누가 데려가 주지 않아도
왜정 때 큰고모 밥풀 줏어먹다 들키었다는
그 눈물방울 얼크러지듯 그냥 그렇게 피었대

　내가 이 시를 처음 읽은 것은 십여 년 전이다. '푸른숲'이라는 출판사에서 '성장소설선집'과 '신춘문예입문서' 형식의 책을 만드는 일에 엉겁결에 끼어들게 되었는데, 그때 유강희라는 낯선 시인이 신작시 두 편을 보내왔다. 「할매」와 「개망초」가 바로 그 시인데 두 편 다 내 눈에 번쩍 띄는 시였다. 특히 개망초꽃을 '왜정 때 큰고모 밥풀 줏어먹다 들키었다는 그 눈물방울'에 비유한 것은 그 당시 나에게 신선한 충격으로 다가왔다. 그리고 여기저기 흔하게 피어 있는 데도 우리는 그것이 개망초꽃인 줄조차 모르고 지내는데 유강희 시인은 '지지배들 얼굴마냥 아무렇게나 피었다'고 재미있게 표현하고 있다
　좋은 시는 읽고 난 후 선명한 그림으로 남는 경우가 많다. 거기에 호흡법에 맞는 가락까지 매끄럽다면 그 시를 좋은 시라고 말하는데 주저할 필요가 없을 것이다.
　「개망초」가 바로 그런 시다. 시인 자신은 특별히 글자 수나 음보

개 망 초

이 고개저고개 개망초꽃피었대 밥풀같이방울방울 피 었 대

낮 이나밤이나 무섭지도않은지 지지배들얼굴마냥 아무렇게나

아무-렇게나살드 래 누가 데-려가주지않아 도

왜정-때큰-고모 밥풀주워먹-다 들키었다는 그-눈망울

얼크러지듯 얼크러지듯 그냥-그렇 게 피 었 대

율을 맞춘 것도 아닌 것 같은데 이 시를 읽다 보면 찰랑찰랑거리
는 어떤 운율을 느낄 수 있다. 게다가 여기저기에 피어 있는 개망
초꽃이 큰고모의 눈물방울처럼 얼크러져 있는 모습이 그림으로 선
명하게 다가온다.
　유강희 시인은 이 시에서 간접화법을 사용하고 있는데, 그것이

오히려 이 시의 재미를 더해 주고 있다. 남에게 들은 얘기를 또 다른 사람에게 조용조용 전해 주는 듯한, 차분히 가라앉은 음성으로 마치 옛날에 할머니가 손주를 잠재울 때 부르던 노래처럼 가만가만 들려주는 가락을 따라 읽다 보면 저절로 노래가 된다.

그때 같이 보내왔던 「할매」라는 시도 마찬가지다. 짧은 시이기에 전문을 적어 본다.

    맑은 혼은 다 날라가 버리고
    빈 그릇만
    남았네요
    싸리꽃 할매

시 속에 살짝 떨구어 놓은 시인의 마음

정갈하면서도 선명한 그림으로 남는 이러한 시들에서 한 가지 더 읽어 내야 할 것이 있다. 바로 그의 마음이다. 그는 시 속에 그냥 지나가는 듯하면서도 묘하게 살짝 자기의 마음을 떨구어 놓는다. 「개망초」에서 '낮이나 밤이나 무섭지도 않은지'와 「할매」에서 '맑은 혼은 다 날라가 버리고'가 그런 구절이다. 그는 그가 대상을 바라보는 따뜻한 마음을 시 속에 살짝 떨구어 놓음으로써 현대시에서 주로 느낄 수 있는 메마름이나 차가움에서 벗어나 정감으로 다가오는 시의 맛을 느낄 수 있게 해 준다.

한 가지 더 놀라운 것은 내가 이 두 시를 읽은 지가 십여 년 전인데 그는 아직도 서른 살이 안 된 총각이라는 점이다. 계산해 보면 청소년기인 십대 후반이나 이십대 초반에 이러한 시를 쓴 셈이다. 언젠가 김현의 『행복한 책읽기』(문학과 지성사)를 읽다가 "나는 앞으로 유강희를 주목할 것이다"라는 구절을 본 적이 있다. 아직 시집 한 권도 낸 적이 없는데 이렇듯 주목을 받는 것은, 그의 시를 지금 읽어 보아도 신선하게 다가오는 것을 생각하면 우연한 일은 아니라고 생각한다.

좋은 시는 선명하다. 그리고 그러한 그림이 가락과 잘 어울려 있으면 더 말할 필요가 없다. 질질 짜는 듯한 유행가 가사나 너무 늘어져서 산만함이 감동을 죽이는 요즈음의 시들 사이에서 「개망초」는 큰고모의 눈물방울처럼 전형적인 모습으로 피어 있다.

상처를 아물게 하는 불씨 같은 시

시와 노랫말의 전형적인 모습을 보인 예를 유강희의 「개망초」를 통해 살펴보았다. 시는 고상한 것이니 계속 고상한 길만 가야겠다고 고집한다면 독자들은 독자들 나름대로의 길을 갈 것이고, 노랫말도 계속 질질 짜고만 있다면 더 이상 같이 울어 줄 사람이 없을 것이다.

김상욱은 『시의 길을 여는 새벽별 하나』(친구)에서 '유행가가 슬픔을 드러내는 것에 만족하는 반면, 시는 그 상처를 새로운 불씨로 여긴다'고 하면서 '시는 유행가와 달리 상처를 드러내는 것에 그치지 않고 더 큰 세계를 열어 둠으로써 상처를 아물게도 하는 것이다'고 말하고 있다. 이처럼 시와 노랫말의 사이가 멀어진 시대에 훌륭한 시에 가락을 붙여 그 사이를 좁혀질 수 있게 하는 작업은 결코 '쓸데없는 짓거리'만은 아닐 것이다. 그리고 이러한 일은 시인이나 작곡가가 함께 노력해야 할 일이지 어느 한쪽이 책임져야 할 문제가 아니라고 생각한다.

그래서 시보다 훨씬 더 쉽게 사람들에게 접근할 수 있는 노랫말 속에서 '상처를 드러내는' 내용이 아닌 '상처를 아물게 하고', '그 상처를 새로운 불씨로 여기는' 모습을 많이 발견할 수 있었으면 좋겠다. 「개망초」처럼.

내 순정한 어린 날을
다시 한번 만나보고 싶어서

삶의 내실을 기하라고 다독거리는 '어른'

이 시대에 어른이 있다면 어떤 사람일까 하고 생각하다가 얼른 떠올릴 수 있는 사람이 있다. 바로 심호택 시인이다. 그는 자상하기도 하거니와 어떤 티를 내지 않으면서 뚜벅뚜벅 자기의 갈 길을 가고 있는데, 그러한 그의 모습 속에서 뭔지 모를 어른이란 저런 것이구나 하는 것을 느끼게 해 준다.

나는 지금도 언젠가 익산에 갔을 때 부스스한 얼굴(그날 따라 피로가 쌓여 몹시 지쳐 있는 것처럼 보였다)로 나와, 여기까지 왔는데 그냥 보낼 수 없노라고 술집으로 내 손목을 잡아끌던 그의 모습을 잊을 수가 없다. 나는 그때 심호택 시인을 쳐다보면서 속으로 호를 만풍(늦바람)이라고 했으면 좋겠다는 생각을 했다. 물론 입 밖에는 내지 않았지만 상대방에게 편안함을 주는 선생님의 얼굴을 바라보면서 그런 생각을 했다. 심호택 시인은 쉰이 가까운 늦은 나이에 시단에 발을 들여놓았는데 연륜만큼 탄탄한 시를 내놓고 있어, 그러한 그의 시를 읽을 때마다 그동안 글이 써지지 않아 조급해 하던 나에게 괜찮다고, 괜찮다고 글을 잘 쓰려거든 먼저 삶의 내실을 기하라고 다독거리시는 것 같은 느낌을 받곤 한다.

그러한 심호택 시인의 시 쓰기는 어린 시절에 대한 추억에서부터 시작된다.

그만큼 행복한 날이

그만큼행복한날 이 다 시 -는없 으 - 리

이제는지나가버 린 내 어 -린-그 시 절

싸리빗자 -루 둘러메고 살금살금잠-자리 쫓 -다가

얼 -굴이 발 -갛게 익 -어들어오던 날

여 -기저 기 찾아보아도 먹을것없 던 날

그만큼행복한날 이 다 시 -는없 으 - 리

과거를 조용히 돌아보는 마음으로

그만큼 행복한 날이
다시는 없으리
싸리빗자루 둘러메고
살금살금 잠자리 좇다가
얼굴이 발갛게 익어 들어오던 날
여기저기 찾아보아도
먹을 것 없던 날

심호택 시인의 시집 『하늘밥도둑』(창비)에 실린 「그만큼 행복한 날이」라는 이 시는 어린 시절에 대한 그리움을 나타내고 있다. 나는 이 시를 읽으면서 어린 시절, 특히 여름에 모기장 천으로 만들어 놓은 망태 속의 대나무 소쿠리에 담겨져 있던, 조금 쉰 보리밥을 씻어서 냄새를 없앤 다음 다시 찬물에 말아먹던 생각이 났다.

이러한 그의 시에 대해서 오철수는 「나 스스로 자연이었던 그 행복한 날이」라는 글에서 이렇게 말하고 있다.

모든 것이 부족했지만 또 모든 것이 꽉 차 있던 날. 들에는 온갖 생명의 것들과 햇살이 가득하여 사철 내 키를 키우고 잔뼈를 굵혀 조화롭고 풍요로웠으나 '여기저기 찾아보아도/먹을 것 없던 날' 기실 한 인간의 물질적 욕망을 채우지 못했던 날. 그러나 그런 부족 혹은 빈 자리 있어 그만큼 모든 것이 가득했던 날. '싸리빗자루 둘러메고/살금살금 잠자리 좇다가/얼굴이 발갛게 익어 들어오던' 조화롭고 풍요롭고 가득한 날. 그러나 '여기저기 찾아보아도/먹을 것 없던 날' 그래서 모든 것이 꽉 차 있지만 또 비어 있던 날. 그래서 만족되지 않은 마음의 길이 저기 도회지까지 뻗쳐 있던 날, 아득해져 버린 날. 생각해 보면 우리는 그 마을을 저기에 두고 허겁지겁 지금에까지 왔

습니다. 세상일이 다 그렇겠지만 무엇이 무엇인지도 모르고 급급해
한나절의 인생을 살았던 것이죠.

지나간 일은 다 아름답게 느껴진다. 그러나 그것을 되돌아보고
사는 사람은 그리 많지 않다. 생활이 바쁘다는 핑계로 지나간 시절
을 거의 잊고 산다. 그러다보면 자연히 앞서 가는 사람만 눈에 띄
고, 현실에 만족하지 못한 채 자꾸 욕심을 부리게 된다. 다시 말해
올챙이 적 생각 못 하는 개구리가 되어 간다는 말이다. 그러나 심
호택 시인은 이 시에서 과거를 조용히 돌아보는 마음으로 어린 시
절에 대한 추억을 잔잔하고 정갈하게 표현해 내고 있다.
대나무 소쿠리 속의 쉰 보리밥을 씻어 먹던 추억은 아니더라도,
지나간 시절 중 제일 어려웠던 때를 생각하면서 '지금 내가 너무
욕심을 부리고 있지나 않나' 하고 자신을 돌아보면서 그의 시를 읽
어 보면 좋겠다.
올 여름에 그의 두 번째 시집 『최대의 풍경』이 나온다고 한다.
아직 읽어 보지 못해서 그 내용은 알 수 없지만 미루어 짐작할 수
있는 시를 그의 첫 시집에서 발견할 수 있다. 책의 제목으로 쓰인
「하늘밥도둑」이라는 시다.

> 망나니가 아닐 수야 없지
> 날개까지 돋힌 놈이
> 멀쩡한 놈이
> 공연히 남의 집 곡식줄기나 분지르고 다니니
> 이름도 어디서 순 건달 이름이다만
> 괜찮다 요샛날은
> 밥도둑쯤 별것도 아니란다
> 우리들 한 뜨락의 작은 벗이었으니
> 땅강아지, 만나면 예처럼 불러주련만

너는 도대체 어디 있는 거냐?
살아보자고, 우리들 타고난 대로
살아갈 희망은 있다고
그 막막한 아침 모래밭 네가 헤쳐 갔듯이
나 또한 긴 한세월을 건너왔다만
너는 왜 아무데도 보이지 않는 거냐?
하늘밥도둑아 얼굴 좀 보자
세상에 벼라별 도적놈 각종으로 생겨나서
너는 이제 이름도 꺼내지 못하리
나와 보면 안단다
부끄러워 말고 나오너라

내가 그러한 것의 한 징후로 이 시를 끄집어 낸 것은, 그의 시는 항상 그 끝이 현실에 닿아 있기 때문이다. 그리운 것들, 세상을 올바르게 살아가는 것에 대해서는 하늘밥도둑을 부르듯이 '왜 아무데도 보이지 않는 거냐'고 '얼굴 좀 보자'고 찾아나설 것이고, '벼라별 도적놈 각종으로 생겨'난 세상에 대해서는 단호한 목소리로 꾸짖을 것이다.

그는 그의 시집 후기에 "이 암울하고 숨가쁜 시절에 더구나 때 늦은 첫 시집으로 왜 한가로이 고향을 찾는가. 물론 스스로 물었으나, 구구한 이유 없이 내 순정한 어린 날을 다시 한번 만나 보고 거기서 출발하자는 생각이었다"고 말하고 있다.

이처럼 '순정한 어린 날을 다시 한번 만나 보고 거기서 출발하자는 생각'을 가진 이 시인은 이제 '그 정든 앞개울을 건너'서 현실의 한복판으로 뛰어들 것 같다. 그처럼 순수한 그이기에 그가 아무리 낮게 속삭인다 해도 그 울림은 클 것이다. 그래서 그의 두 번째 시집을 빨리 만나 보았으면 하고 기다려진다.

서정시가 과연 무엇인지를······

며칠 전 심호택 시인이 편지를 보내왔다. 2066 CANAKIN '#23 ST. Louis, Mo 63146 U.S.A.(내가 미국을 가본 적이 없어서 어디쯤인지 알 수가 없기에 그대로 옮겼음)라고 겉봉에 적혀 있었는데, 교환 교수로 떠날 때 만나지 못하고 간 것이 안타까워서 보낸다는 안부 편지였다. 나는 이 편지를 열 번도 넘게 읽었다. 곳곳에 따스함이 들어 있지 않은 곳이 없기 때문이다. 그리고 끝에 이런 말을 써놓았다.

기왕에 늦게 걸어온 길이니 유형도 느긋하게 그러나 단단하게 작업을 마쳐서, 올해에는 꼭 좋은 작품들을 선보이기 바랍니다.

아직 답장을 해 드리지 못해서 여기서 대신 한다.

그래요 선생님, 선생님만큼 될 수 있다면 얼마든지 늦은 걸음으로 가겠습니다. 선생님보다 더 늦바람으로 불더라도, 그것이 된바람이 될 수 있도록 따복따복 걸어가겠습니다.

늦바람은 역시 무서운 모양이다. 느긋하게 걸어가자시더니, 심호택 시인은 어느새 마치 서정시가 이런 것이라는 것을 보여 주기라도 하듯「그 아궁이의 불빛」하나를 밝혀 두었다. 이런 시를 놓고 왈가왈부한다는 것은 군더더기일 뿐이다. 읽어 보면 알 것이다. 서정시가 과연 무엇인지······

달아오른 알몸처럼
거룩한 노래처럼

그 아궁이의 불빛이 아직 환하다

푸른 안개자락 끌어덮은 간사짓벌
갈아엎은 논밭의 침묵 사이로
도랑물 하나 어깨를 추스르며 달아나고
기러기떼 와자지껄 흘러갔다
목도리 칭칭 동여맨 아이들
저녁연기 오르는 집에 어서 가자고
재잘거리며 흩어진 하굣길
진창에 엉긴 서릿발이
저문 달구지 바퀴에 강정처럼 부서질 때

짚검불이 숨죽이며 타오르는 부엌
불길의 혀에 가쁜 부뚜막에서는
세상 돌아가는 것 까마득히 모르는
멸치들이 시래기를 뒤집어쓰고 끓었다
토장국 냄새 맡으러
온동네 한 바퀴 쏘다닌 바람
춥다 춥다 사립문 걸고 넘어질 때

너도 들어와 불쬐고 가거라
홍시를 머금은 듯
활개치며 달아오르던
그 아궁이의 불빛이 아직 환하다

사랑이여, 제발 한 번만 내 곁에 와서

통속적인 것을 통속되지 않게 하는 삶의 무게

나는 본래 시를 쓰는 사람이지 노래를 만드는 사람은 아니다. 그런데 지금까지 발표된 것을 헤아려보면 시보다는 노래가 많다. 이것은 전공인 글은 남 앞에 내놓기 부끄럽다는 생각이 앞서고, 노래는 내 전공이 아니기에 별다른 부끄러움 없이 발표해왔기 때문이다.

사람들은 대체로 자기보다 조금 나은 사람 앞에서 자기를 내세우기를 꺼린다. 오늘 소개하려는 강형철 시인에 대한 나의 감정도 다분히 그러한 생각이 밑바탕에 깔려 있다. 아무튼 나는 술 마시기를 좋아하고 술이 거나해지면 그럴듯하게 폼을 잡고 노래를 불러대곤 하는데, 강형철 시인이 있는 자리에서는 절대로 노래를 하지 않는다. 차라리 가수 앞에서 노래를 부르는 것이 편할 정도다. 어느 정도인지는 김형수가 쓴 『해망동 일기』의 해설을 통해서 보자.

문단 일각에서는 꽤 알려진 이야기지만, 1960~70년대 어간 전라도 어느 항구 색시촌쯤에서 유행했을 법한 뽕짝노래를 시인은 잘해도 이만저만 잘하는 것이 아니다. 박경리가 말하는 '한', 김지하가 말하는 '신명'의 갈림길에서 나옴직한 그 소리를 들을 때마다 사람들은 끈적끈적한 분위기에 젖어 허우적대곤 한다. 흥겨운 소리가 눈물을 깔아 흥겹고, 슬픈 소리가 좌절을 삭혀 슬픈, 알짜배기 군산 피붙이

의 노랫소리. 통속적인 것을 통속되지 않게 하는 삶의 무게가 거기에
는 실려 있다. 세상살이에 상처 입은 사람들이 서로 드리워 주는 목
숨의 그늘을 향해 불나비처럼 날아들고 싶어 하는 강형철 시인 특유
의 성질이 뒤섞인 채 말이다.

이처럼 타고난 노래꾼인 강형철 시인은 술이 거나해지면 이미자
노래부터 시작해서 '거울도 안 보는 여자'까지 해숭해숭 빠진 대머
리를 까딱거리고 거기다가 덧니까지 살짝살짝 드러내 보이면서 꼭
닭똥집같이 생긴 입술을 오물거리며 노래를 불러대는데, 내가 제일
좋아하는 한영애나 심수봉보다 더 술맛 나게 부른다. 그는 노래를
잘 하는 만큼 인정도 많다. 이제 그의 인정 많은 사랑 노래, 「연가
」를 살펴보기로 하자.

사랑이여 사랑이여

아픈 만큼 하나쯤의 사랑을
깨달아 행할 수 있다면
몸뚱아리 어느 구석이든
칼로 찢어보고 끌로 후빈다 해도
어느 벌판 허수아비가 못되랴

아무리 아픈 척해도
한 사람의 어깨 위
아심아심 버티고 가는 몇 마디 슬픈 이야기의
잠시 머물다 가는 쉼터도 될 수 없었고
언제나 나는 거짓말쟁이로 남아
끝끝내 구경꾼으로 남아

낯선 서울의 거리에선 늘상
쫓겨다니는 휴짓조각처럼 구겨진 채
살아가나니

원컨대 나를 이제 지워버리고
깨끗이 짓밟아버리고
사랑이여, 제발 한 번만 내 곁에 와서
지금 떨고 선 저 이웃 곁에서
하지 못한 내 얘기
한 번만 해 줄 수 없으신지?

   지금까지 '연가'라는 제목의 시와 노래가 많이 있었다. 그러나 그러한 노래와 시들의 대부분은 실연에 대한 슬픔을 노래한 것이었고, 서정적 주인공이 바라다보는 대상이 사랑하는 사람에 국한되어 있었다. 가장 널리 알려진 '연가'는 우리가 여름휴가 때 기타를 치면서 단골메뉴로 불러댔던 '비바람이 치던 바다 잔잔해져 오면…' 하는 노래다. 기다린다는, 영원히 기다린다는 이 노래 역시, 사랑하는 사람에 대한 그리움을 나타내고 있을 뿐이다. 리듬은 흥겹게 불러대고 있지만 내용을 살펴보면 유행가의 전형적인 가사에서 크게 벗어나지 않는다.
   그러나 강형철의 「연가」는 사뭇 다르다. 그가 바라보는 곳은 바로 '떨고 선 이웃'이다. 그는 「연가」에서 노래한다. '언제나 거짓말쟁이로 남아'있는 나에게 사랑이 와서 욕심으로 가득 찬, 적당히 자기만을 위해서 살아가는 자신을 먼저 깨치고 자신이 깨친 그 사랑을 '떨고 서 있는 이웃'에게 '깨달아 행할 수 있'기를 바란다. 그런 사랑을 깨닫고 또 행할 수만 있다면 어느 벌판의 허수아비든, 사막의 모래 알갱이든 뭐든지 할 수 있다고 말하고 있다.

연 가

아픈만큼하나쯤의 사 랑을— 깨달아행 할수 있 다면—

몸뚱이어느구석 후빈다해도 어느벌판허수아빈 못 되랴—

— 사 랑 이여 — 사 랑 이여

원컨대이제나를 지워버리고 깨끗이짓—밟아 버 리고—

지금— 떨고선— 저이웃곁에서— 하지못한내 애 기

한번만해주실순 없으 신지 하지못한내 애 기

이러한 그의 마음을 정우영 시인이 감상 노트에 적어 두었다.

사랑이여, 제발 한 번만 내 곁에 와서 나를 그 미친 듯한 열정의 세계에서 몸 누이게 하라. 거짓과 낯설음에서 벗어나 자유로운 쉼터로 저 사람들처럼 아심아심 버틸 수 있도록 나를 이끌어 주라. 나를 완전히 잊고 저 떨고 선 이웃 곁에서 온전하게 살아가기를 진심으로 바라나니, 사랑이여.

─정우영 『2001년의 시인들은 왜 아름다운가』 중에서

사람의 얼굴, 오지게 그리운 사람의 얼굴

이처럼 강형철의 「연가」는 단순한 사랑타령이 아닌, 김형수의 말을 빌리자면 '사랑 덩어리'라고 할 수 있다. 이러한 그의 이웃에 대한 따뜻한 마음은 그의 어느 시를 보아도 그대로 드러난다.

강물이 깊다
가난하게 흩어진 사람들과의 만남처럼

─「한강을 지나며」 중에서

그 아이들의 종아리가
왜 그리 환히 보이며 짠해 보였을까

─「가슴에피」 중에서

이런 따뜻한 마음을 가진 그가 항상 따뜻한 사람이라고 생각하면 큰 잘못이다. 그는 이웃에 대한, 세상에 대한 따뜻한 마음을 가진 만큼, 미워할 것에 대해서는 분명하게 미워할 줄도 아는 사람이

다. 어찌 보면 살벌할 정도로 잘못된 사회를 나무라는 그의 목소리는 단호하다.

나는 누나를 욕할 수 없다
양갈보라고 욕하는 놈 어떤 놈이든
아가리를 찢어 버릴 것이다

―「아메리카타운·2」 중에서

어버이날 카네이션 꽃을 사는 놈은 모두
모강댕이를 분질러야 한다

―「요즈음」 중에서

사랑 노래 얘기를 하다가 이게 무슨 소리냐고 할지 모르지만. 나는 그렇게 생각하지 않는다. 사회를 철저히 사랑할 수 있는 사람이어야만 이렇듯 강렬한 목소리도 낼 수 있는 법이기 때문이다.

아버지를 사랑하는 마음 그대로

내가 그의 시를 좋아하는 까닭이 또 하나 있다. 그의 아버지에 대한 따뜻한 마음이 시의 곳곳에서 배어 있기 때문이다. 특히 「아버지의 사랑 말씀」이라는 연작시에서는 서정적 주인공을 아버지로 설정해 놓고 아버지가 하신 말씀을 그대로 옮겨 적는 형식을 취하고 있는데, 강형철 시인이 아버지를 사랑하는 마음을 그대로 느낄 수 있다.

올해도 고지먹고 못자리도 먹었는디
야 이놈우 새끼들아
못자리 열 배미 헐라믄 발바닥이 찢어지는 놈여
나도 존 놈이여 절대 나쁜 놈이 아녀
느그들 허는 행사가 틀려 먹었어

……중략……

느그들 끝꿉수 안 당허고 살라믄
공부혀 야이 씨벌놈들아
정신 똑바로 챙기고 살어
요이 병신들아
내 참 환장허것당게

—「아버지의 사랑 말씀·1」 중에서

이렇듯 약간 독설적으로 들릴지도 모르는 아버지의 훈계를 '사랑
말씀'으로 받아들이는 시인의 자세에서 우리는 그의 따스한 마음을
다시 한번 느낄 수 있다. 그런 아버지가 「아버지의 사랑 말씀2」에
서 이렇게 얘기한다.

야, 니가 거기서 일허는 걸 봉게 의젓하드라. 니가 나를 쳐다보믄
그냥 나올라고 혔는디 안 봉게로 그냥 앉아 있었다. 그렸는디 그 모
자 쓴 사람이 자꾸 무신 일로 왔능가 물어봐서 내가 니 삼촌인디 잠
깐 볼라고 왔다고 혔다. 그래서 너를 불러냉거라. 그렇게 혹시라도
그 사람이 내가 누구냐고 묻거든 니 삼촌이라고 혀라.

아버지의 어떤 얘기도 사랑 말씀으로 새겨들을 줄 아는 그는 어
느덧 대학 교수가 되어 강단에 서 있다. 아버지는 자식의 그런 모

습을 보고 싶어서 멀찍이서 대견스러운 자식을 바라보고 있다. 그런데 행색이 초라한 촌양반을 보고 수위(모자 쓴 사람)가 이상히 여기고 다가온다. 아버지는 자신의 초라한 행색 때문에 혹시라도 자식의 체면이 조금이라도 손상될까봐 삼촌이라고 속이라는 장면을 가감 없이 그려 내고 있는 모습 속에서 그가 부모를 생각하는 따뜻한 마음을 그대로 읽어 낼 수 있다. 이런 따뜻한 정이 있는 시인이기에 '지금 떨고 선 저 이웃'을 향한 사랑 노래도 부를 수 있었을 것이다.

'지금 떨고 선 저 이웃'을 향한 사랑 노래

사랑 노래 얘기를 하다가 사람 얘기가 좀 길어진 것 같다. 하지만 결국 사랑 노래도 사람이 부르는 것 아닌가. 「아버지의 사랑 말씀」에서 느꼈겠지만 그는 집안 형편이 어려워 고향(군산)에서 상업고등학교를 마치고 은행에 취직을 한다. 그러나 거기서 머물러 있을 그가 아니다. 낮에 번 돈으로 야간대학에 진학하고 끝내는 대학에서 시창작법을 가르치는 교수가 되었다. 이러한 그를 보면서 자신을 가식 없이 드러내 보일 수 있는 사람이 결국 사람을 따뜻하게 할 수 있는 노래도 부를 수 있다는 확신을 갖는다.

그는 『해망동 일기』(황토)와 『야트막한 사랑』(푸른숲)이라는 두 권의 시집을 냈다. 꼭 읽어 보기를 권하는 마음으로 적어 둔다. 시라는 것이 사람이 사는 이야기이고, 바로 우리의 생활이라는 것을 그 책을 통해서 느낄 수 있을 것이다. 그래서인지 그의 평론집의 제목도 공교롭게 『시인의 길, 사람의 길』(예하)이다. 그에게 '사람의 길'을 가르쳐 주신 아버지는 이렇게 얘기한다.

인자 나는 아무 소원이 없다. 니가 빨리 넘들처럼 잘 사는 것을
보는 것이 소원이긴 허다만 그것이 어디 니 맘대로 되겠냐. 그렇게
암시랑토 안타. 건강혀야 쓴다.

―「아버지의 사랑 말씀·3」 중에서

아버지의 사랑 말씀을 듣고 '시인의 길'을 걷고 있는 그는 또 이
렇게 대답한다.

아버님이 물려주신 뜻을
소중하게 간수하지 못하고 오늘 저는
도회지를 방황합니다
때로 술에 취해 길가에서 잡니다
꿈속에선 아버님이 무릎까지 빠지며 모쟁이를 하시고
논두렁에 서 있는 저에게 손짓하고 계십니다
어서 가라고, 콩 모종 밟으면 안 된다고
온몸이 떨려 일어나면 아버지
저는 도회지의 어느 처마 밑에 누워 있습니다
아버님의 가난을 간수하는 것은
어설픈 돈벌이나 기웃거림이 아닌 것은 확실하다고
몸을 털며 일어나지만 아버님
아직 그것이 무엇인지 저는 모릅니다
품삯이야 새끼들 먹이고
몸은 논바닥에 심궈질 벼 모종을 위해
굳은 발바닥을 논흙 속에 정성을 다하여
딛는 것이라고 짐작은 하지만
아버님

―「아버지의 사랑 말씀·4」 전문

시인의 길, 사람의 길

아름다운 이야기다. 아버지의 사랑 말씀이나 아들의 사랑 노래나
다 아름답게만(비록 현실의 삶은 팍팍하고 고단할지라도) 들려온다.
특히 요즘처럼 자식이 아버지를 살해하는 일이 벌어지는 '너갱이
빠진'(「사랑을 위한 각서·9」 중에서) 세상에 아버지와 아들의 이런
사랑이야기는 더욱 더 아름답게 들려온다. 그것이 바로 '시인의 길'
이고 '사람의 길'이라고 생각되지 않는가.

그의 노래가 끈적한 정이 묻어 들려오는 것은 바로 그의 솔직성
이다. 이제 나도 남 앞에 내놓기 부끄러워했던 내 시들을 내놓아야
겠다. 부끄러우면 부끄러운 대로 솔직하게 말이다. 부끄러운 점이
있다면 그것은 내 시가 아니라 내 삶인 것이다. 솔직하게 부끄러움
을 내놓고 내 삶의 자세를 고쳐야 하리라. 그리고 그것이 바로 언
젠가 나도 '연가'를 부를 수 있는 유일한 방법이다.

떠나야지, 우리 사랑의 풀씨가 되어

휴지통에서 살아난 시

글을 보는 기준이 다 달라서 작가가 마음에 드는 것도 독자의 마음에 차지 않는 것이 있고, 작가는 조금 부족하다고 느끼면서 발표한 것이 의외의 반응을 나타내는 것도 있다.

아주 잘된 작품은 누구의 눈에도 좋게 보이고, 작품의 형상화가 아주 떨어지는 글은 누가 보아도 좋은 글일 수는 없겠지만 문제는 그 중간쯤에 해당되는 글에서 생겨난다.

항상 좋은 글만 쓸 수는 없다. 때로는 원고 마감에 쫓겨 조금 미숙한 듯한 글을 보내기도 하고, 어쩔 수 없이 마음에도 내키지 않는 행사시 형식의 글을 인사치레로 써서 보내기도 한다. 이런 경우의 글들은 대체로 작가가 자기의 작품집을 엮을 때 다시 손질을 하거나 아니면 아예 휴지통에 넣어 버리는 경우도 있다.

서홍관의 「사랑의 풀씨가 되어」가 그런 시다. '소리터'라는 노래 단체에서 "통일노래 한마당"에 나가고 싶다고 통일과 분단 문제에 관한 노래를 만들어 달라고 해서 언젠가 노래로 만들어 볼 생각으로 음악 노트에 적어 두었던 「사랑의 풀씨가 되어」를 끄집어내 노래로 만들었는데, 시를 반복해서 읽어 볼수록 가락의 흐름도 매끄럽고 느낌의 순차성이 잘 지켜진, 괜찮은 시라는 느낌을 받았다.

시의 흐름이 이미 노래적인 요소를 많이 지니고 있었기에 별 무리 없이, 내 생각에 꽤 매끄럽다고 생각되는 「사랑의 풀씨가 되어」라는 노래를 만들었다.

문제는 그 다음에 있었다. 나는 남의 시를 노래로 만든 다음에 꼭 출처를 적어 두는 버릇이 있는데, 서홍관이라는 이름만 있을 뿐 출처가 적혀 있지 않았다. 하는 수 없이 서홍관의 시집을 다 뒤적였는데 아무 데도 「사랑의 풀씨가 되어」라는 시는 없었다. 내가 작가를 잘 못 적었나 하고 생각하다가 음악 노트에 또박또박 적혀진 서홍관이라는 이름을 다시 한번 확인하고 그럴 리가 없다는 생각에 그의 시집 『어여쁜 꽃씨 하나』(창비), 『지금은 깊은 밤인가』(실천문학사)를 목차부터 차례로 넘겨 보았으나 역시 헛수고였다.

작가가 확실치도 않은 마당에 노래를 발표하지도 못하고 끙끙거리고 있는데 몇 달 후엔가 『남민시3』(청하)이라는 동인지에서 그 글을 발견했다. 분명히 서홍관의 시였다. 그러니까 앞에서 말한 대로 「사랑의 풀씨가 되어」는 작가가 마음에 들지 않아 휴지통에 버린 시인 셈이다. 과연 그럴 만한 시인지 보자.

　　떠나야지 우리 사랑의 풀씨가 되어
　　이 땅 어디로엔지
　　바람을 타고 흩어져야지

　　안개처럼 피어나는 묻어둔 이야기며
　　구름처럼 많기도 했던 못다 한 일들이며
　　묵묵히 남겨둔 채로
　　빈 가슴 부벼댈 언덕을 찾아
　　홀홀 새벽길 떠나가야지

　　황량한 벌판에
　　흙먼지 어지러이 날리더라도

사랑의 풀씨가 되어

떠나—야 지 우리 사 랑의풀씨가되 어

흩어—져야 지 우리 이 땅의어디로엔 지

안개처럼피어나는 묻어둔이야기며 구름처럼많기도했던 못다한일들이며

묵묵히남겨둔채 로 빈가슴부—벼댈 언덕을찾아

떠나—야 지 우리 사 랑의풀씨가되 어

흩어—져야 지 기다 림 의땅한—반도 에

황량한벌 판에 흙먼지날리어도 대지의속살깊이 뿌 리내리고

찬연한풀꽃한송 이   찬연한꽃한송이 피워내야지

떠나-야 지   우리 사 랑의풀씨가되 어

흩어-져야 지   기다 림 의땅한-반도 에

대지의 속살 깊이 뿌리 내리고
찬연한 풀꽃 한 송이 피워내야지

기다림의 땅 한반도!
우리 사랑의 풀씨가 되어―

통일에 대한 의지를 우리 모두가 사랑의 풀씨가 되어서, 기다림
의 땅 한반도에 깊이 뿌리 내리고 찬연한 풀꽃 한 송이를 피워 내
야 된다는 얘기로 잘 표현해 냈다는 생각이 들지 않는가. 그의 수
작은 아니더라도 휴지통에 버릴 만큼 아주 작품성이 떨어지는 시
는 아니라고 생각한다. 그의 시집 어디에 끼워 넣어도 괜찮은 작품
이라는 생각은 반복해서 읽어 볼수록 찰랑거리는 운율 속에 묻어
나는 통일에 대한 의지가 느껴지면서 더욱 더하다.

작은 것에 대한 사랑, 잘못된 것에 대한 미움

이 시를 쓴 서홍관은 시인으로서는 좀 득이한 사람이다. 일단 그는 의사이고, 그것도 아직 나에게는 생소한 가정의학 전문의다. 그러나 그의 시 속에서 가정의학이 무엇인지 대충은 짐작할 수 있다.

    한 할머니가 다섯 살 된 남자아이를
    데리고 진료실을 찾아왔다
    "애가 자꾸만 배가 아프다고 해요
    머리도 아프다고 하고 밥도 잘 안 먹어요"

    ······중략······

    나는 '엄마와 아빠의 사랑'이 필요한 아이에게
    배 아픈 데 먹는 약을 처방하다 말고
    아이의 무너져내린 눈망울을
    깊이 들여다보고 있었다.

「인창이」라는 이 시에서 가정적인 문제나 사회적인 문제 때문에 생기는 일종의 현대병을 치료하는 것이 가정의학임을 대충 눈치챌 수 있다. 그러니까 우리가 흔히 떠올리는 의사가 아니라 일종의 상담자 역할을 해 주고 있는 그런 의사인 모양이다. 그래서인지 그를 찾아오는 환자들은 하나같이 '가슴이 답답한 사람들'이다.

    가슴이 답답하다고
    진료실을 찾아오는 사람들은
    하루에도 대여섯 명씩 된다

    일차적으로 진찰을 하고

가슴 사진을 찍어보지만
하나같이 정상일 뿐이다

　　　　　　　　　　　　　　　　－「가슴이 답답한 사람들」중에서

　이러한 환자들을 치료하는 의사들은 먼저 자기가 마음이 따뜻해
야 한다. 서홍관도 그런 사람일 것이다. 이렇게 말하는 것은 그의
어떤 시를 보아도 그것을 쉽게 눈치챌 수 있을 만큼 따뜻함이 배
어 있기 때문이다. 앞서 인용한 「인창이」에서 '아이의 무너져내린
눈망울을 깊이 들여다보고 있'는 모습이 그렇다. 그는 또 「나의 시」
에서 이렇게 말하고 있다.

　　누군가
　　나의 시에는 따뜻함은 있으나
　　무릎 꿇고 읽어야 할 시가
　　적다고 하였다

　　그러나 나는 생각한다
　　나의 시가 충분히 따뜻하지 못했기 때문에
　　그가 무릎을 꿇지 않았던 것은
　　아니었던가 하고

　'나의 시가 충분히 따뜻하지 못했기 때문이라고' 말하고 있는 그
는 이미 따뜻한 사람이다. 그리고 그는 신경림의 지적대로 작고 하
찮고 힘없는 것들을 사랑할 줄 아는 사람이다.

　　어린 시절에는
　　아무도 피워보지 못한
　　크고 아름다운 꽃을

꼭 한 송이만 피워내리라
다짐했으나

이제 세월이 흐르매
나의 손길 닿는 곳마다
여뀌꽃과 패랭이꽃과 달개비꽃들이
들판의 도처에 도처에 무리져
이미 피어 있음을 본다

그의 시 「서시」에서 볼 수 있듯이 그는 '크고 아름다운 꽃을 꼭 한 송이만 피워내'려는 것이 아니라 그의 '손길 닿는 곳마다 여뀌꽃과 패랭이꽃과 달개비꽃' 같은 작고 힘없고 하찮은 것들에 대해 관심을 가진다. 그래서인지 그의 시 속에는 아이들이 많이 등장하고 길가에 아무렇게나 핀 꽃들이 자주 나온다. 그러한 그의 천성이 아무래도 시인이 될 수밖에 없도록 만들었나 보다.

그러나 그는 사회의 잘못된 점을 그냥 지나치지는 않는다. 작은 것에 대한 사랑이 큰 만큼 잘못된 것에 대한 미움 또한 크다.

친일파의 자손들은
박사도 되고 교수도 되어
대학병원 특실에 입원하는데
독립운동 유가족들은 의료보호증을 들고
시립병원 뜨락에 구르는
플라타너스 이파리처럼 이곳을 찾아옵니다

「시립병원에서」라는 시 중의 일부인데 사회의 잘못된 병폐를 지적한 이러한 구절은 그의 시집 여기저기에 있다. 사랑이 깊은 사람만이 미워할 수 있는 자격을 가질 수 있다고 생각한다.

내 마음부터 데워야

위에서 살펴보았듯이 따뜻한 마음을 가진 의사 시인 하나가 우리 모두 사랑의 풀씨가 되어 통일을 기다리는 분단된 한반도에 흩어져야 한다고 노래해 놓고 왜 휴지통에 버렸는지 이해할 수가 없어서 얼마 전에 서홍관 시인이 근무하는 병원에 전화를 해서 물어보았다. 그는 그 시를 그가 졸업한 서울대학교 졸업 앨범의 서시로 썼다고 했다. 그러면 그렇지! 일종의 행사시로 썼던 셈이다. 그리고 후에 고치려고 했을 것이다. 그러던 것이 자기의 양에 차도록 고쳐지지 않아서 그대로 묵혀 두었던가 보다.

이제 「사랑의 풀씨가 되어」는 그의 손을 떠났다. 가는 곳마다 나는 그 노래를 불러대고 내가 아는 사람들은 거의 다 그 노래의 부분이나마 따라 부를 줄 안다.

언젠가 서홍관 시인이 시집 한 권을 부쳐 주면서 앞장에 "지난 여름은 즐거웠지요?"라고 물었다. 나는 아직까지 대답을 못하고 있다. 왜냐하면 시집을 내면 "예." 하고 써서 부쳐 주려고 했는데 아직까지 한 권도 내지 못하고 있기 때문이다. '지난여름'이란 몇 년 전에 부안의 박형진 시인 집에서 밤을 꼬박 새며 술잔을 나누었던 일이다.

몇 년이 지난 지금까지 대답을 적어 보내지 못하는 것은 내 마음이 그처럼 따뜻하지 못해서다. 우선 내 마음부터 데워야겠다. 그래야 사랑의 풀씨가 되어서 바람을 타고 이 땅의 어디로든 흩어지는 대열에 동참할 수 있을 테니까.

짧지만 긴 여운을 주는 시

'부드러운 빨치산' 같은 사람

그동안 남의 시를 읽어 오면서 만나기가 두려운 사람이 둘 있었다. 오봉옥과 오철수 시인이 바로 그들이다. 오철수 시인은 『현실주의 시창작의 길잡이』(연구사)에서 잘못된 시를 조목조목을 지적하면서 어찌나 무시무시하게 따지고 들던지, 나처럼 어설프게 시 쓴다고 깐죽거리는 사람들은 그의 손에 걸리면 큰일 나겠다 싶었다.

또 오봉옥 시인의 『지리산 갈대꽃』(창비)과 『붉은 산 검은 피』(실천문학사)를 읽으면서 그가 추구하는 관점이 뚜렷하고, 부드러운 어조로 쓴 시까지도 그 속에 흐르는 감정이 어찌나 단호하게 느껴지던지, 마치 마지막으로 살아남은 빨치산 한 명이 뚜벅뚜벅 다가와 시는 그렇게 쓰는 것이 아니라고 뒤에서 어깨를 덥석 잡을 것만 같았다.

그런데 공교롭게도 그 두 시인을 같은 날 만나게 되었다. 오봉옥 시인은 내가 소속된 단체의 초청 강사로 왔고, 그날따라 뜬금없이 오철수 시인이 나를 만나러 왔노라고 소설가 조호상 씨와 함께 찾아왔다. 말조심을 해야겠다고 속으로 단단히 경계하면서 그들과 밤을 새우게 되었는데, 웬걸 술이 몇 순배 돌자, 혼자 떠들고 있는 것은 나였고, 그들은 가만히 웃고만 있었다.

오철수 시인의 웃는 모습이 어찌나 순진하게 보이던지, 웃는 모습이 보기 좋다고 했더니 대뜸 "이 웃음 때문에 우리 마누라가 반했다는 것 아니요" 한다. 나도 피식 따라 웃을 수밖에 없었다. 그는 후에 『시가 사는 마을』(은금나라), 『내 마음이 다 화사해지는 시 읽기』(청년문예), 『시 쓰는 엄마』(필담)와 시집 『아주 오래된 사랑』(연구사)에서 화사한 웃음만큼이나 따뜻함을 느낄 수 있는 글을 보여 주었다.

오봉옥 시인은 애기를 듣는 중간에 '헤이, 헤이' 하는 이상한 소리와 함께 웃으면서 수줍음을 타는 모습을 보여 주었는데, 나는 그런 그를 쳐다보며 속으로 '부드러운 빨치산' 같다고 생각하였다.

그는 『난 월급 받는 시인을 꿈꾼다』(두리)라는 산문집에 「좋은 시를 쓰기 위한 낙서」를 써 놓았다.

왜 서정시는 길이가 짧은가. 여운을 주기 위해서이다. 생활의 작은 세부를 통하여 전체를 보여 주어야 하기 때문이다. 하나의 작은 사실로 많은 것을 연상시켜 줄 수 있어야 하기 때문이다. 다시 말해 읽어 볼수록 새로운 여운을 느끼게 하는 것이랄까. 아무튼 그런 것이다.

그러나 요즘 시들을 보면 너무나도 길기만 함을 느낀다. 산만함이 감동을 죽이고 있는 것이다.

이제 짧지만 긴 여운을 주는 그의 시 「반도의 별」을 보자.

우리의 생활 속에서 걸러낸 가락

울 엄니 별밭에는요
글씨 지는 꽃만 피었당게요
밤낮으로 가르쳐놓게요

글씨 지 맘대로 져부른 꽃들

  시가 우리와 친숙해질 수 있는 요건이 여러 가지 있지만, 그중 가장 큰 것을 꼽으라면 역시 가락이라고 할 수 있을 것이다. 어떤 시는 선명한 그림으로 다가오고, 어떤 시는 서사적인 줄거리에서 공감을 불러오기도 하지만, 그러한 시들도 일정한 가락과 어우러져 있을 때 더욱 친근하게 다가온다.

  이러한 것은 시가 본래 노동의 시름을 달래기 위해서 흥얼거리던 노래에서 발전된 것이라는 걸 생각해 보면 쉽게 알 수 있을 것이다. 그만큼 시와 노래는 떼려야 뗄 수 없는 어떤 연결고리를 갖고 있다.

  최근 몇 년 동안 시를 쓰다가 막히면 '남들은 어떻게 쓰나' 하고 남의 시집을 기웃거리다가 그냥 읽으면서 노래가 되는 시들을 만난 적이 종종 있었다. 오봉옥의 「반도의 별」도 그런 시다. 분단된 조국이나 시국 때문에 스러져 갔던 젊은이들에 대한 안타까운 심정을 깔끔하게, 또 감정을 착 가라앉힌 채 조용하게 노래하고 있다.

  이 시가 나직한 노래로 들려오는 것은 인위적으로 글자 수를 맞춘 음수율에서 오는 것이 아니라 정서적으로 다가오는 우리의 호흡률과 맞아떨어지기 때문이다. 이러한 호흡률은 시인이 살아온 생활 속에서 자연스럽게 새어나올 때 가능하다. 김용택 시인도 "내 시에서 정감어린 사투리와 넉넉한 전통적인 가락이 들어 있다면 그것은 내가 억지로 노력한 것이 아니라 우리 동네 사람들의 삶이 그러할 뿐이다"고 말한다.

  현대시의 두드러진 특성 중의 하나가 시가 길어지고 있다는 점이다. 사회가 복잡해지고 하고 싶은 이야기가 많다 보니 그럴 수밖에 없다는 생각이 드는 것은 사실이나, 오봉옥의 지적처럼 자칫 산만함이 감동을 죽이는 결과를 낳을 수도 있다는 점을 그냥 지나쳐

반도의 별

울엄 니별밭에는 요   글쎄 지는꽃만피었당게 요

밤낮 으로   가 르쳐놓게요   지맘대로져부튼꽃 들

서는 안 된다.

오봉옥은 또 「좋은 시를 쓰기 위한 낙서」를 해 두었다.

노래 같은 시들이 있다. 읽으면서 자연스럽게 흥얼거리고 싶은 시 말이다. 그것은 일정한 흐름을 반복해서 보여 주기 때문에 느껴진 것이다. 깊은 뜻을 아우르고 있으면서도 쉽고 간명한 시가 박자를 머릿속에 그려지게 만든다면 그 시는 명시가 아닐 수 없다.

나는 오봉옥의 이러한 시론이 가장 잘 적용된 시가 바로 그의 시 「반도의 별」이 아닌가 생각한다. 「반도의 별」은 내가 만든 노래라기보다는 시 속에 우리들의 호흡법에 맞는 가락이 그대로 들어 있어서 나는 다만 그 시를 여러 번 읽으면서 머릿속에 그려지는 가락을 오선지에 옮겼을 뿐이다. 그리고 내가 만든 노래 중에서 가장 마음에 드는 노래이기도 하다. 우리의 생활 속에서 걸러낸 가락이 친숙하게 다가오는 이 시는 그의 시론대로 '명시가 아닐 수 없다'. 김소월의 시가 오늘날까지도 널리 애송되고 있는 것도 바로 이와 같은 이유 때문일 것이다. 독자가 시인의 호흡을 따라 읽을 때 의미가 따라오는, 즉 우리들의 생활 속에서 배어들은 가락이 꿈틀거리는 시들은 항상 우리들의 곁에 머물러 있을 것이다. 「반도의 별」처럼.

일정한 가락과 어울릴 때 시는 맛이 있다

언젠가 나는 오봉옥 시인을 다시 만났을 때 이 노래를 들려주었다. 그는 나에게 노래를 어떻게 만드느냐고 물어왔다. 나는 그때 이렇게 대답한 기억이 난다. 노래를 만든 것이 아니라 「반도의 별」이라는 시가 이미 노래가 되어 있더라고.

그는 우리들의 호흡법에 맞는 가락의 민족적 형식에 대해 언급하는 것도 빠뜨리지 않았다.

> 흔히들 민요가락이나 판소리가락을 민족적 형식이라고 고집하는 경우가 있다. 그것은 엄격히 따져볼 때 잘못된 것이다. 그러니까 민요가락이나 판소리가락을 현재의 대중의 구미에 맞게 창조적으로 살려냈을 때 민족적 형식이 잘 구현되었다고 말할 수 있는 것이지 기계적으로 민족적 형식을 논하는 것은 잘못된 경우라는 것이다.
>
> ─「'민중시'를 통해 나온 80년대의 시인들」에서

그러면 '현재의 대중의 구미에 맞게 민족적 형식을 살려내면서', '하나의 작은 사실'로 '많은 것을 생각하게 해 주는' 그의 시 한 편을 더 보자.

차마 차마 하다가 찾은
아파트 경비실
세배 올린다고 무릎 꿇었더니 큰아버지
흙처럼 까만 눈물 글썽이신다
그 눈물 사이로
"선산을 두고 어디를 떠나!"
흙담을 넘어간 그 불같은 소리
감꽃도 놀라 후두둑 지는 그 소리
들릴 듯한데 들릴 듯한데

—「큰아버지」전문

읽으면서 자연스럽게 흥얼거리고 싶은 시

내가 그토록 만나기를 두려워할 정도로 단호하게만 느꼈던 오봉
옥 시인은 만나면 만날수록 더 만나고 싶어지는 『서울에 온 어린
왕자』(산하)처럼 부드러운 사람이다. 그는 친절하게도 내 첫 시가집
의 뒤표지에 글을 써 주었다.

유종화는 남의 시를 읽다가 자기도 모르게 흥얼거린 게 엉뚱하게
도 노래가 되었다고 한다. 맞는 말이다. 노래 같은 시들이 분명 있다.
읽으면서 자연스럽게 흥얼거리고 싶은 시 말이다. 그것은 일정한 흐
름을 반복해서 보여 주기 때문에 느껴진 것이다. 깊은 뜻을 아우르고
있으면서도 쉽고 간명하게 보여 주기 때문일 터이다. 어느 한 시가
박자를 머릿속에 그려지게 만든다면 그 시는 명시가 아닐 수 없다.
그런데 문제는 그런 시가 노래화되었을 때에 있다. 지금껏 많은
이들이 시도를 하였으나 만족할 만한 것이 별로 없음을 감안한다면

그런 작업이 얼마나 어려운 일인지 짐작하게 해 준다. 내 생각에 문제의 핵심은 가락의 민족적 형식에 있다. 현재를 살아가는 많은 사람들의 정서에 얼마나 부응할 수 있는가에 그 문제의 열쇠가 있다는 말이다. 그런 점에서 유종화의 노래는 거부감이 없다. 그의 노래를 듣고 있노라면 나도 모르게 따라 불러지곤 한다. 그 숨은 뒷면에는 가락의 민족적 형식에 대한 그의 치열한 정신이 있었으리라.

나는 가만히 생각해 본다.
"가락의 민족적 형식에 대한 치열한 정신?", "읽으면서 자연스럽게 흥얼거리고 싶은 시?"…… 그래, 생각나는 게 있다. 그 말에 딱 어울리는 시. 바로 오봉옥의 시다. 「반도의 별」.

큰 울림으로 다가오는 어떤 노래

황토색 그림 앞에서 머뭇거리는 버릇

전시회나 행사장에 가면 곤혹스러울 때가 많다. 특히 그림전시회에 가면 더욱 그렇다. 어떤 그림이 좋은 것인지 전혀 구분할 수 없는 그림맹(?)인 나는 인사치레로 한 바퀴 빙 둘러보다가 그냥 전시장을 빠져나오기가 일쑤인데, 언제부터인가 발길이 머무는 그림을 종종 발견하고 서성거리는 버릇이 생겼다.

그렇다고 그 사이에 그림을 보는 안목이 트여서 그런 것은 아니다. 발길이 머무는 그림은 누가 그렸는지, 어떻게 그렸는지에 상관없이 황토색으로 얼버무려 놓은 것 같은 그림이다.

황토색으로 짓이겨 놓은 것 같은 그림 앞에 서면 어린 시절 신발에 짝짝 붙어오던 고구마밭의 황토흙이 생각나고, 한참을 더 쳐다보고 있으면 황토흙 속에서 땀범벅이 되어 일하시던 아버지가 떠오른다. 그래서 나는 아버지를 대하듯 편안한 마음으로 황토색으로 된 그림 앞에서 머뭇거리는 버릇이 생긴 것이다.

김형수의 「아버지 아버지」라는 시를 읽었을 때도 그런 느낌이 들었다.

아버지 아버지

머슴였던 울 아버지

바지게에 꼴짐 지고 두렁길을 건널 때

등에 와 얹히던 햇살은

얼마나 무거운 짐이었을까

둠벙 속에 살고 있는 색시 같은 달덩이는

얼마나 처량한 친구였을까

그마저 구름이 가렸던 밤엔

어떻게 지냈을까 머슴였던 울 아버지

서정적 주인공인 소년은 고생만 하시는 아버지에 대한 마음을 낮은 목소리로 속삭이듯 노래하고 있지만, 그 소리는 어떤 노래보다도 더 큰 울림으로 다가옴을 느낀다. 아버지가 소의 먹이로 줄 풀을 베어서 한 짐 가득 지게에 지고 오는데 그 모습을 보고 있던 소년은 '등에 와 얹히던 햇살'까지도 아버지가 진 지겟짐의 무게를 더하지 않을까 하고 안타까운 마음으로 바라본다. 그리고 밤늦도록 일하시는 아버지 곁에 달빛이라도 비춰야 할 텐데, 그 달빛마저도 가려진 깜깜한 밤(아무리 깜깜해도 머슴인 아버지는 일을 해야 됨)엔 어떻게 지냈을까 하고 노래하는 부분에서는 큰 울림을 넘어서서 어떤 흐느낌이 느껴진다.

인생의 밑바닥 생활을 두루 거친 사람

본디 저는, 1959년 전남 함평에서 태어나 꿈 많은 문학소년이었던 고교시절을 거쳐 유흥업소 종업원, 농협 임시 직원, 야간 전문대생 등의 사회 경험을 통해 대단히 퇴폐적이고 협소한 세계관을 갖게 된 허무주의자였습니다.

평론집『대중을 위한 문학교실』에 실린 그의 역정을 밝힌 한 대목이다. 인용한 글에서 느낄 수 있겠지만 그는 인생의 밑바닥 생활을 두루 거친 사람이다. 가난 때문에 농협의 임시 직원을 거쳐 광주의 술집을 전전하면서 술 나르는 종업원 생활을 하다가 끝내 문학에 대한 꿈을 버리지 못하고 낮에 공사판에서 번 돈으로 야간 전문대에 들어가게 된다.

이러한 사람들은 흔히 가난한 아버지를 원망하기 쉬운데 그는 그렇지 않다. 아버지를 원망하는 대신 사회에 도전하는 모습을 보여 준다. 퇴폐주의자에서 사실주의자로 변하는 그의 첫 시집 『애국의 계절』 서문을 보면 그런 그의 모습을 알 수 있다.

> 나는 지금 이렇게 소리쳐 버리고 싶다. 들어라 아비들아, 들어라 벗들아, 그리고 들어라. 나보다 아직 어린 미래의 사람들아. 당돌한, 불순한, 못난 시를 써 온 젊은 것 하나가 자신의 책머리를 자랑인 듯 딛고 서서 여기 이렇게 소리치나니, 나는 이렇게 사는 것 같잖게 살아 온 날을 이렇게 엮어 버림으로써 과감히 청산하고자 한다. 방향 없이 흘러왔던 내 삶의 돛배를 인류공동의 이익이라는 대양 위에 띄우기 위해, 그 영광스럽고 편안한 물살 위에, 그 의연하고 순결한 흐름 위에, 그 뜨거운 만사형통의 자리에 두둥실 띄워 올리기 위해……

그는 이제 농협의 임시 직원도, 유흥업소의 종업원도 아니다. 사실주의 문학이론의 논쟁이 있는 곳에 가 봐라. 무슨 박사니 무슨 교수니 하는 사람들의 틈 속에서 야간 전문대 졸업이라는 꼬리표 하나 달랑 달고 당당하게 맨 앞장서서 달려가고 있는 그를 볼 수 있을 것이다.

글쓰기를 통해 자신을 개조한다

사실 이 글은 길게 쓰려고 했다. 원고지 100장쯤, 아니 500장이나 1000장을 쓰라고 해도 김형수에 관해서라면 쓸 수 있을 것 같다. 왜냐하면 그에 관해서는 쓸 말이 많고, 그의 시나 시론은 다 귀담아 들을 만하고, 다른 사람들에게 쉽게 풀어서 들려주고 싶다는 생각(왜냐하면 그의 글은 거의 다 노동자들에 대한 강의 형식으로 쓰여 있기에)을 하고 있었기 때문이다.

『애국의 계절』(녹두), 『가끔씩 쉬었다 간다는 것』(푸른숲), 『빗방울에 대한 추억』(문학동네), 『대중을 위한 문학교실』(풀빛), 『자주적 문예운동』(개마고원), 『동요하는 배는 닻을 내려라』(살림터), 『반응할 것인가 저항할 것인가』(필담) 등 여러 권의 책을 낸 김형수의 글쓰기 동기는 참 특이하다. 한창 말을 배울 나이에 심한 말더듬에 시달려 글쓰기를 먼저 배웠단다.

창작에 대한 가치관을 밝히는 그의 얘기는 귀담아 들을 만하다.

창작의 과정은 구체적인 산물인 '나'를 개조하는 과정이자 또한 새로운 삶의 교과서가 될 문학적 재부를 생산하는 과정입니다. 창작을 통해 자기가 몸담은 세상을 이해해 가고 그럼으로써 개조할 수 있게 된다는 깨달음은 오랜 예술사의 값진 수확이었습니다. 장래 시인이 될 마음이 없는 사람도 올바른 글쓰기 교육을 받아야 하는 까닭이 여기에 있습니다.

'창작을 통해 자기가 몸담은 세상을 이해해 가고 그럼으로써 개조할 수 있다는 깨달음'을 가진 그였기에 「아버지 아버지」 같은 절창을 부를 수 있었을 것이다.

귀천, 그리고 서울로 가는 전봉준

무욕의 삶이 빚어낸 아름다운 시세계

빠뜨린 이야기가 있어 덧붙이고자 한다. 천상병의 「귀천」과 안도현의 「서울로 가는 전봉준」이라는 시 이야기인데, 처음에 『노래로 듣는 시』라는 음반에 들어 있다가 몇 가지 사정이 있어 다른 시로 바뀌게 되었다. 비록 바뀌기는 하였지만 둘 다 좋은 시이기에 바뀐 사연과 함께 소개하고자 한다.

> 나 하늘로 돌아가리라
> 새벽빛 와 닿으면 스러지는
> 이슬 더불어 손에 손을 잡고,
>
> 나 하늘로 돌아가리라
> 노을빛 함께 단둘이서
> 기슭에서 놀다가 구름 손짓하면은,
>
> 나 하늘로 돌아가리라
> 아름다운 이 세상 소풍 끝내는 날
> 가서, 아름다웠더라고 말하리라…….

천상병 시인의 「귀천」이라는 이 시는 한마디로 인생을 달관하고

귀 천

나 하늘-로 돌아 가리라 새벽이
슬 더불어 손에 손을 잡고 -
나 하늘-로 돌아 가리라 노을
빛 함께 놀다 가 구름손짓하면은 가
서 말하리라 아름 다웠더라 고
아름다운 이-세상 소풍 끝내는 날

죽음을 초월한 사람이 아니고서는 쓰기 힘든 시다. 오철수는 『시가 사는 마을』에서 이렇게 말하고 있다.

저는 이 시를 읽으며 무욕의 삶이 빚어낸 아름다운 시세계를 느꼈습니다. 어쩌면 삶 자체가 욕심덩어리일지도 모르는 일이죠. 그래서 그 욕심을 하나 둘 버릴 때 사람은 점점 순수해지고 맑아지고 나와 세계의 거리는 점점 투명해져 그 자체로 아름다운 것이 되나 봅니다. 이 시에서처럼 인간에게 가장 힘든 고통이라는 죽음마저도 소풍쯤의 거리로 되어 버리니 말입니다.

이 시를 읽으면서 순수한 아이의 마음을 그대로 지닌 사람이 아니고서는 쓰기 힘들 거라는 생각을 했다. 애초부터 이런 시를 세파에 찌든 내가 노래로 만든다는 것부터가 잘못이었는지도 모른다.

나는 이 시를 노래로 만들면서 적당한 마디 안에 넣기 위해 약간의 손질(가사화)을 했다.

　　나 하늘로 돌아가리라
　　새벽이슬 더불어
　　손에 손을 잡고

　　나 하늘로 돌아가리라
　　노을빛 함께 놀다가
　　구름 손짓하면은

　　가서 말하리라 아름다웠더라고
　　아름다운 이 세상
　　소풍 끝내는 날 …….

이렇게 가사로 사용하기 좋게 고치면서 가장 신경을 쓴 것은 그 시가 가지고 있는 주제를 다치게 해서는 안 된다는 생각이었다. 노래를 다 만든 다음에 몇 번 더 리듬을 수정하여 가락과 시가 대체로 잘 어우러졌다고 생각되었을 때 녹음을 해서 악보와 함께 천상병 시인의 사모님인 목순옥 씨가 경영하는 찻집 「귀천」으로 보냈다. 그리고 며칠 후에 전화를 드렸더니 노래를 불러도 괜찮다고 허락했다. 그래서 음반에 넣게 되었다.

그러나 문제는 그 다음에 있었다. 그 사이에 천상병 시인은 진짜 '소풍을 끝내'고 '하늘로 돌아가' 계셨고, 내가 서울에 간 김에 인사차 인사동에 있는 찻집 '귀천'에 들렀더니 목순옥 씨가 그 노래를 빼주었으면 좋겠다고 했다. 이유는 간단했다. 맨 뒤 '아름다운 이 세상 소풍 끝내는 날/ 가서 아름다웠더라고 말하리라'가 '가서 말하리라 아름다웠다고/ 아름다운 이 세상 소풍 끝내는 날'로 순서가 바뀌어 있어서 안 된다고 했다. 그리고 한마디 덧붙였다. 시라는 것은 글자 하나만 바뀌어도 뜻이 달라지는 것인데 같은 구절을 반복하는 것은 괜찮지만 순서를 바꾸는 것은 곤란하다고 했다. 그래서 내가 먼저 보내드린 테이프와 악보는 안 보고 허락을 하셨냐고 했더니 "나는 악보를 볼 줄 모른다"고 했다.

나는 노래를 전문적으로 만드는 사람이 아니다. 시를 쓰다가 가끔 노래를 만들면서 특히나 신경을 쓰는 것이 그 시에 대한 주제를 다치지 않게 하는 것인데, 그런 대답을 듣고 나니 난감했다.

그러나 별 수 있는가. 저작권을 갖고 있는 분이 빼달라고 하는데… 모과차 한 잔만 얻어 마시고 그냥 돌아오는 수밖에 없었다.

그렇다고 해서 이 시에 대해서 처음에 가졌던 감정이 변한 건 아니다. 참 단아하면서도 아름다운 시이고, 천상병 시인이 아니고서는 쓰기 힘든 시라는 생각은 지금도 변함이 없다. 이제 다시 음반을 찍으면서 「귀천」은 뺐고, 대신 집에서 혼자 부르는 수밖에 없다.

시를 노래로 만들 때 시인과 작곡가의 입장이 충돌을 일으킬 소지는 얼마든지 있다. 이건용은 「시, 노랫말, 노래」라는 글에서 '시를 노랫말로 만드는 과정에서 어떤 때는 시를 거의 손대지 않은 경우도 있었지만 반면에 거의 새로 써야 하는 경우도 있었다'고 말하면서 '시인의 시를 고치지 않고 그대로 노래 형식에 맞춰 넣을 경우 그 어색함이란 노래가 가지고 있는 최대의 강점인 친숙함을 모두 상쇄시켜 버리고도 남을 정도인 것이다'고 했다.

결국 '노래가 가지고 있는 최대의 강점인 친숙함'을 살려 보려고 했던 것이 일을 그르치고 만 셈이다.

어쨌든 천상병 시인의 시 「귀천」은 내 노래가 아니어도 그 자체만으로도 그냥 노래로 들려오는 좋은 시이기에 이쯤에서 그 이야기는 덮어두고, 「귀천」과 더불어 내가 가장 좋아하는 그의 시 「소릉조」를 소개하면서 다음 얘기로 넘어가자. 만약 천상병 선생님이 계셨더라면 이 이야기를 듣고 "괜찮다 괜찮다 다 괜찮다"고 하실 것만 같은 생각을 하면서 ……

아버지 어머니는
고향 산소에 있고,

외톨배기 나는
서울에 있고,

형과 누이들은
부산에 있는데

여비가 없으니
가지 못한다.

저승 가는 데도
여비가 든다면

나는 영영
가지도 못하나?

생각느니, 아,
인생은 얼마나 깊은 것인가.

다시 만들어야 할 전봉준 노래

안도현 시인 하면 가장 먼저 생각나는 시가 있다. 「서울로 가는
전봉준」이다. 이 시는 그의 등단작이고 그의 출세작(?)이기도 하다.
그 시가 동아일보 신춘문예에 당선되었다고 소문이 파다할 때 같
은 반이었던 나는 술집만 전전하였을 뿐 솔직히 그 시를 그때 읽
어 보지 못했다. 그런데 또 같은 반 친구였던 영자(지금은 시집가
서 어디서 살고 있는지 알 수가 없는데, 혹시라도 이 글을 읽고 찾
아왔으면 좋겠다)라는 애가 그 시에 곡을 붙여 노래를 부르고 다녔
다. 그러니까 나는 「서울로 가는 전봉준」을 시로 읽은 게 아니라
노래로 들어 알게 된 셈이다.

그러다 졸업을 하고 각자 자기 직장을 찾아서 뿔뿔이 헤어지게
되었는데 10년쯤 지난 어느 날엔가 갑자기 그 노래가 생각났다. 그
런데 아무리 기억을 떠올리려 해도 맨 끝 구절 '울며 울지 않으며
가는 우리 봉준이'만 생각날 뿐이었다. 누가 영자가 어디 사는지
아는 사람이 있나 하고 옛날 친구들한테 연락을 해 보았는데 아무
도 소식을 아는 사람이 없었다.

하는 수 없이 기억이 나는 뒷부분의 리듬에 어울리게 앞부분의
가락을 기억을 되살려 가면서 그려 보았다. 그러고는 '이영자·유종
화 공동 작곡'으로 음반에 끼워 넣었다.

그런데 내심 찜찜하였다. 원작을 제대로 살려냈는지도 모르겠고,
시의 앞 구절만 달랑 노래화시키다 보니 꽁지 잘린 강아지처럼 어
색하기도 하고, 노래를 하다 만 것 같다는 느낌을 떨쳐 버릴 수가

없었다.

　도종환 시인도 거기에 대해서 "「서울로 가는 전봉준」과 같은 시는 시가 서사시적 구조를 가지고 있으면서도 우리나라 시 중에 청각적 이미지를 가장 잘 살려낸 시이고, 또한 청각적 이미지를 공감각적 이미지로 뛰어나게 끌고 간 몇 안 되는 좋은 시인데 어딘가 노래로 다 담아 내지 않은 구석이 있는 것처럼 느껴진다"고 지적했다. 맞는 말이다. 나도 그런 생각을 갖고 있었기에 그의 다른 시 「땅」에 곡을 붙여서 그 자리에 넣었다.

　「서울로 가는 전봉준」은 그 시가 가지는 성격상 조금 비장한 느낌을 주는 노래로 만들어져야 더 어울릴 것이다. 나중에 영자를 만나면 상의해서 주제를 제대로 살릴 수 있는 노래로 다시 만들어 볼 생각이다.

　도종환 시인이 '몇 안 되는 좋은 시'라고 추천한 「서울로 가는 전봉준」을 소개하면서 마친다.

눈 내리는 만경들 건너가네
해진 짚신에 상투 하나 떠 가네
가는 길 그리운 이 아무도 없네
녹두꽃 자지러지게 피면 돌아올거나
울며 울지 않으며 가는
우리 봉준이
풀잎들이 북향하여 일제히 성긴 머리를 푸네

그 누가 알기나 하리
처음에는 우리 모두 이름 없는 들꽃이었더니
들꽃 중에서도 저 하늘 보기 두려워
그늘 깊은 땅 속으로 젖은 발 내리고 싶어하던
잔뿌리였더니

서울로 가는 전봉준

1. 눈 내리는 만경들을 건-너--가 네
2. 눈 내리는 만경들을 건-너--가 네
4. 그 대 남긴 빛 바랜 사 진속--에 서

해 진 짚신 상 투 하 나 떠 --- 가 네
해 진 짚신 상 투 하 나 떠 --- 가 네
기 억 하 라 타 는 눈빛 이 -글 거 렸 네

가 - 는 길 그 리 운 이 아 무 도 -없 네
속 절 없 이 눈 동 - 발 은 그 치 지 -않 고
그 날 오 면 동 - 진 강 강 가 에 -모 여

녹 - 두 꽃 자 지 러 지 게 피 면 돌 아 올 -거 나
파 - 랑 새 떼 지 어 날 아 오 면 돌 아 올 -거 나
척 왜 척 화 척왜 - 척 화 소 리 귀 기 울 -여 라

울 며 울 지 않 으 며 가 는 우 리 봉준 이
울 며 울 지 않 으 며 가 는 우 리 봉준 이
울 며 울 지 않 으 며 가 는 우 리 봉준 이

3절: 그대 떠나기 전에 우리는 목 쉰 그대의 칼집도 찾아 주지 못하고
(낭송) 조선 호랑이처럼 모여 울어 주지도 못하였네.
　　　그보다도 더운 국밥 한 그릇 말아 주지 못하였네.
　　　못다한 그 사랑 원망이라도 하듯 속절없이 눈발은 그치지 않고
　　　한 자, 세 치 눈 쌓이는 소리까지 들려오나니 그 누가 알기나 하리
　　　겨울이라 꽁꽁 숨어 우는 우리나라 풀뿌리들이
　　　입춘 경칩 지나 수군거리며 봄바람 찾아오면
　　　수천 개의 푸른 기상나팔을 불어제낄 것을 지금은 손발 묶인 저 얼음장 강줄기가
　　　옥빛 대님을 흘연 풀어 헤치고 서해로 출렁거리며 쳐들어 갈 것을…

그대 떠나기 전에 우리는
목 쉰 그대의 칼집도 찾아 주지 못하고
조선 호랑이처럼 모여 울어 주지도 못히였네
그보다도 더운 국밥 한 그릇 말아 주지 못하였네
못다 한 그 사랑 원망이라도 하듯
속절없이 눈발은 그치지 않고
한 자 세 치 눈 쌓이는 소리까지 들려오나니

그 누가 알기나 하리
겨울이라 꽁꽁 숨어 우는 우리나라 풀뿌리들이
입춘 경칩 지나 수군거리며 봄바람 찾아오면
수천 개의 푸른 기상나팔을 불어제낄 것을
지금은 손발 묶인 저 얼음장 강줄기가
옥빛 대님을 홀연 풀어헤치고
서해로 출렁거리며 쳐들어 갈 것을

우리 성상 계옵신 곳 가까이 가서
녹두알 같은 눈물 흘리며 한 목숨 타오르겠네
봉준이 이 사람아
그대 갈 때 누군가 찍은 한 장 사진 속에서
기억하라고 타는 눈빛으로 건네던 말
오늘 나는 알겠네

들꽃들아
그 날이 오면 닭 울 때
흰 무명띠 머리에 두르고 동진강 어귀에 모여
척왜척화 척왜척화 물결소리에
귀를 기울이라

고단한 삶 속에서 피어나는 희망

'신춘문예' 하면 떠오르는 시

곽재구의 시 「사평역에서」를 생각하면 먼저 생각나는 것이 있다. 바로 신춘문예다. 신춘문예란 해마다 각 신문사에서 신인 작가를 뽑는 제도인데, 몇 가지 폐단이 지적되고 있기는 하지만 아무튼 아직도 작가가 되려는 사람들에게는 가장 선망의 대상인 문단의 등용 제도임에 틀림없다. 그래서인지 해마다 겨울이 되면 작가 지망생들은 다음 해의 1월 1일자 신문에 싱싱하게 자기의 이름이 오르기를 기대하면서 열병을 앓는다.

나는 가끔 학생들에게서 "어떻게 하면 시인과 작가가 될 수 있냐"는 질문을 받는다. 어른들은 거의 다 알고 있는 일이겠지만, 혹시 이 글을 읽는 학생들이 그런 궁금증을 가지고 있을지도 모르기에 말이 나온 김에 잠깐 얘기한다.

글을 쓰는 사람들은 다 작가겠지만, 그렇다고 해서 다 작가라고 부르진 않는다. 시인 혹은 소설가 등의 칭호를 붙이는 경우는 대체로 다음의 세 가지 중 하나의 과정을 거친 사람들이다. '등단'이라고도 부르는 이 과정을 거쳐야 비로소 공인으로 인정을 해 준다.

하나는 문학지에 투고를 해서 권위 있는 기성 문인이나 편집위원들로부터 추천을 받는 방법이고, 하나는 아예 작품집을 내고 스스로 공적인 문학 활동을 하는 경우다. 또 다른 하나가 바로 신춘문예인데 해마다 각 신문사에서 신인 작가를 뽑는다.

어떤 것이 좋고 나쁘고를 따질 생각도, 또 능력도 없지만, 아무튼 문학지의 추천과 더불어 가장 권위 있고 오래된 문단등용의 과정이 바로 신춘문예다.

신춘문예 하면 떠오르는 것이 있다. 바로 「사평역에서」다. 그것은 역대 신춘문예 작품 중에서 「사평역에서」가 가장 뛰어난 작품으로 인정받기 때문일 것이다.

막차는 좀처럼 오지 않았다
대합실 밖에는 밤새 송이눈이 쌓이고
흰 보라 수수꽃 눈시린 유리창마다
톱밥난로가 지펴지고 있었다
그믐처럼 몇은 졸고
몇은 감기에 쿨럭이고
그리웠던 순간들을 생각하며 나는
한 줌의 톱밥을 불빛 속에 던져주었다
내면 깊숙이 할 말들은 가득해도
청색의 손바닥을 불빛 속에 적셔두고
모두들 아무 말도 하지 않았다
산다는 것이 때론 술에 취한 듯
한 두릅의 굴비 한 광주리의 사과를
만지작거리며 귀향하는 기분으로
침묵해야 한다는 것을
모두들 알고 있었다
오래 앓은 기침소리와
쓴약 같은 입술담배 연기 속에서
싸륵싸륵 눈꽃은 쌓이고
그래 지금은 모두들

눈꽃의 화음에 귀를 적신다
자정 넘으면
낯설음도 뼈아픔도 다 설원인데
단풍잎 같은 몇 잎의 차창을 달고
밤열차는 또 어디로 흘러가는지
그리웠던 순간들을 호명하며 나는
한줌의 눈물을 불빛 속에 던져주었다*

한 폭의 풍경화로 그린 삶의 모습

저마다 고단하게 살아가는 삶의 모습을 한 폭의 풍경화처럼 그리고 있는 시다. 들떠 있지 않으면서 잔잔하게 들려오는 옛날이야기처럼 시인은 고단한 삶을 가슴에 담은 사람들의 이야기를 들려준다.

전기철은 「광주에 빚진 시인의 막차타기」란 글에서 이렇게 말한다.

이 시는 남도의 작은 간이역의 겨울 밤 풍경을 그리고 있다. 시적 공간인 그 겨울밤은 밖엔 눈이 내리고 사람들이 막차를 기다리며 말 없이 대합실의 톱밥난로 주위에 옹기종기 모여 앉아 있는 정경이다. 그래서 이 시의 중요한 이미지는 '막차'와 '대합실', 그리고 '눈'이다.

이 시의 이미지는 막차에서 비롯된다. 막차의 시간적 특수성과 그 막차로 인해 일어나는 상황, 그리고 막차와 관련한 인간 군상 등이 시의 시·공간을 사로잡고 있다. 그런데 이 막차 자체에 무게중심이 실렸더라면 시는 차 안의 정경이나 시간성에 함몰되었을 것이다. 그

---

* 이 시를 읽고 느낀 감정을 유종화가 곡을 써서 배경음악으로 깔고 박종화가 낭송하어 음반에 넣었다.

러나 이 막차는 뒤의 '오지 않았다'와 닿아 있다. 막차는 오지 않은 것이다. 막차가 오지 않았기 때문에 사람들은 대합실에서 서성거릴 수밖에 없다. 여기에 '좀처럼'이라는 부사가 끼어 있다. 막차는 '좀처럼' 오지 않은 것이다. 이 '좀처럼'이라는 부사는 '아주 힘들게'라는 뜻을 가지고 있으며 부정적 의미를 지닌 서술어와 함께 쓰인다. 시골 간이역에서 막차는 시간이 이미 지났는데도 오지 않고 있었다. 그렇다고 아주 오지 않았다는 뜻도 아니다. 오기는 오겠지만 언제 올지 모르는 막차이다. 그렇기 때문에 '몇은 졸고' 있는 것이다.

이처럼 '좀처럼 오지 않'는 막차를 기다리는 사람들은 누구인가. 나는 그들을 그의 시집 『사평역에서』에 나오는 사람들에게서 찾아본다. 그 중에서도 특히 「대인동」 연작에 등장하는 인물들에서 그 모습을 엿볼 수 있다.

재건학교 김선생님, 배암장사의 곱추딸, 등이 굽은 하역인부들, 원산집 어린 갈보, 홍기, 병구, 내 책가방을 아궁이에 집어던진 아버지, 인재약국 딸, 그리고 콘돔을 팔고 돌아오는 친구들, 바로 이런 사람들이 대합실에 모여 있는 사람들인 셈이다.

그들은 하나같이 삶에 대한 고단함을 가슴에 안고 있다. 또한 그들이 기다리는 막차는 어쩌면 영원히 오지 않을지도 모른다. 혹시 온다 해도 어떤 사람은 탈 수 있고, 어떤 사람은 탈 수가 없다. 이 말은 그들이 기다리는 막차가 실제의 기차가 아니라 마음속의 막차, 즉 고단한 삶에서 벗어나려 하는 한 가닥 희망이기 때문이다.

여기에 대한 전기철의 이야기를 좀 더 들어보자.

그러나 이들의 인생이란 어떤가? '오래 앓은 기침소리와/쓴약 같은 입술담배 연기 속에' 있다. 이들 대합실의 군상의 현재가 씁쓸한 것이기에 시적 자아는 '그리웠던 순간들을' 생각하거나 호명하며 난로에 불을 붙이고 있는 것이다.

그래서인지 이 시에 흐르는 어조는 쓸쓸하지만 따뜻하게 읽힌다. 즉, 대합실에서 막차를 기다리는 사람들은 저마다 고단한 삶을 살아가는 사람들이지만 '그리웠던 순간들을 호명하며', '한줌의 눈물을 불빛 속에 던져 주는' 서정적 주인공은 따뜻하다. 그래서 '좀처럼'이라는 말이 갖는 의미가 크다. '오지 않았다'고 단정지어 버리지 않고 '좀처럼'이지만 그래도 올 수도 있다는 희망을 갖고 한줌의 톱밥을 던져 넣으며 톱밥난로를 지피고 있는 것이다.

이 시에 대한 이해는 이 시를 소설화시킨 임철우의 소설 「사평역」을 보면 더욱 선명해진다. 거기에서도 어김없이 대합실에 모여든 사람들은 고단한 삶을 가슴에 품고 막차를 기다린다. 쿨룩거리고 있는 중늙은이와 아들, 때 묻은 구식오바를 입은 중년의 사내, 잠바차림의 청년, 노교수, 상이용사인 수위 아저씨, 몸집이 큰 중년 여자, 행상꾼 아낙네들, 농부, 그리고 미친년 등이 바로 그들이다.

그들은 말한다.

"아야, 말이다. 이러다가 기차가 영 안 올랑갑다."
"아따 아부님도 참. 좀 기다려 봅시다. 설마 온다는 기차가 안 오기사 합답디여."

앞으로 남겨진 자기 몫의 삶

결국 그들이 기다리는 것은 기차가 아니다. 앞으로 남은 삶이다. '좀처럼'이지만 더 나은 삶에 대한 어떤 희망을 버리지 않으려는 마음이다.

"으휴, 산다는 게 대체 뭣이간디……

불현듯 누군가 내뱉었다. 그러자 사람들은 그 말꼬리를 붙잡고 저마다 곰곰이 생각해 보기 시작한다. 정말이지 산다는 게 도대체 무엇일까…… 중년 사내에겐 산다는 일이 그저 벽돌담 같은 것이라고 여겨진다. 햇볕도 바람도 흘러들지 않는 폐쇄된 공간, 그곳엔 시간마저도 아무런 흔적을 남기지 않는다. 마치 이 산골 간이역을 빠른 속도로 무심히 지나쳐 가버리는 저 특급열차처럼. 사내는 그 열차를 세울 수도 탈 수도 없다는 것을 잘 알고 있다. 그러면서도 여전히 기다릴 도리밖에 없다는 것. 그것이 바로 앞으로 남겨진 자기 몫의 삶이라고 사내는 생각한다.

'좀처럼' 오지 않을 막차이지만, 어쩌면 아주 오지 않을 막차이지만, '그러면서도 여전히 기다릴 도리밖에 없'는 사람들이 기다리는 것은 결국 '앞으로 남겨진 자기 몫의 삶'이다. 그래서 그들은 이렇게 묻는다.

"기차 떠난 건 아니죠?"

시인이 만난 세상 이야기, 사람 이야기

마치면서 점검해 볼 게 '사평역'이라는 제목이다. 시인이 자란 고향이나 시집 속에서 풍기는 이런저런 전황을 보아서 '사평역'의 대합실은 바로 '남광주역'이 아닌가 싶다. 그런데 굳이 사평역이라고 한 것은 가장 보편성을 띤 이름이기 때문일 것이다. 우리나라의 지명 중에는 어디를 가도 '평사리' '사평리'라는 곳이 있다. 『토지』의 무대가 된 곳도 바로 평사리가 아닌가. 어디에나 고단한 삶을 내면 깊숙이 간직한 사람들이 모여 있는 곳이 바로 '사평역'인 셈이다.

『아기참새 찌꾸』 같은 곽재구 시인은 『사평역에서』(창비), 『전장

포 아리랑』(민음사), 『한국의 연인들』(전예원), 『서울 세노야』(문학과 지성사) 등의 시집을 내고, 오늘도 『내가 사랑한 사람, 내가 사랑한 세상』(한양출판)을 찾아서 떠돌고 있을 것이다. 그래서인지 그의 시들은 거의 다 그가 만난 세상 이야기이다. 그의 시 속에는 세상이 있고, 그 세상 속에는 사람 사는 모습이 있다. 그래서 따뜻하게 읽힌다.

3
언제나
내 마음속에 푸른
하늘이 열릴까

봄날이 오면 까닭도 없이 그리워진다

어허, 만사 풍년이로다

4월이다. 겨우내 얼어붙었던 땅들은 어린애들 발자국에도 다져질 것이고, 새싹과 함께 보리도 그 잎을 피울 것이다.

어릴 때 시골에서 자란 탓인지 남달리 새싹 중에서도 보리싹을 좋아한다. 어린 싹은 솜털처럼 부드럽고 보릿대는 힘껏 밟아주어야 튼실하게 자란다. 이제 갓 나온 싹은 어머니나 누나의 나물바구니 속에 담겨와 구수한 봄 내음을 풍기는 맛있는 된장국도 되어 주었다.

또 하나, '보리밭'하면 떠오르는 것이 있다. 바로 물레방앗간이다. 언뜻 보아서는 전혀 상관없는 것 같지마는 찬찬히 생각해보면 우리네 조상들의 낭만이 서려있다는 점에서 같다. 벌써 이 말을 눈치 채고 속으로 웃는 사람들이 있을 것이다. 어쨌든 보리밭과 물레방앗간은 사람들의 눈을 피해 남녀가 은근히 만나는 일종의 러브호텔(?)의 역할을 해주었다.

그럼 그런 얘기를 담고 있는 시 두어 편 보고 가자.

바람난 처녀총각
단오 무렵 보리밭에서 껴안고 뒹군다
지나던 밭 임자 먼 산 보며 하는 말

풍년이로다 어허, 만사 풍년이로다

정동주의 「전설」이라는 시다. 지나던 밭 임자의 말을 통해 우리 정서의 한 면을 느낄 수 있다. 이처럼 옛날에는 사람들의 눈을 피하기 위해서 물레방앗간과 함께 보리밭이 은근한 정을 나누는 최고의 장소였다.
말이 나온 김에 송기원의 「숫처녀」도 감상하고 가자.

열아홉, 스무 살짜리 떠꺼머리 손님이
아짐씨 함시롱 달려들면은
오매, 벌 받을 소리제만
나가 꼭 그만한 나이의 숫처녀 같어라우
뭣이냐, 보리밭 속에서 하늘이 빙빙 돌고
종달새가 지지배배 지지배배 울어쌓고
보리까시라기는 가심이며 귓볼을 찔러대고……
나이가 먹응께 이런 것까장 헛보인단 말이오

어느 늙은 창녀의 말을 옮겨 놓은 시이다. 그 창녀에게도 귀한 낭만의 시절이 있었을 것이고, 그것이 보리밭과 함께 지금까지 가슴속에 남아 있다. 참 눈물겹기도 하고, 처지와 상관없이 가슴에 살짝 간직한 어느 여인의 순수한 마음이 보인다.

가슴에 녹아있는 추억을 꺼내어

이제 지난 얘기는 잠시 제쳐두고 오늘 얘기하려는 보리밭으로 넘어가 보자.

보 리 밭

꽃이 피기도 전에 봄이 왔는가 보다
너무 일찍 잠 깬 호랑나비 한 마리
청보리밭에 잠시 앉았다 날아간다
고생만 하고 간 엄마 생각이 난다

이 시를 처음 읽은 것은 어느 문학지에서였는데 적어도 5년은
넘었을 것이다. 그런데 해마다 봄이 되면 새싹이 돋아나는 것을 보
며 이 시를 떠올린다. 단아하면서도 그냥 한 폭의 그림 같기도 하
고 정갈한 노래 같기도 한 시다. 안상학의 「보리밭」이라는 시의 전
문인데 시인은 보리밭을 보면서 일만 하다가 돌아가신 어머니를
생각한다.
앞의 시들과는 그 정서가 사뭇 다르다. 보리밭을 보고 봄을 느끼
고, 보리밭에 잠시 앉았다 떠나는 호랑나비 한 마리를 보면서 이제
는 내 곁에 안 계신 어머니를 떠올리는 것이다. 내가 시골에서 자
라서 잘 아는데 일 중에서 보리밭 일이 제일 어려운 축에 든다. 보
리타작을 할 때 목이며 겨드랑이에 찔러오는 까시라기의 느낌은
뭐라 표현하기 힘들게 견디기 어렵다. 거기다 땀까지 범벅이 되면
더욱 더하다. 시인의 어머니도 그랬을 것이다. 보리밭 고르는 일에
서부터 이런저런 잔손이 많이 가는 밭일에 시달리고, 또 타작할 때
의 어려움을 다 겪었을 것이다. 시인은 또 그런 모습을 다 보고 자
랐을 것이고, 보리밭을 보면서 그런 모습의 어머니와 중첩된 모습
을 떠올렸을 것이다. 그래서 "고생만 하고 간 엄마 생각이 난다"고
했을 것이다.
어렸을 적에 우리 어머니도 보리밭에서 이런저런 고생을 다 겪
으셨다. 지금도 시골에서 살고 계신데, 나는 이 시를 보고 우리 어
머니를 떠올리면서 나직이 노래로 불러 보았다.

꽃이 피기도 전에 봄이 왔나봐
꽃이 피기도 전에 봄이 왔나봐
엄마 생각나 엄마 생각나
너무 일찍 잠 깬 호랑나비 한 마리
청보리밭에 잠시 앉았다
날아가는데 엄마 생각나
고생만 하고 간 엄마 생각나
우우우우 엄마 생각나

　시골에서 고생을 하신 어머니를 둔 모든 자식들이 부르면 좋겠
다. 새봄을 맞이해서 너무 예쁜 꽃에만 취해있지 말고 가슴에 녹아
있는 추억을 다시 꺼내어 쓰다듬어 보았으면 좋겠다는 말이다.
　이 시를 보면 얼굴 한번 본 적 없는 안상학 시인이 그리워진다.
이런 봄날 그와 만나서 보리밭에 앉아 소주 한 잔 기울이면 한세
상 어떻게 흘러가는 것도 느끼지 못하고 서로에게 흠뻑 취해버릴
것이다. 내가 생각하는 안상학은 바로 그런 사람일 것 같다. 그래
서 이런 봄날이 오면 까닭도 없이 그의 시가 생각나고, 또 그가 그
리워지는 것이다.

심심해지면 동네 청상과 보리밭으로 들어가

　소주 얘기가 나왔으니 그 얘기를 좀 더 해보려고 한다. 어젯밤
이 글을 쓰기 위해서 그의 시집을 다시 꺼내 읽었다. 공교롭게도
제목이 『안동소주』다. 내가 전라도 땅에서 소주를 기울이는 동안
그도 경상도 어느 땅에서 소주와 함께 한세월을 껴안고 그렇게 보
내는가보다 하고 생각했다.

그의 시집 제목으로 쓰인 「안동소주」라는 시를 읽다가 나는 또 눈이 동그랗게 커지는 부분을 발견했다. 한참동안 눈을 붙박아 놓고 그 구절을 읽다가, 속으로 빙그레 웃음 지으며 이 글을 쓴다. 아뿔사! 그의 가슴에도 또 다른 보리밭의 추억이 있다니…… 그것도 나보다 한술 더 떠 '청상'과의 낭만을 꿈꾸고 있다니. 오늘은 내가 졌다.

많은 추억을 다시 불러 일으켜주는 좋은 시를 쓴 경상도의 어느 시인, 안상학의 시 「안동소주」를 읽으면서 마치자. "동네 청상과 보리밭으로 들어가"던 옛날 우리 조상들의 낭만을 다시금 떠올리면서 말이다.

나는 요즘 주막이 그립다
첫머리재, 한티재, 솔티재 혹은 보나루
그 어딘가에 있었던 주막이 그립다
뒤란 구석진 곳에 소줏고리 엎어놓고
장작불로 짜낸 홧홧한 안동소주
미추룸한 호리병에 묵 한 사발
소반 받쳐 들고 나오는 주모가 그립다
팔도 장돌뱅이와 어울려 투전판도 기웃거리다가
심심해지면 동네 청상과 보리밭으로 들어가
기약도 없는 긴 이별을 나누고 싶다
까무룩 안동소주에 취한 두어 시간 잠에서 깨어나
머리 한 번 흔들고 짚세기 고쳐매고
길 떠나는 등짐장수를 따라 나서고 싶다
컹컹 짖어 개목다리 건너
말 몰았다 마뜰 지나 한 되 두 되 선어대
어덕어덕 대추벼리 해 돋았다 불거리
들락날락 내 앞을 돌아 침 뱉었다. 가리재……

등짐장수의 노래가 멎는 주막에 들러
안동소주 한 두루미에 한 사흘쯤 취해
돌아갈 길 까마득히 잊고 마는
나는 요즘 그런 주막이 그립다

아직 터지지 않은 세계를 주리

뒤통수를 치는 시

내가 좀 둔한 사람이어서 그런지 남의 글을 읽고 쉽게 감동을 한다든지, 한 번 읽은 글을 다시 찾아 읽는다든지 하는 일은 별로 없다. 전화번호는 물론이고, 심지어는 내가 2년 동안 가르치고 있는 학생의 이름도 제대로 외우지 못하는 경우도 많다.

그런데 작년에 읽은 시 중에서 아직도 토씨 하나 틀리지 않고 외우는 시가 있다. 하여튼 그 시를 처음 읽었을 때 뒤통수를 얻어맞은 듯 멍한 느낌을 받았는데 아직도 그 느낌이 가시지 않는다.

작년 봄에 안도현 시인이 『외롭고 높고 쓸쓸한』(문학동네)이라는 시집을 보내왔다. 첫 장을 넘기니 하얀 여백에 '유종화 형께, 안도현 올림'이라는 누구나 자기 시집을 보낼 때 쓰는 상투적인 문구가 적혀 있었다. 그런데 그 바로 아래에 이런 글이 하나 더 쓰여 있었다. '자취방 전화는요 (0656)351-5581입니다.'

그 메모를 읽으면서 나는 속으로 '이 친구가 산속으로 들어가더니 되게 심심했구먼' 하고 생각하다가 저녁 때 시집 잘 받았다고 전화나 해야지 하면서 다음 장을 넘겼는데 웬걸 뒤통수를 치는 바로 그 시가 나왔다.

연탄재 함부로 발로 차지 마라

너는
누구에게 한 번이라도 뜨거운 사람이었느냐

                              ─「너에게 묻는다」 전문

   다분히 도전적이라고 생각되는 이 시를 읽고 난 후 나는 다음
장을 넘기지 못하고 저녁때까지 그 시만 되뇌고 있었다. 그날 저녁
나는 소주 한 잔을 걸치고 앞에 적힌 전화번호를 눌렀다. 경상도와
전라도의 억양이 묘하게 섞인 안도현 특유의 목소리가 들려왔다.
내가 술만 먹으면 연탄재를 발로 차곤 했는데 꼭 나한테 하는 소
리 같아 가슴이 뜨끔했다고 얼버무리고 전화를 끊었지만 속으로는
처음에 받았던 충격에서 아직도 헤매고 있었다.

작고 하찮은 것들에 대한 애정

   그는 여간해서 실패작을 내지 않는 시인이다. 이 말은 시가 그만
큼 고르다는 얘기인데, 그렇다면 그 시집에 실린 시들이 다 그런
느낌으로 다가와야 하는데, 첫 장에 실린 시의 감동이 너무 강렬해
서인지 대충대충 활자만 보고 넘겼다. 그러다가 그런 마음을 어느
정도 가라앉힐 수 있는 시 하나를 또 만나게 되었다.
「땅」이라는 시다.

   내게 땅이 있다면
   거기에 나팔꽃을 심으리
   때가 오면

땅

내게 땅이 있다면 거기 나팔꽃을 심으리 - 때가

오면 보랏빛 - 소리 나팔 소리 들리리 -

날마다 눈물 젖은 눈으로 - 바라 보리

덩굴이에 쓰며 손 내미는 것을 -

내게 땅이 있다면 - 한 평도 물려주지 않으리

내 아들에게 다만 나팔꽃 진 자리마다

동그랗게 맺힌 - 꽃씨를 모아 -

아직 - 터지지 않은 - 세계를 주리 -

아침부터 저녁까지 보랏빛 나팔소리가
내 귀를 즐겁게 하리
하늘 속으로 덩굴이 애쓰며 손내미는 것도
날마다 눈물 젖은 눈으로 바라보리
내게 땅이 있다면
내 아들에게는 한 평도 물려주지 않으리
다만 나팔꽃이 피었다 진 자리에
동그랗게 맺힌 꽃씨를 모아
아직 터지지 않은 세계를 주리

　시인은 이야기한다. '내게 땅이 있다면 내 아들에게는 한 평도
물려주지 않'겠다고 또, '다만 나팔꽃이 피었다 진 자리에 동그랗게
맺힌 꽃씨를 모아 아직 터지지 않은 세계를 주'겠다고.
　언뜻 보아서는 누구나 할 수 있는 도덕적인 훈계처럼 들릴지도
모른다. 아니 다른 사람이 이런 소리를 했다면 영락없이 도덕 교과
서 읽는 소리로 들렸을 것이다. 그러나 그의 시는 그렇지 않다. 시
를 찬찬히 한번 들여다봐라. 서정적 주인공은 '하늘 속으로 덩굴이
애쓰며 손내미는 것도/날마다 눈물 젖은 눈으로 바라보'고 있다. 그
만큼 따뜻하게 바라보는 '눈물 젖은 눈'이 있기에 이 시는 도덕적
훈계가 아닌 감동으로 다가오는 것이다. 그의 이러한 마음은 「저
물푸레나무 어린 새순도」라는 시에 그대로 이어진다.

저 어린 것이
이 험한 곳에 겁도 없이
뾰족, 뾰족 연초록 새순을 내밀고 나오는 것을 보면
애쓴다, 참 애쓴다는 생각이 든다
저 쬐그만 것이
이빨도 나지 않은 것이

눈에 파랗게 불 한번 켜 보려고
기어이 하늘을 한번 물어 뜯어 보려고
세상 속으로
여기가 어디라고
조금씩, 조금씩 손가락을 내밀어 뻗는 것을 보면
저 물푸레나무 어린 새순도
이 봄에 연애 한번 하러 나오는가 싶다
물푸레나무 바라보는 동안
온 몸이 아흐 가려워지는
나도, 살맛 나는 물푸레나무 되고 싶다
저 습진 땅에서
이내 몸 구석구석까지
봄이 오는구나

　물푸레나무의 어린 새순이 나는 것을 보고 '참 애쓴다는 생각'을 하는 그에게서 세상의 작고 하찮은 것도 따뜻한 애정으로 바라보는 그의 포근한 마음을 읽어 낼 수 있다. 그러나 여기에서 그친다면 그의 시가 큰 감동으로 다가오지는 않을 것이다. 그의 시의 끝은 항상 삶과 세상에 닿아 있다. '기어이 하늘을 한번 물어뜯어 보려고/세상 속으로' 새순을 내미는 물푸레나무이기 때문에 '참 애쓴다는 생각'을 하게 되고, 결국 '이내 몸 구석구석까지 봄이 오는' 것을 느낄 수 있는 것이다.
　이처럼 그의 시가 감동으로 다가오는 것은 세상을 바라보는 따뜻한 마음이 바탕에 깔려 있기에 가능하다. 그는 너무 들떠있지도 않으면서, 그렇다고 꼬리를 감추지도 않으면서 묘사와 진술이 적당히 어우러진 그림이 잔잔한 가락에 실려 슬금슬금 가슴속에 파고들게 하는 기막힌 재주를 가지고 있다. 이 점이 시를 잘 못 쓰는 '나를 무진장 열받게 하'(「나를 열받게 하는 것들」에서)고 있다.

순댓국 한 그릇 먹을 때의 깊은 신뢰

저번 주말에 이용범 시인의 『너를 생각는다』(세시) 출판기념회에 갔다가 안도현 시인의 집에 들렀다. 텃밭에 나팔꽃을 심어 놓고 '아침부터 저녁까지 보랏빛 나팔소리'를 듣고 있을 줄 알았는데, 웬걸 17층(지금껏 내가 올라가 본 가장 높은 층임)에 살고 있었다. 세상을 넓게 바라보려고 그처럼 높게 올라갔을까. 서둘러 그 집을 빠져나왔는데(그는 내가 고소공포증이 있어서 집을 나올 때까지 속으로 내내 떨고 있었다는 것을 모를 것이다) 그가 낮은 곳으로 이사 가기 전까지는 절대로 놀러가지 않을 것이다.

이런 말을 하는 것은 내심 안도현 시인과 함께 술 마시고 싶은 곳이 있기 때문이다. 바로 장수군 산서 농협 앞에 있는 정미네 집이다. '구린내 곰곰 나는 돼지 내장을 밀가루로 씻어서' 따뜻한 순댓국을 끓여 주는 집이다. 아무래도 안도현과는 그런 곳에서 만나야만 '나팔소리'도, '콩밭이 다닥다닥 타는 소리'(「산서일기·16」에서)도 들을 수 있을 것 같다.

> 구린내 곰곰 나는 돼지 내장
> 도회지에서는 하이타이 풀어 씻는다는데
> 산서 농협 앞 삼화집에서는
> 밀가루로 싹싹 씻는다
> 내가 국어를 가르치는 정미네 집
> 뜨끈한 순댓국 한 그릇 먹을 때의
> 깊은 신뢰
>
> —「산서일기·13」 전문

시를 넘어서는 노래의 위력

좌중을 압도한 노래

「누이에게」라는 노래를 부를 때마다 생각나는 일이 하나 있다. 재작년이던가 내가 소속된 단체에서 '남도푸른시낭송회'라는 행사를 한 적이 있었다. 그때 초청 강사로 김진경, 오봉옥 두 시인이 초대되어 왔는데 그 날 행사와는 상관없이 소설가 조호상 씨와 오철수 시인이 놀러왔노라고 뜬금없이 찾아왔다.

행사가 끝나고 자연스럽게 뒤풀이 좌석이 마련되고 장소를 옮겨 가면서 새벽까지 술잔을 나누게 되었다. 조호상과 오철수는 이름만 몇 번 들었을 뿐, 첫 대면을 한 날이다. 그런데도 이상한 것은 첫 만남인데도 우린 쉽게 어울릴 수 있었고, 마치 오랜 지기처럼 이런저런 얘기를 나누면서 밤을 새게 되었다. 같은 일을 한다는 이유 하나가 어떤 벽을 무너뜨리고 자연스런 만남을 만들어준 셈이다.

그날 저녁 김진경 시인은 느릿느릿한 충청도 말투에 황소눈만 끔뻑끔뻑거렸고(속으로는 괴로웠을 게다. 그 중에서 나이도 제일 많고 이런저런 문학에 대한 물음도 거의 그에게 집중되었으므로, 그 물음에 답하느라 아무리 졸려도 잠을 잘 수 없었을 테니까) 오봉옥과 조호상은 이 지역의 같은 또래인 고향갑, 박관서, 이기봉, 이수행 시인들과 어울려서 이야기(밤 새고 나서 생각해 보면 별일도 아닌 것을 그 당시에는 심각하게 침까지 튀겨 가면서)를 했고,

오철수는 나와 동갑이라는 이유로 아예 첫날부터 말을 트고 밤을 새웠다.

그런데 문제는 그 다음날 아침에 있었다. 박관서 시인의 집에서 해장국을 끓여 놨다길래 우리는 차를 나누어 타고 거기로 갔다. 나는 오봉옥과 함께 앞차를 탔고, 조호상이 운전하는 뒤차에는 김진경, 오철수 시인이 탔다. 5분 거리밖에 안 되는, 해장국이 기다리는 박관서 시인의 집에 갔는데 두 시간을 기다려도 뒤차가 도착하지 않았다. 아니, 두 시간이 아니라 그 뒤로 2년이 지났는데 아직도 만나지 못했다. 뒤차가 신호등에 걸려 앞차를 따라오지 못하고 그만 놓쳐버린 것이다. 나중에 생각해 보니 뒤차에 목포 지리를 아는 사람이 한 명도 타지 않았다. 그러니 아무리 5분 거리밖에 되지 않는다고 해도 찾아올 수가 있겠는가.

문학동네 사람들이 꼭 그렇다. 이런저런 일을 치밀하게 계산해서 할 줄을 모른다. 대충 먼저 나온 순서대로 차를 탔던 것이다. 나중에 전화해서 안 일이지만 그들은 목포 시내를 몇 바퀴 돌다가 맛있는 해장국을 포기하고(?) 서울 가는 길로 방향을 틀었단다.

앞차에 탄 죄로 덜렁 혼자 남은 오봉옥 시인은 해장국을 먹고 나서 특유의 수줍은 표정을 지으면서 어눌한 말투로 내게 말을 건넸다.

"형, 오늘이 문병란 선생님 회갑 날인데요, 거기나 같이 갑시다."

나는 잠시 망설였다. 책에서만 시를 보았을 뿐 한 번도 직접 뵌 적이 없었기 때문이다. 속으로는 가고 싶은데, 솔직히 말해서 초대받지 않은 손님이기에 선뜻 가겠노라고 나서기도 마땅치 않았다. 그래서 망설이고 있는데 오봉옥 시인이 다그쳤다.

"이번 기회에 가서 인사나 드리지요."

그래서 '먼발치에서나 얼굴이라도 한번 뵈어야지' 하는 생각으로 오봉옥이 운전하는 차에 탔다. 광주까지 가는 동안 나는 내내 차

안에서 졸고 있었는데, 다 왔다고 깨어서 보니 웬걸 회갑 잔칫집이 아니라 YMCA대강당이었다. 어찌나 사람이 많던지 회갑연이 아니라 무슨 군중집회를 하는 것 같았다.

그래도 초대받지 않은 손님이라서 좀 어색한 마음으로 여기저기 기웃거리다가 안면이 있는 문인들 틈에 끼어 행사를 지켜보고 있는데 웬 난데없는 마이크 소리가 나를 깜짝 놀라게 했다. 마이크를 타고 울려오는 소리는 바로 내 이름이었다. 회갑연 축가를 부르러 나온 가수 겸 작곡가인 「소리모아」의 박문옥 씨가 축가로 「누이에게」를 부르면서 내 소개를 한 것이다. 나중에 행사일정표를 보니 거기에 내 이름이 적혀 있었다. 나는 이미 초대받지 않은 손님이 아니었다.

한참 후에 오봉옥 시인이 문병란 선생님을 모시고 와서 인사를 시켰고, 선생님께서는 반갑게 맞아주셨다. 인연은 끈질긴 것인지 내가 투고한 문학지의 최종심 심사위원이 공교롭게도 또 문병란 선생님이셨고, 나는 선생님의 추천으로 문단에 발을 들여놓을 수 있었다. 생각해 보면 인연도 보통 인연이 아닌 셈이다.

그날 행사 중에서 가장 인상에 남는 것은 유난히 노래가 많이 불렸다는 점이다. 김원중 씨는 「직녀에게」를 불렀고, 김정식 씨는 「빛고을 아리랑」과 제목이 잘 생각나지 않는 다른 노래도 불렀고, 박문옥 씨는 본인이 직접 작곡한 「호수」와 내가 만든 「누이에게」를 불렀다. 그리고 사회를 맡은 오창규 씨가 또 「직녀에게」를 불렀고, 끝에 가서는 문병란 선생님이 다시 「직녀에게」를 하객들과 함께 불렀다.

나는 그날 「직녀에게」라는 노래를 들으면서 시를 넘어서는 노래의 위력을 실감할 수 있었다. 여러 시인들의 축시 낭송과 문학 강연이 있었지만 「직녀에게」라는 노래만큼 좌중을 압도하지 못했다.

시는 자꾸 세상 속에 돌아다닐 때 제값을 한다

그날 불린 노래들은 모두 문병란 신생님의 시에 곡을 붙인 것들인데, 문병란 시인만큼 많은 노래를 갖고 있는 시인도 드물 것이다. 그것은 우연히 된 일이 아니다. 문병란 시인이 노래에 대한 애정을 그만큼 많이 가지고 있기에 가능했던 것이다.

그의 시를 읽어 본 사람들은 다들 알겠지만 문병란 시인의 시는 대체로 긴 편이다. 그래서 선뜻 노래화시키기에는 내키지 않고, 얼른 보아서는 노래가 될 것 같지 않아 보인다. 그러나 가만히 살펴보면 노래가 될 요소가 많다. 그의 시는 항상 찰랑거리는 리듬과 함께 흐르고 있기 때문이다. 그리고 또 하나, 노래에 대한 문병란 시인의 남다른 관심이 자신을 그렇게 많은 노래를 가진 시인이 되게끔 만들었다.

「누이에게」의 예를 들어보겠다. 그러면 앞에서 말한 것이 무슨 말인지 알 수 있을 것이다.

> 고향엔 고향엔 5월이 왔다
> 고향엔 고향엔 뻐꾸기가 울고 있다
> 제비쑥 탐스런 언덕 위에서
> 쑥바구니 던져두고 울던 누이야
>
> 치마끈 끌러놓고 쉬어가는 계절
> 넉넉한 5월의 햇살 아래
> 꽃들이 흐드러지게 웃고 있다
> 산꿩이 알을 품는 보리밭 가에서
> 쑥나물 질근 씹으며 울던 누이야
>
> 지금은 어느 꽃밭을 날으다

고향으로 돌아오는 길을 잃었느냐
문명의 앵속꽃 피는 아편굴에서
두 눈 빼앗긴 슬픈 불나비
고운 날개마저 모조리 찢기었느냐

밤마다 어느 외인 병사 앞에서
수지운 열아홉 살이 서러운 누이야
쑥니풀 향기 대신 독한 지폐 내음
이국 병사의 첩첩한 가슴속에서
헤매다 헤매다 쓰러진 나비야

고향엔 고향엔 5월이 왔다
안골엔 찔레꽃이 무더기로 피고
밭고랑엔 탐스레 살벌은 보리모개
떡갈잎 사이에 뻐꾸기 숨어 울고
종달새도 비비배배 자지러졌다
지금은 논두렁엔 빈 바구니 던져두고
어디론가 팔려가 소식 없는 누이야

『땅의 연가』(창비)에 실려 있는 「편지」라는 시다. 상당히 긴 시라고 생각할 것이다. 그러나 그 시집 속에 들어 있는 다른 시와 비교해 보면 이 시는 그의 시 중에서 비교적 짧은 편에 속한다. 눈에 띌 정도로 동일한 구조를 가지고 있어서 노래가 될 요소는 많지만 너무 길어서 선뜻 노래로 만들고 싶은 생각은 들지 않는다. 한마디로 엄두가 나지 않는다는 말이다. 그러나 내가 가지고 있는 음악노트에 적힌 시는 사뭇 다르다.

고향엔 고향엔 5월이 간다
고향엔 고향엔 뻐꾸기가 울고 있다

제비쑥 탐스런 언덕 위에서
쑥바구니 던져 두고 울던 누이야

밤마다 외인 병사 앞에서
수지운 열아홉 살 서러운 불나비
쑥니파리 질근 씹으며 울던 누이야
문명의 아편 꽃 진한 향기에 숨이 막혀
이국 병사의 첩첩한 가슴속에서
고운 날개마저 갈갈이 찢기운 나비야

고향엔 고향엔 5월이 간다
고향엔 고향엔 찔레꽃이 지고 있다
산삥이 알을 품던 보리밭 가에서
찔레꽃 따먹으며 울던 누이야

이 글은 내가 노래로 만들기 위해서 줄여 쓴 것이 아니다. 문병란 시인이 노래로 만들기 좋도록 본인이 직접 정리해 놓은 것이다. 5연 28행으로 된 시를 3연 14행으로 고쳐 놓았다. 그렇다고 해서 본래 나타내려고 했던 주제가 변한 것도 없다. 어떤가. 이 정도라면 노래로 만들고 싶다는 생각이 들지 않겠는가.

시의 밑에 노래를 만드는 사람이 이해하기 쉽도록 시에 대한 설명과 본인이 줄이면서 생각한 노래의 구조에 대해서도 적어 두었다.

1. 팔려간 누이를 그리는 민족적 비가 - 정신대, 양공주 기타 이농 등 제국주의 근대화 과정에서 팔려간 누이들(조국의 순정)의 비극을 노래한 시.

2. 1연과 3연은 동일 운율 구조, 서곡과 종곡이 같고 2연은 전개

절정부.
　3. 향토적 애상감이 어린 곡이 무난할 것임.

　이렇듯 문병란 시인은 자신이 손수 자신의 시가 노래로 만들어질 수 있도록 노력을 한다. 그렇게 줄여서 해설을 붙여 둔 것 중 내가 가지고 있는 것만 해도 20여 편이 넘는다. '소리모아 녹음실'에 놀러 갔다가 마음에 드는 것만 챙겨 온 것이다. 그보다 훨씬 많은 시들이 또 그렇게 누군가의 손에 들어가 있을 것이다. 그 중에서 내가 만든 것만도 다섯 곡이나 된다. 그러니 다른 사람들이 만들어 놓은 것은 또 얼마나 많을 것인가. 「나를 버리고 가신 님」같은 경우에는 57행이나 되는 시를 15행으로 줄여 놓았다. 그래서 나는 그 시를 노래로 만들 수 있었다. 과연 시집 몇 장을 넘겨야 다 읽을 수 있는 57행짜리 시를 보고 노래로 만들 생각을 할 수 있었겠는가.

　나는 그러한 문병란 시인의 작업을 그의 시에 대한 애정이라고 생각한다. 시는 자꾸 세상 속에 돌아다닐 때 제값을 발할 수가 있는 것이다. '나는 좋은 시를 쓴 것으로 내 일을 다 했으니, 독자들은 읽든지 말든지 해라'는 식으로 가만히 있는 것보다 좀 더 자신의 시가 세상 속에 돌아다닐 수 있도록 노력하는 시인의 모습은 아름답다.

　그 후로 박태홍은 「고향의 들국화」와 「사랑은 아름다운 무기여라」를, 박문옥은 「진달래 노래」와 「호수」를 노래로 만들었다. 또 며칠 전에 '꼬두메 녹음실'엘 갔는데 배창희가 「오마니」를 노래로 만들어서 부르고 있었다.

　앞으로 이런 노래들은 언제 어디선가 어떤 식으로든지 불려질 것이다. 그때 그 시는 노래와 더불어서 사람들의 가슴속에 메아리칠 것이다.

시는 노래다. 그래서 옛날에는 그냥 '시'라고 부르지 않고 '시가'라고 불렀다. 그래서 임헌영은 "노래가 될 수 없는 시란 향기를 간직하지 못한 꽃처럼 이미 시들어 버린 언어의 시체의 나열인지도 모른다는 생각이 든다"고 말한다. 이런 의미에서 볼 때 시인의 노래화시키기 위한 시 다듬기 작업은 시의 대중화의 좋은 본보기라고 말할 수 있다.

나는 문병란 시인의 「편지」를 노래로 만들면서 서정적 주인공 '소년'이 팔려 간 누이를 안타까워하는 마음이 드러나는 선에서 그침으로 해서 안타까움에 대한 여운이 남도록 될 수 있는 대로 간결하게 처리하려고 노력했다. 문병란 시인이 본래 구상했던 악곡과는 다르지만 소년이 누이를 그리워하는 마음을 떠나간 누이를 반복해서 부름으로써 안타까움과 애상감이 나타날 수 있도록 하였다. 그리고 제목도 이미 「편지」라는 널리 알려진 노래가 있기에 그 시의 부제로 쓰인 「누이에게」로 바꾸었다.

쑥바구니 던져두고 울던 누이야
찔레꽃 따먹으며 울던 누이야
누이야 고향엔 탐스러운 제비쑥 돋아났어야
누이야 누이야 고향엔 뻐꾸기 울고 있어야

밤마다 이국 병사 가슴속에서
고운 날개 찢기운 우리 누이야
누이야 누이야 고향으로 돌아오는 길을 잃었니
누이야 누이야 고향엔 종달새 울고 있어야

수지운 열아홉 살 우리 누이야
이제는 소식 없는 우리 누이야
누이야 누이야 찔레꽃 무더기로 피고 있어야

누이야 누이야 고향엔 뻐꾸기 울고 있어야

한 편의 시가 노래가 되어가는 과정을 보았다. 형식도 바뀌고 앞뒤의 순서도 바뀌어서 뒤죽박죽인 것처럼 보일지 몰라도 잘 살펴보면 시 속에 흐르는 어조는 같을 것이다.

이런 식으로 다듬어진 시를 보면 시 속의 명징한 화폭은 많이 사라진다. 그러나 가사로 고쳐진 시에는 친숙함이 있다. 그 친숙함이란 가락과 잘 어우러져 전달되어지기에 가능하다. 그래서 시는 시대로의 맛이 있고 노래는 노래대로의 맛이 있는 것이다. 아무리 좋은 시가 있다한들 대중들에게 사랑받을 수 없다면 특정인 몇몇에게는 좋은 시가 될지언정 그 시는 일반 대중에게 제값은 다하지 못하고 있는 것이다.

문병란 시인의 시를 노래로 만들기 위한 그런 작업은 상당히 의미 있는 일이고 다른 시인들도 이러한 시도를 많이 해주었으면 좋겠다.

노래와 더불어 사람들의 가슴에 영원히 남는 시

얼마 전에 '광주·전남 민족문학작가회의'에서 송년의 밤을 가졌다. 이런 좌석이 마련되면 으레 빠지지 않는 것이 시낭송회인데 그날도 어김없이 시낭송회가 있었다. 여러 시인들이 그동안 써온 시들을 이틀에 걸쳐 낭송했다. 그러나 열심히 낭송한 시인들에게는 미안한 얘기지만 내 기억에 남는 시는 하나도 없다. 단지 하나 남은 기억이 있다면 문병란 시인의 차례가 되었을 때 갑자기 일어나시더니 낭송이 아닌, 「직녀에게」라는 노래를 부르셨던 일이다. 웬

누이에게

쑥바구니던져두고 울던누이야　쩔─레꽃따먹으며　울던누이야
밤─마다이국병사 가슴속에서　고운날개찢─기운　우리누이야

누　이　야　　고　향　엔　　탐스러운제─비쑥 돌아났어야
누　이　야　　누　이　야　　고향으로돌아오는 길을잃었니

누　이　야　　　누　이　야　　고─향엔뻐 꾸기 울고있어야
　　　　　　　　　　　　　　고─향엔종 달새

울고있어야

수─지운열아홉살 우리누이야　이─제는소식없는

우리누이야　　누　이　야　　누　이　야　　쩔─레꽃무더기로

피고있어야　　누　이　야　　누　이　야　　고─향엔뻐 꾸기

울고있어야　고─향엔뻐 꾸기 울고있어야

만한 사람들은 이 노래의 한 소절이라도 안다. 노래를 부른 시인도, 들으면서 조금씩 따라 부르는 사람들도 다 같이 하나가 되는 느낌이었다.

만약 그 자리에서「직녀에게」라는 원래의 시를 낭송했다고 생각해봐라. 서로가 그렇게 호흡할 수 있는 장은 마련되지 않았을 것이다. 누구나 부러워했을 것이다. 그리고 그런 노래를 갖고 있는 시인은 분명 행복한 사람이다. 그러나 그러한 행복은 거저 얻어지는 것이 아니다. 시인이 그만큼 관심을 기울였기에 가능했던 것이다.

문병란 시인의 좋은 시들이 많이 있지만 하나를 떠올린다면 바로「직녀에게」다. 그것은 시도 좋지만 그 시가 노래와 함께 어우러져서 여러 사람들과 친숙해져 있는 것이 가장 큰 이유 중의 하나일 것이다.

김지하 하면「타는 목마름으로」가 먼저 떠오르고, 한하운 하면「보리피리」가 김남주 하면「함께 가자 우리 이 길을」이, 박노해 하면「노동의 새벽」과「민들레처럼」이, 정호승 하면「우리가 어느 별에서」가, 김진경 하면「지금은 우리가 만나서」가 생각나고, 곽재구 하면「나 살던 고향」(유곡나루)이, 그리고 정지용 하면「향수」가 먼저 떠오른다. 김소월의 경우에는 너무 많아서 예를 들지 않아도 될 것이다.

위에 열거한 모든 것들이 다 시를 노래로 만든 경우다. 이처럼 노래가 된 시들은 다른 시들에 비해서 훨씬 더 우리들 주위에 친근함으로 다가와 있다.

이제 다른 시인들도 자신의 시가 노래로 만들어지는 일에 관심을 가졌으면 좋겠다. 그것이 대중들과 함께 호흡할 수 있는 가장 빠른 길이고, 그런 노래를 갖고 있는 시인들은 그 노래와 함께 대중과 함께 할 수 있을 것이다. 그러기 위해서는 작곡가에 의해서 자신의 시가 선택되어지기를 바라고 기다릴 것이 아니라 노래가 될 수 있는 시를 써야 한다. 또 문병란 시인의 경우처럼 노래가 될 수 있도록 고쳐 쓰는 일도 뜻있는 작업이라고 생각한다.

'노래로 만들기 편하게 시를 다듬어 놓고 작곡가가 노래로 만들어 주지 않으면 어떡하나' 하는 걱정을 할 필요는 없다. 작곡가 입장에서도 어디 그런 시 하나 없나 하고 찾고 있을 테니까 말이다. 그것은 시인의 입장에서나 작곡가의 입장에서나 똑같이 원하는 일이고, 그런 만남이 제대로 이루어졌을 때 대중들에게 사랑받는 시 노래가 탄생할 것이다.

끝으로 그런 성공적인 만남이 제대로 이루어졌다고 생각되는 「직녀에게」를 보자.

(1)은 본래 시로 쓴 것이고, (2)는 노래의 가사로 고쳐진 것이다. (1)에서 느낄 수 있는 구체적인 형상과 (2)에서 느낄 수 있는 가락과 어우러진 모습을 비교해 가면서 읽는 것도 시를 읽는 색다른 경험이 될 것이다.

(1)
이별이 너무 길다
슬픔이 너무 길다
선 채로 기다리기엔 은하수가 너무 길다
단 하나 오작교마저 끊어져 버린
지금은 가슴과 가슴으로 노둣돌을 놓아
면도날 위라도 딛고 건너가 만나야 할 우리,
선 채로 기다리기엔 세월이 너무 길다
그대 몇 번이고 감고 푼 실을
밤마다 그리움 수놓아 짠 베 다시 풀어야 했는가
내가 먹인 암소는 몇 번이고 새끼를 쳤는데,
그대 짠 베는 몇 필이나 쌓였는가?
이별이 너무 길다

슬픔이 너무 길다
사방이 막혀 버린 죽음의 땅에 서서
그대 손짓하는 연인아
유방도 빼앗기고 처녀막도 빼앗기고
마지막 머리털까지 빼앗길지라도
우리는 다시 만나야 한다
우리들은 은하수를 건너야 한다
오작교가 없어도 노둣돌이 없어도
가슴을 딛고 건너가 다시 만나야 할 우리,
칼날 위라도 딛고 건너가 만나야 할 우리,
이별은 이별은 끝나야 한다
말라붙은 은하수 눈물로 녹이고
가슴과 가슴을 노둣돌 놓아
슬픔은 슬픔은 끝나야 한다, 연인아

(2)
이별이 너무 길다
슬픔이 너무 길다
선 채로 기다리기엔
세월이 너무 길다
말라붙은 은하수
눈물로 녹이고
가슴과 가슴에 노둣돌을 놓아
그대 손짓하는 연인아
은하수 건너
오작교 없어도 노둣돌이 없어도
가슴 딛고 다시 만날 우리들
연인아 연인아
이별을 끝나야 한다

슬픔은 끝나야 한다
우리는 만나야 한다

'시적 호흡'과 '대중을 꿈틀하'게 하기

어디로 갔을까
쇠부지땅으로 코빼기 구멍놓고
앞뒤꼭지 빼딱 꽈 놓으면
엄연히 강 가운델 자리잡는 내 작은 배
어디로 갔을까
술 저문 아비가 둥둥 노 저으면
고운 엄닌 누워서 맨발로 꿈을 꾸는

그럴까 멈칫멈칫 떠난 아비
손목덩이 걸겠다고
그럴까 질레질레 떠난 누이
발목덩이 걸겠다고
밀물지는 강물 따라 멀리멀리 떠가다가
그럴까 그만 영영 따라간 것일까

어디로 갔을까
아비는 아비대로 사립문 열지 않는데
누이는 누이대로 사립문 열지 않는데
어디로 갔을까
곤백날 지 몸을 허옇게 가르고도
오늘사 한짝만 깊은 곳간 틈서 눈 떠 있네
어쩌면 말없이 기다리다 때주름 풀어놓은
여기 울 엄니같이

너 홀로 남은 검정 고무신이여

그럴까 곰삭은 네 얼굴
아프도록 씻어서는
토방마루 못걸 우에 사알짝 걸어 놓으니
다시금 안달하네 찌렁찌렁 코를 골며
배 대어라 노 저어라 둥둥
앞서거니 아비 찾아 가보자 하네
뒤서거니 누이 찾아 가보자 하네

        -오봉옥 「강물에 띄운 검정고무신」 전문

  오봉옥의 시집 「지리산 갈대꽃」(창비)에 실린 시다. 그는 『아버지』 연작 31편을 비롯한 대부분을 빨치산에 대한 이야기와 민족분단 문제를 다루고 있다.

  그 시집을 읽으면서 의아하게 생각되는 점이 하나 있었는데, 그 것은 그처럼 무거운 문제를 다루고 있는데도 책장을 쉽게 쉽게 넘 기는 데 별 무리가 없었다는 점이다. 내가 너무 경솔하게 읽지 않 았나 하는 생각에 몇 번을 더 읽어 보아도, 읽을 때마다 비교적 쉽 게 읽혀지는 것은 어쩔 수가 없었다.

  한동안 그 이유를 생각해 보았는데, 몇 번을 더 읽는 동안 그렇 듯 쉽게 읽을 수 있는 비결 하나를 찾을 수 있었다. 그것은 시행의 끝에 반복되는 구절에서 생기는 운율이 주는 친근함 때문이었다. 가장 대표적인 것이 '…이지요', '…하지요' 하는 말인데, 그 운율에 실려오는 시의 내용은 주제의 무거움을 친근감으로 바꾸어주는 묘 한 역할을 했다.

  다시 말하면 그는 시에서의 음악성을 가장 효과적으로 활용한 것이다. 그 중 대표적인 것 하나만 보자.

낮엔 지서 가서 보초 섰지요 빨갱이 습격 때문에 왼종일 보초 섰
지요 아니지요 토벌대 나으리가 무서워서 보초섰지요 지서 뒷마당에
묶어둔 송아지도 지키고요

밤엔 날이 새도록 구덩이 팠지요 군인들 오는 길 막겠다고 구덩이
팠지요 그러고도 모자라 길가에 숨어서 보초 섰지요 경찰들 오면 검
은개 온다 군인들 오면 노랑개 온다 제기럴 밤새도록 개 온다 개 온
다 소리쳤지요 아니지요 빨갱이들 무서워서 소리쳤지요

지금도 단춘 아재는 여당 사람들이 와서 표 찍어 달라면 아믄요
그래야지요 굽신거리지요 야당 사람들이 와서 찍어달라 해도 아믄요
아믄요 그래야지요 굽신굽신거리지요

-「단춘아재-아버지.6」 전문

그는 이 시에서 6.25 후의 가슴 아픈 현실을 '단춘아재'라는 전형
적인 인물을 통해서 짚어내고 있다.

시 속에 흐르는 내용은 무겁고, 침통한 현실이 묻어 있지만, 서
정적 주인공의 설정과 그 서정적 주인공의 토로 형식의 말투는 흥
분하거나 버럭 소리쳐 버리지 않고 나직하게 감정을 삭이고 이야
기를 들려주는 것 같다. 그래서 이 시는 가랑비처럼 조금씩 조금씩
적셔오지만 시를 다 읽고 난 후에는 우리의 몸이 자기도 모르는
사이에 흠뻑 젖어 있게 한다.

착 가라앉은 듯한 운율 속에 실려 잔잔하게 밀려오는 이 시는
어떤 큰 외침보다도 더 가슴속 깊이 파고 든다. 그것이 바로 시에
서의 음악성을 잘 활용한 아름다운 성공 사례이고, 무거운 주제를
쉽게 접할 수 있게 해 주는 결정적인 요소인 것이다.

앞서 인용한 「강물에 띄운 검정고무신」도 마찬가지다. 빨치산이

되어 떠나간 '아비'와 '누이'를 기다리는 마음을 나타냈는데, 서정적 주인공인 소년은 강물에 고무신을 띄워보내면서 거기에 자기의 소망, 즉 하루라도 빨리 '아비'와 '누이'가 돌아왔으면 하는 소원을 담아 보낸다. 그래도 '누이'와 '아비'는 돌아오지 않고, 이제 남은 한 짝마저 어서 '배 대어라', '노 저어라'고 얘기한다. '아비'를 찾아서, '누이'를 찾아서 가 보자고.

오봉옥은 그렇게 소원을 비는 행위를 통해 자신의 감정을 형상화시켰지만 그 나름대로의 독특한 어투로 시를 발전시켜감으로써 꽤나 길다고 생각되는 그 시를 별로 지루하지 않게 읽을 수 있도록 성공적으로 이끌어가고 있다.

그와 같은 비결에는 여러 가지 요소가 있겠지만, 그 중 하나를 말하라면 단연 그의 언어를 부릴 줄 아는 솜씨다. 언뜻 지나치기 쉽겠지만 가만히 들여다보면 노래가 될 만한, 즉 은연중 가락을 타고 있는 곳이 많다. 가령,

> 술 저문 아비가 둥둥 노를 저으면
> 고운 엄닌 누워서 맨발로 꿈을 꾸는

같은 구절을 보면, 시인 자신이 의식하고 썼는지는 모르지만(아마 그러지는 않았을 것이다) 그 시어의 받침에 쓰인 자음들이 호흡을 끊게 만드는 안울림소리가 하나도 없고, 발음이 자연스러운 울림소리거나 모두가 모음으로 되어 있다. 그리고 4음보의 율격이 자연스럽게 어우러지면서 운율을 만들어내고 있다. 이건 아마도 시인 자신이 생활 속에서 체득한 호흡률이 자연스럽게 시 속에 녹아서 반영되었기에 가능한 일일 것이다.

그것이 바로 시에서 찾을 수 있는 노래적인 요소이고, 내가 하는 작업인 시노래 만들기는 이런 요소들을 찾아내어 발전시켜 나가는

일일 뿐이다. 그리고 그 시에서 '어디로 갔을까', '그럴까', '따라 간 것일까' 등의 비슷한 구절들을 중간중간의 적당한 곳에 배치함으로써 시를 읽는 맛을 더해 주고, 노래적인 요소인 가락을 만들어낸다.

　그래서 나는 그것을 찾아내어 반복하면서 노래를 만들었다.

　　어디로 갔을까
　　어디로 갔을까
　　강물에 띄운 내 작은 배
　　검정고무신
　　멈칫멈칫 떠난 아비
　　따라 갔을까
　　질레질레 떠난 누이
　　찾아 갔을까

　　어디로 갈거나
　　어디로 갈거나
　　올 엄니처럼 홀로 남은
　　고무신 한 짝
　　앞서거니 뒤서거니
　　아비 찾아 갈거나
　　노 저어라 둥—둥
　　누이 찾아 갈거나

　이렇게 고쳐놓고 보면 항상 느낄 수 있는 것이 원작인 시에서 나타난 구체적인 묘사 부분이 많이 사라진다. 어찌 보면 뼈대만 앙상히 남아 있는 것처럼 보인다. 하지만 이처럼 고쳐진 글들을 여러 번 낭송해 보면 산만함 때문에 사라졌던 감동이 간결한 호흡률 속에 다시 살아나면서 친숙하게 다가온다. 이러한 주장을 뒷받침할

강물에 띄운 검정고무신

어디로갔 을 까　　　어디로갔 을 까
어디로갈 거 나　　　어디로갈 거 나

강물에떠 운내 작은배　검 정고 - 무 신
울엄니처 럼홀 로남은　고 무신 - 한 짝

멈 칫멈 칫　떠 난아 - 비　찾 - 아갔 을 - 까
앞 서거 니　뒤 서거 - 니　아비찾아 갈 거 - 나

질 레질 레떠 난누이　따 - 라갔 - 을 까
노 저어 라둥 - - 둥　누이찾아갈 - 거 나

수 있는 말을 공교롭게도 또 오봉옥의 글에서 찾을 수 있다.

　　다음으로는 '노래시'에 대해서 살펴보고자 한다. 노래시는 운율과
의 만남에 있어 노랫말의 공간이 넓게 확보되어야 한다. 그러기 위해
서는 운율에 맞는 강한 상징이 필요하다. 이를테면 '죽창을 들고 혁
명을 하자 하네'보다는 '등불이 되자 하네'가 좋은 것처럼 말이다. 즉
앞의 경우처럼 구체적인 것이 공간을 협소화시켜 버리면 노랫말로
안 좋다는 말이다.

-「민중시를 통해 나온 80년대 시인들」 중에서

그가 지적했듯이 '죽창을 들고 혁명을 하자 하네'라는 시구에는 명징한 화폭이 살아나는 장점이 있지만, 노랫말로서의 친숙함과는 거리가 멀다. 그래서 구체적 형상은 조금 떨어지더라도 '등불이 되자 하네'처럼 운율이 호흡률과 자연스럽게 맞아떨어지는 것이 노랫말로 쓰기에는 더 적합하고 그것이 가락에 실려 전해질 때 친숙함을 무기로 독자들에게 다가갈 수 있다.

나의 독서량이 부족해서 그런지는 몰라도, 시와 노랫말 사이의 연관관계를 밝히는 글을 만나기가 쉽지 않았다. 김창남, 이건용, 이영미를 중심으로 한 『노래』 동인들의 동인지에 간혹 그런 글들이 보이기는 하지만, 대부분이 노래에 대한 평에 치중되어 있고, 문학평론가들의 시에 대한 평론들은 시에서의 음악성을 중요하다고 강조하고는 있지만, 시와 그 인접장르인 노랫말의 관계에 대해서 구체적인 사례를 보여주는 글들은 거의 찾아 볼 수가 없었다.

다만 이영미의 「시와 노래」, 이건용의 「시, 노랫말, 노래」, 그리고 임헌영의 「시와 노래의 변천사」 정도가 시와 노랫말과의 상관관계를 구체적으로 거론한 글로, 그러한 방면에 대한 새 장을 열었다는 점에서 높이 평가 받아야 한다.

시인들 중에 시와 노랫말에 대해서 깊은 관심을 갖고 거기에 대한 언급을 많이 하는 사람으로는 김형수와 오봉옥을 꼽을 수 있다. 김형수는 『대중을 위한 문학교실』(풀빛)과 『자주적 문예운동』(개마고원)에서 끊임없이 시에서의 음악적인 측면의 중요성을 강조하고 있다. 그런 면에서 그가 쓰는 시는 낭송하기에 좋고, 그가 좋게 평가하는 시는 거의 다 이야기풍의 시보다는 노래풍의 시들이다. 그는 노래풍의 시들에게 후한 점수를 주는데, 더 구체적으로 말하자면 시 속에서 서정적 주인공이 직접 감정을 토로하는 형식의 시를 더 높이 평가하고, 서정적 주인공이 관조자의 입장에 머물러 있는 이야기풍의 시에 대해서는, 노래풍으로 가기 위한 전 단계 정도의 과

정쯤으로 여기지 않나 하는 생각까지 들 정도이다. 그만큼 그는 시에서의 가락의 중요성을 강조한다.

오봉옥도 시와 노래에 대해서 상당한 관심을 보인다. 그의 글 중에서 그런 내용을 몇 개를 더 보자.

노래 같은 시들이 있다. 읽으면서 자연스럽게 흥얼거리고 싶은 시 말이다. 그것은 일정한 흐름을 반복해서 보여주기 때문에 느껴진 것이다. 깊은 뜻을 아우르고 있으면서도 쉽고 간명하게 보여주기 때문일 터이다. 어느 한 시가 박자를 머릿속에 그려지게 만든다면 그 시는 명시가 아닐 수 없다.

-「좋은 시를 쓰기 위한 낙서.13」

집회장에서 낭송시를 들으며 흔히 느껴지는 일이다. 비교적 형상화가 잘 된 시임에도 불구하고 대중에게 전혀 먹혀들지 않을 때가 있고 시적 형상화가 서툰 그 어떤 시가 오히려 대중의 심장을 흔들어놓을 때가 많다는 사실이다. 왜 그런 것일까?

우선은 시적 호흡의 문제를 들 수 있겠다. 정서적으로 다가오는 호흡률을 가져야 대중은 꿈틀하는 것이다. 다음으로는 시적 소리의 문제이다. 대중을 움직일 수 있는 정서적 시어를 가져야 호소력을 얻게 된다. 우리의 시단도 낭송시의 영역을 개척해야 될 때가 온 듯싶다.

-「좋은 시를 쓰기 위한 낙서.21」

그의 글에서 한 가지 눈여겨보아야 할 것이 있다. '시적 호흡'의 문제이다. 이 시적 호흡이 '대중을 꿈틀하'게 한다고 했다. 바로 이 점이 시가 노래로 되었을 때 그 노랫말이 대중들에게 다가갈 수 있는 최대의 무기인 친숙함과 관련이 깊은 것이기 때문이다.

그러면 그런 이론이 가장 잘 적용된 그의 시를 하나 읽으면서 확인해 보자.

울 엄니 별밭에는요
글씨 지는 꽃만 피었당게요
밤낮으로 가르쳐놓게요
글씨 지 맘대로 져부는 꽃들

어떤가? 분단에 대한 아픔과 분단 이후의 잘못된 시국 때문에 스러져 갔던 젊은이들에 대한 안타까운 심정을 담은「반도의 별」이라는 이 시가, 우리의 호흡률과 잘 맞아떨어지면서, 친숙하게 다가오는 한 편의 노래로 들려온다는 생각이 들지 않는가? 시가 이쯤 되었을 때 자연스럽게 흥얼거리고 싶은 생각도 들고, 정서적으로 다가오는 호흡률이 대중을 꿈틀하게 만들 수 있다.

그러기에 그는 이렇게 말할 수가 있다.

음악을 모르고서는 시를 안다고 할 수 없다. 시를 모르고서 음악을 안다고 할 수 없다. 시와 음악은 쌍둥이와 같은 존재이다.

－「좋은 시를 쓰기 위한 낙서.15」

허둥대면서 끌어온 이야기가 꽤나 길어졌다. 이제 나갈 구석을 찾아야겠다.

좋은 시의 요건은 여러 가지가 있겠지만 평론가들에게만 사랑받는 시가 아닌, 대중들로부터 사랑받고 더 나아가 '대중을 꿈틀하'게 만드는 시가 되려면 좋은 시의 여러 요소 중에서 가락이 첫 손가락에 꼽히는 요건이 된다는 것을 잊지 말아야 한다. 그렇다고 그것이 일정한 글자 수를 억지로 맞춘 인위적인 호흡법에 맞아야 한다는 얘기는 아니다. 대중들의 말법, 즉 생활 속에서 우러나오는, 자연스러운 삶의 리듬과 같을 때 그 음악성이 친숙함으로 이어진다는 말이다.

스스로 길이 되어 너에게로 가네

남조선 천지에서 시 제일 잘 짓는 새끼

누가 나에게 안도현에 대해서 물어오면 나는 이렇게 말해버린다. 10년쯤 후에 분명 교과서에 실릴 터이니, 그때 참고서를 찾아보면 그에 대한 평가가 실려 있을 거라고. 적어도 나는 나의 이 말에 책임을 질 수 있다고 믿고 있다. 그것은 그의 시가 증명해 준다.

그의 첫 시집 『서울로 가는 전봉준』 이후 『모닥불』에서 잠시 멈칫하는 것 같더니 세 번째 시집인 『그대에게 가고 싶다』에서 유연성을 다시 찾고, 네 번째 시집인 『외롭고 높고 쓸쓸한』에서는 시가 무엇인지를 단적으로 보여주고 있다.

그 후로 『그리운 여우』와 『바닷가 우체국』에서까지 계속되게 시의 정점을 달리고 있는데, 아직 그의 나이를 고려해 본다면 연륜이 쌓인 10년쯤 후에는 인생의 깊이까지 더한 절창을 불러내리라는 것을 쉽게 예상할 수 있다.

그는 그의 외할머니 말씀을 빌어서 말하자면 '남조선 천지에서 시 제일 잘 짓는 새끼'(「여름방학」 중에서)임에 틀림없다. 내가 안도현에 대해서 이처럼 믿음성을 갖는 것은 그의 시가 꾸준히 높은 수준을 유지하기 때문이다. 어느 정도 수준에 이르러 좋은 시집을 낸 시인은 계속해서 그와 같은 시들을 쓸 거라고 생각할지 몰라도 절대 그건 아니다. 내로라하는 시인들도 그들이 가진 뛰어난 시집은 거의 한 권밖에 없고 나머지 시집들은 그저 그런 것들이 대부분인 경우가 많다. 그 뛰어난 시집은 대개가 첫 시집인 경우가 대부분이다.

나는 거기에 대해서 이렇게 생각한다. 시를 처음 쓸 때는 순수한 마음으로, 즉 가슴으로 쓰지만 그 책을 낸 뒤 이런저런 칭찬을 듣고 청탁을 받고 거기에 응하면서부터는 머리로 쓰기 때문이라고. 우리 시대 최고 시인 중의 한 명인 신경림 시인을 비롯한 겨우 몇명만이 첫 시집의 질을 그대로 유지하고 있을 뿐이다.

그럼 여기에서 '남조선 천지에서 시 제일 잘 짓는 새끼'의 시를 한 편 보자.

끝없는 그리움이 나에게는 힘이 되어

그대에게 가는 길이
세상에 있나 해서

길 따라 나섰다가
여기까지 왔습니다

끝없는 그리움이
나에게는 힘이 되어

내 스스로 길이 되어
그대에게 갑니다

『그대에게 가고 싶다』에 실린 「나그네」라는 시의 전문이다. 굳이

구분하자면 연시다. 『그대에게 가고 싶다』는 연시들의 묶음이라고 할 수 있는데 다른 시인의 연시들과는 그 격을 달리한다.

이 시만 봐도 알 수 있다. 사랑에 대해, 아니 이별에 대해 김징만 앞세우는 진부한 시가 아니다. 서정적 주인공은 '그대에게 가는 길'을 '스스로' 만든다. 그저 그런 평범한 연시에서 나타나는 그리워서 마냥 눈물이나 흘리고 앉아 있는 그런 모습이 아니라는 말이다. '길 따라 나섰다가', '그리움'으로 자신의 '힘'을 충전하여 끝내는 내가 '스스로 길이 되어'가고 있다. 그래서 연시이지만 이 시에서는 서정적 주인공의 결연한 의지까지 엿볼 수 있다.

이 시를 노래로 만들면서 더 강렬한 느낌을 주기 위해 '그대'를 '너'로 바꾸었다. 직접적으로 상대방에게 쏘아붙이는 '그리움'을 느낄 수 있도록 하기 위해서다.

너에게 가는 길이
세상에 있나 해서

길 따라 나섰다가
여기까지 왔네

끝없는 그리움이
나에게는 힘이 되어

스스로 길이 되어
너에게로 가네

이렇게 고쳐놓고 보니 시에 흐르는 어조가 훨씬 더 남성적이고 강렬하다는 생각이 든다. 그리고 제목도 「나그네」라는 박목월의 시가 있기에 「너에게 가네」로 바꾸었다.

너에게 가네

너 에게- 가 는- 길-이　　세 상에-　있 나 해 서

길 따라-　나 섰-다-가　여 기 까 지 왔　네

끝없는그리 움 이 -　나 에게힘이 되 어-

스 스 로-　길 이-되-어　너 에게로 가 네

　　'나그네'라는 막연한 떠돌이의 모습에서 '너에게 가'는 구체적인
의지의 소유자가 시 속에서 말하고 있는 것 같아 작가에게 허락을
받고 바꾼 것이다.

혼자 가는 길보다는 둘이서 함께 가리

　　안도현의 시집 『그대에게 가고 싶다』에서 만나는 시 속의 화자

들은 '홀로서기' 부류의 속수무책인 사람이 아니다. '그대'에게 가려는 결연한 의지가 있고, 또 혼자보다는 함께 어우러지려는 생각을 갖고 있는 사람들이 대부분이다.

「철길」이라는 시를 소개하면서 마친다. 눈여겨서 봐라. '남조선 천지에서 시 제일 잘 짓는 새끼' 안도현은 '사람이 사는 마을에' 어떻게 '도착하'는지 말이다.

> 혼자 가는 길보다는
> 둘이서 함께 가리
> 앞서지도 뒤서지도 말고 이렇게
> 나란히 떠나가리
> 서로 그리워하는 만큼
> 닿을 수 없는
> 거리가 있는 우리
> 늘 이름 부르며 살아가리
> 사람이 사는 마을에 도착하는 날까지
> 혼자 가는 길보다는
> 둘이서 함께 가리

시보다 먼저 시인의 키를 보는 버릇

키가 작아야 시를 잘 쓴다(?)

작년이던가, 이용범 시인이 『너를 생각는다』(세시)라는 시집을 내고 전주의 '아사달'이라는 카페에서 출판기념회를 한 적이 있다. 그때 나는 김선태 시인과 함께 그 행사에 참여했는데 십여 년 동안 만나지 못했던 진규랑, 남헌이랑, 선자랑, 준선이랑, 영주랑, 인구랑, 회삼이 형 등 옛날 친구들을 만날 수 있었다.

그래서 그 자리는 출판기념회라기보다는 옛 친구들을 다시 찾은 날로 기억에 남아 있다.

그날 두 시간 정도 진행되는 행사를 지켜보면서 나는 딴생각을 하고 있었다. 사회를 보는 안도현과 인사말을 하는 이용범, 그리고 아래에 앉아있는 김용택 시인을 번갈아 보면서 '나는 시를 쓰기에는 너무 키가 큰가.' 하는 엉뚱한 생각을 하고 있었던 것이다.

이러한 생각은 그 뒤로도 몇 번 더 하게 되었는데, 장정일 시인을 만났을 때도 그랬고, 요즘 내가 소속된 「광주·전남 민족문학작가회의」 모임에 참석해서 고재종 시인과 곽재구 시인을 보면서 또 그런 생각이 드는 것은 어쩔 수가 없었다.

사실 내 키도 170cm밖에 되지 않으니 그리 크지도 않다. 하지만 그들보다는 머리 하나가 더 있으니, 시를 잘 쓰는 그들을 보면서 그런 엉뚱한 생각(이 이야기를 나보다 머리가 두 개쯤 더 있는 김준태 선생님이 들으시면 뒤통수라도 한 대 때리실 것 같아 속으로 겁이 나기도 하지만)을 하게 되었나 보다.

아무튼 '작은 고추가 맵다'리는 말이 빈밀이 아님을 느끼게 해 주는 그들 중에서 오늘은 이용범 시인의 시 몇 편을 소개한다.

꽃잎, 그리고 통일전망대에서

이용범 시인이 출판기념회 때 부를 노래를 하나 만들어 달라는 편지와 함께 그의 시집을 보내 왔길래 책장을 넘기면서 노래가 될 만한 시를 찾아보았다.

바람 불면

꽃잎 하나 그대에게 날리고 싶다

-「바람」전문

바람 불면
그대 곁으로 달려가리
기다림으로 서 있을
그대 가슴에
힘껏 안기리

-「꽃잎」전문

시가 간결하고 이미 노래적인 요소가 많이 있어서 노래로 만드

꽃 잎

바람불 면   우   우
바람불 면   우
꽃잎하 나   웅   그대에 게
그대곁 에   웅   달려가 리
우   꽃-잎하 나   날리고-싶 어
기다림으 로   서있을-그 대
웅   그-대-에 게   날리고-싶 어
그대가-슴 에   힘껏안-기 리

는 데 별 어려움이 없었다. 그래서 이 두 편의 시를 묶어 하나의
노래로 만들어 보내면서, 전주를 무대로 활동하는 노래패 「선언」
이 하는 것이 좋겠다고 했다. 그랬더니 막무가내로 나더러 직접 불
러 달라고 했다.

　난감했다. 그러잖아도 부끄럼을 잘 타서 남 앞에 서기를 꺼려하
는 성격인데 그 많은 사람들 앞에서 노래를 한다고 생각하니 아찔

했다.

　노래를 시키면 아예 출판기념회에 가지도 않겠다고 으름장을 놓으면서 전화를 끊었다. 그렇게 거절을 하고 나니 마음이 편할 줄 알았는데, 속으로는 그게 아니었다. 오랜만에 하는 친구(그와 나는 학창 시절 같은 반이었다)의 부탁을 너무 매정하게 잘라서 거절한 것 같아 내심 찜찜했다.

　출판기념회 전날 밤 그의 시집을 다시 넘기기 시작했다. 이번에는 반대로 절대 노래가 되지 않을 것 같은 시를 찾아보았다. 왜냐하면 다음날 그를 만났을 때 '한 곡 더 만들어서 부르려고 했는데 잘 안 되더라'고 변명을 할 구실을 찾고 있었던 셈이다.

　그런 생각으로 찾아낸 시가 「통일전망대에서」다.

　통일전망대에서 북쪽을 바라보는 모습을 나타내기 위해서 일부러 시의 모양을 산처럼 만들어 높고 시각적인 효과를 고려해서 쓴 시이다 보니 운율과는 거리가 멀겠다는 생각에서 이 시를 고른 것이다.

　통일에 대한 간절한 소망과 그것을 가로막고 있는 것에 대한 비판을 담고 있다.

애

들아

보이지

해금강이랑

낙, 낙타봉이랑

인민군초소 금강산

만물상 다보이지 개마

고원 백두산의 상상봉 장수

별 이땅의 견고한 분단정책이랑

통일전망대에서

애들아— 보이—지— 해금강이 랑— 낙타봉이랑

애들아— 보이—지— 해금강이 랑— 낙타봉이랑

인민군초소와 금강산의만물상 개마고원백두산의 상 상 봉

장 수 별 과 이땅의견고한 분 단정책이 랑

애들아— 보이—지— 해금강이 랑— 낙타봉이랑

 이 시를 앞에 놓고 일부러 '노래가 되지 않아야 한다'고 생각하면서 소리 내어 읽지 않고 눈으로 바라다보고만 있었다. 그런데 웬걸 채 십 분도 지나지 않았는데 머릿속에 악보가 그려지고 있었다.

시의 모양과는 관계없이 앞의 '애들아' 하는 부분과 각 행의 끝에 '…이랑'이란 말이 묘하게 어우러지면서 가락이 만들어졌다.

노래를 만들다 보면 이처럼 묘한 일들이 종종 있다. 어느 때는 금방 노래가 될 것 같은 김영랑의 4행시 같은 것을 앞에 놓고 몇 달을 끙끙거려도 되지 않는 경우가 있고, 어느 때는 이처럼 노래가 되지 않을 것 같은데 의외로 쉽게 풀리는 경우도 있다.

이 시에 곡을 붙인 악보를 안주머니에 넣고 그의 출판기념회장엘 갔다. 행사가 진행되는 동안에 언제든 나를 부르기만 하면 나가서 노래를 불러야겠다고 생각하면서 남 앞에서 떨리는 것을 조금 진정시키려고 소주 몇 잔을 홀짝거리면서 잔뜩 긴장하고 있었는데, 끝내 내 이름은 부르지 않고 끝나 버렸다.

이용범 시인도 내게 너무 부담을 줄까봐 그렇게 한 것 같았다. 행사가 끝나고, 또 장소를 옮겨 뒤풀이 좌석도 끝나고, 집에 오려고 일어나면서 나는 슬그머니 안주머니에 있는 악보를 꺼내 이용범 시인에게 주었다. 그는 아쉽다는 듯이 "아이고!" 하면서 손바닥으로 자기의 이마를 가볍게 때렸다.

「통일전망대에서」는 이렇게 만들어진 노래다.

전봉준의 무기, 이용범의 무기

이용범 시인은 부안의 백산고등학교에서 국어를 가르치는 선생이기도 하다. 나는 가만히 생각해 본다. '백산' 그리고 '이용범'……, 뭔가 관련이 있는 것 같다. 그게 뭘까 한참을 생각하다 보니 번뜩 스쳐 가는 또 하나의 얼굴이 있다. 키가 작은 사람, 그러나 다부진 사람. 바로 전봉준이다.

백산이 어디인가. 바로 전봉준이 농민군과 함께 진을 치고 관군과 접전을 벌이던 곳 아닌가. 바로 그 옆에 황토현이 있다. 전봉준은 거기서 큰일을 해냈다. 전봉준의 무기가 죽창이었다면 이용범의 무기는 펜이다.

나는 이용범 시인이 백산 땅에서 전봉준의 후예가 되어 펜을 무기로 큰일을 해내기를 기대해 본다.

　　햇빛 감겨오는
　　올 봄에도
　　그대의 부릅뜬 눈
　　만나러 황토현에 갑니다
　　일이삼학년 다 갔습니다
　　만날 수가 없었습니다
　　서태지에 가려
　　목 없는 그대
　　볼 수가 없었습니다
　　똥구멍이 시린 시멘트 바닥 위에서
　　그 아래
　　붉은 땅
　　생각하며
　　김밥만 먹고 왔습니다

　　　　　　　　　-「똥구멍이 시린 시멘트 바닥 위에서-봄소풍」 전문

역시 전봉준을 생각하는 그의 마음이 담긴 시를 쓰는 것을 그는 잊지 않았다.

그 뒤로 나는 주위에서 시를 썼다고 가져오는 사람이 있으면 시는 제쳐두고 먼저 그 사람의 키가 어떤지 찬찬히 쳐다보는 이상한 버릇 하나가 생겼다.

시를 생활로 끌어내는 것은 시인의 몫

시와 독자가 멀어지게 하는 고정관념

알 듯하면서도 모를 일이 하나 있다. 바로 '작시'와 '작사'의 차이점이다. 어찌 보면 그게 그것인데, 또 어찌 보면 그게 그것이 아니다. 작시란 본래 시로 쓰인 것을 노랫말로 고쳐 사용한 것이고, 작사란 처음부터 노랫말로 사용하기 위해서 쓴 글을 말한다.

내가 보기에는 그게 그거다. 왜냐하면 시나 노랫말이나 운율이 있는 언어로 자신의 생각이나 느낌을 나타냈다는 점에서 다를 것이 없기 때문이다. 그런데 어찌 생각해 보면 또 그게 그것이 아니다. 일반적으로 '작시'하면 고상하면서도 그럴 듯한 것으로 생각하고, '작사'하면 질이 떨어지고 대수롭지 않은 글로 여기고 있기 때문이다.

그런 고정관념은 잘못된 생각이다. 우리는 이미 노랫말로 쓴 글들 속에서 얼마든지 시와 어깨를 나란히 할 수 있는 글들을 보아 왔다. 김민기, 정태춘, 한 돌, 조동진, 문승현, 안치환 등의 글에서, 또 백창우와 하덕규의 노랫말에서 그러한 예를 많이 보아 왔다. 대중가요의 노랫말에서도 그런 글들을 종종 만날 수 있다. 대표적인 예로 하덕규가 쓴 「한계령」의 노랫말을 살펴보면 알 수 있다.*

물론 그동안의 대중가요 노랫말이 사랑타령이나 실연의 아픔만

---

* 「한계령」은 정덕수가 쓴 시다

을 반복적으로 노래해 왔기 때문에 그런 고정관념이 생긴 것은 어쩌면 당연하다는 생각이 드는 것은 사실이나, 무조건 싸잡아서 작사는 작시보다 질이 떨어지는 것이라고 단정지어 버리는 것은 잘못이다.

대중가요의 노랫말이든 민중가요의 노랫말이든(사실 이 두 가지를 가르는 것도 일종의 편가르기이고, 나누는 기준도 모호한 부분이 있다. 여기에 대해서는 다음 기회에 언급하기로 한다) 그 속에 삶의 고뇌를 담고, 그 형식도 잘 다듬어진 언어로 표현된 것들은 한 편의 시라고 불러도 괜찮다고 생각한다. '작시'여야만 고상하고 가치가 있다는 고정 관념, 이것도 시와 독자가 멀어지게 하는 이유다.

감동적인 것과 고상한 것

얼마 전에 있었던 일이다. 「님과 벗」이라는 노래를 만들었다. 그리고 그 악보 위에 '김정식 작사, 유종화 작곡'이라고 써서 내가 자주 드나드는 사무실 탁자 위에 얹어 놓았다. 나는 그 사무실에 갈 때마다 그 노래를 불러대곤 했는데 누구 하나 관심을 보여 주는 사람이 없었다. 심지어는 '별 이상한 노래를 만들어서 부른다'는 눈길로 쳐다보는 사람도 있었다. 어떤 노래인지 우선 그 노랫말을 같이 보자.

　벗은 설움에서 반갑고
　님은 사랑에서 좋아라
　딸기꽃 피어서 향기로운 때를
　고추의 붉은 열매 익어가는 밤을

그대여, 부르라, 나는 마시리

뛰어난 노랫말은 아니지만 그렇다고 질이 떨어지는 글도 아니다.

문제는 며칠 후에 있었다. 악보의 윗면에 적어 두었던 '김정식 작사'(김정식은 김소월의 본명임)를 슬그머니 지우고 '김소월 작시'로 고쳐 두었다. 그랬더니 며칠 전과는 영 다른 반응이 나타났다. "어, 이게 김소월의 시였어?" "어쩐지 괜찮다는 생각이 들었어" 하면서 관심을 보여 주었다.

솔직히 말해서 위에 인용한 김소월의 시는 아주 뛰어난 글은 아니라고 생각한다. 우리가 부르고 있는 노랫말 속에는 이 시보다 훨씬 나은 것들이 많이 있다. 단지 김소월이 썼기 때문에, 그것이 시이기 때문에 고상하고 노랫말로 쓰인 글보다는 질이 높고 그럴듯하다는 생각, 이런 고정관념을 없애자는 말이다.

시는 고상한 것이 아니다. 우리의 생활 속에서 묻어나는 감정, 그것을 적당히 운율이 묻어 있는 글로 표현한 것이다. 그것이 시이고, 그 속에 진실한 삶의 모습이 진하게 묻어 있을수록 더 감동적인 시일 수 있는 것이지 고상한 것과는 아무런 관련이 없다. 노랫말도 마찬가지이다. 삶이 바르게 보이는 자리에 서서 자신의 감정을 솔직하고 진실하게 노래했다면 그것이 바로 시다. 그런 노랫말들은 말장난이나 치면서 시랍시고 써 놓은 글보다 훨씬 더 높이 평가받아야 마땅하다. 그런데 문제는 그런 노랫말이 많지 않다는데에 있다.

이제 노랫말은 삶에서 새어나오는 소리가 담긴 글들이 많았으면 좋겠고, 시인의 입장에서는 노랫말은 쉽게 써 버려도 된다는 생각은 삼가야 한다. 대체로 사람들은 시는 부담을 갖고 대하고, 노랫말은 부담 없이 받아들인다는 사실도 그냥 지나쳐서는 안 된다.

님과 벗

벗은 설움에 서 반 갑 고 -

님은 사 랑에 서 좋 아 라 -

딸기꽃피어서 향기로운때 고추의붉은열매 익어가는밤 -

그 대 여 부 르 라

나 는 마 시 리 -

그 대 여 부 르 라

나 는 마 시 리 -

여린 사람, 따뜻한 시인

흘러 흘러서 물은 어디로 가나
물 따라 나도 가면서 물에게 물어본다
건듯건듯 동풍이 불어 새봄을 맞이했으니
졸졸졸 시내로 흘러 조약돌을 적시고
겨우내 낀 개구쟁이들의 발 때를 벗기러 가지

흘러 흘러서 물은 어디로 가나
물 따라 나도 가면서 물에게 물어본다
오뉴월 뙤약볕에 가뭄의 농부를 만났으니
돌돌돌 도랑으로 흘러 농부의 애간장을 녹이고
타는 들녘 벼포기를 적시러 가지

흘러 흘러서 물은 어디로 가나
물 따라 나도 가면서 물에게 물어본다
동산에 반달이 떴으니 낼 모레가 추석이라
넘실넘실 개여울로 흘러 달빛을 머금고
물레방아를 돌려 떡방아를 찧으러 가지

흘러 흘러서 물은 어디로 가나
물 따라 나도 가면서 물에게 물어본다
봄 따라 여름 가고 가을도 깊었으니
나도 이제 깊은 강 잔잔하게 흘러
어디 따뜻한 포구로 겨울잠을 자러 가지

참 예쁘게도 쓴 시다. 시 속의 서정적 주인공은 냇물을 동무삼아 조잘조잘 얘기하면서 자기의 마음을 나타내고 있다. '겨우내 낀 개구쟁이의 발때를 벗기러' 간다는 표현에서는 그저 예쁘기만 한 시인의 마음을 읽어 낼 수 있고, '농부의 애간장을 녹이고 타는 들녘 벼포기를 적시러' 간다는 시구에서는 현실을 안타깝게 생각하는 시인의 착한 마음을 느낄 수 있다.

이처럼 착하고 예쁜 시를 쓴 사람은 분명 마음이 여리고 따뜻한 사람일 것이다. 그래서 나는 이 시를 노래로 만들었다. '흘러 흘러서 물은 어디로 가나'에 신경을 쓰고, 물 흐르듯 흘러가야 시의 맛을 낼 수 있다고 생각하면서 조심조심 어린애 다루듯 모난 곳이 없도록 다듬어 보았다.

이 노래를 만든 지 몇 달 후에 광주에서 가수 안치환과 술을 마시다가 그도 이 시를 노래로 만들었다―그가 만든 노래의 악보는 『희망의 노래4』(민맥)에 실려 있으니 참조 바람― 는 얘기를 들었다. 나중에 그가 만든 노래의 악보를 보니 그 역시 물 흐르듯 여린 가락으로 흘러가고 있었다.

여기서 문제 하나가 또 생겨난다.

가락이나 노랫말에 상관없이 단지 안치환이 만들어서 불렀다는 이유 하나만으로 그 노래는 분명 민중가요로 분류될 것이다. 그리고 내가 만든 노래는 누구에게 주어서 부르게 하느냐에 따라서 그 분류 기준이 달라질 것이다. 그러나 굳이 분류한다면 나는 이 노래를 동요로 보는 것이 옳다고 생각한다. 시를 한 번 천천히 웅얼거리면서 읽어 봐라. 금방 노래가 되는 것을 느낄 수 있을 것이고, 또 동요 같다는 생각이 들 것이다.

그러나 이런저런 것 다 접어 두고 이 시의 작가를 밝히면 문제는 또 달라진다.

「물 따라 나도 가면서」라는 이 예쁜 시를 쓴 사람은 김남주 시인이다. 이렇게 말해 놓고 보면 사람들은 가락이니 노랫말이니 하는 것은 하나도 따지지 않고, 당연하다는 듯이 민중가요로 분류해 버릴 것이다.

물따라 나도 가면서

흘러흘러서 물은 어디로가나 물 따 라나도가면 서

흘러흘러서 물은 어디로가나 물 에 게물ー어본 다

1. 건 듯건 듯 동풍이불어 새봄을맞이했으 니 ー ー
2. 오 ー뉴 월 뙤약ー볕에 가뭄의농부만났 으 ー 니
3. 동 ー산 에 반달떴으니 빌모래추ー석이 라 ー ー
4. 봄 ー따 라 여름ー가고 가을도깊ー었으 니 ー ー

졸 졸 졸 시내로흘러 조약돌을적 시 고는
돌 돌 돌 도랑에흘러 농부가슴태 우 는
넘실 넘실 넘실 냇가로흘러 달빛ー을머 금 고러
나도 이 제 깊ーー은강 잔잔하게흘 ー 러

흘 러 흘 러 어디로가나 물 따 라나도가면 서

겨우 내 낀 개구장이의 발 때 를벗기러가 지
가 뭄 의 타는ー들녘 벼 포 기적시러가 지
물 레 방 아 돌ー려ー 떡 방 아찧으러가 지
따 뜻 한 포ーー구로 겨 울 잠자ー러가 지

흘러흘러서 물은 어디로가나 발 때 를벗기러가 지
흘러흘러서 물은 어디로가나 벼 포 기적시러가 지
흘러흘러서 물은 어디로가나 떡 방 아찧으러가 지
흘러흘러서 물은 어디로가나 겨 울 잠자ー러가 지

이것 또한 잘못된 것이고 마땅히 고쳐야 할 일이다. 어떤 작품 하나를 따로 독립시켜서 생각하려 하지 않고 꼭 작가와 연결시켜서 이미 어떤 선을 그어 놓고 해석하려고 한다. 심지어는 작품은 읽어 보지도 않고, 단지 작가의 이름만 듣고 그냥 그 작품을 평가해 버리는 경우도 있다.

이처럼 어느샌가 우리들에게 먼저 어떤 선을 그어 놓고 모든 것을 거기에 맞추어 해석하려는 잘못된 관습이 몸에 배어 있다. 앞서 얘기한 김소월의 경우도 마찬가지다. 마땅히 깨뜨려야 할 일이고, 이것 또한 시와 독자와의 거리를 멀게 하는 한 요인이기도 하다.

몇 년 전 김남주 시인이 내가 사는 목포에 강연하러 오셨을 때, 둘이서 유달산에 오른 적이 있었다. 그때가 여름이었는데 나는 시원한 바닷바람을 맞으며 고하도 옆으로 빠져 나가는 배들과 갈매기와 푸른 바다를 바라보느라 정신을 팔고 있다가 "선생님, 바다에 나오니까 그래도 좀 낫지요?" 했더니, 아무 말씀도 없이 뭔가를 계속 쳐다보고 있다가 엉뚱한 대답을 했다.

"빨리 비가 와야 헐 판인디……"

생각지도 못한 대답을 듣고, 나는 무슨 뜻인지 몰라 한참을 멍하니 있었는데, 가만히 보니 김남주 시인은 가까이에 있는, 말라비틀어진 나무뿌리를 만지작거리고 있었다. 그때서야 나는 그 말뜻을 알 수 있었다.

내가 한참 바다 구경을 하고 있을 때 김남주 시인은 '가뭄에 애타는 농부들'을 생각하고 있었던 것이다.

그는 그렇게 따뜻한 마음을 가진 시인이다.

'전사'니 '투사'니 하는 말로 그를 단정지어서 어떤 획을 긋고 그런 관점으로만 그를 바라보아서는 안 된다. 그의 시 「옛 마을을 지나며」 「고목」 등을 읽어 보면 그가 얼마나 따뜻한 마음을 가진 시인이라는 것을 금방 알 수 있을 것이다.

이 글을 쓰고 있으려니 이제는 '따뜻한 포구로 겨울잠 자러가'신 시인의 모습이 '오뉴월 뙤약볕에 가뭄의 농부 만났으니/돌돌돌 도랑으로 흘러 농부의 애간장을 녹이고/타는 들녘 벼포기를 적시러 가지'라는 시구와 함께 어우러지면서 눈앞에 자꾸 겹쳐온다.

시는 사람들 곁에 머물러야

시인들에게는 조금 미안한 얘기지만 노래는 항상 우리 곁에서 머물러 있었지만 시는 그렇지 않았다. 특정 시인 몇 명, 아니 그 시인들의 시들 중에서도 겨우 몇 편만이 우리 주위에 있었을 뿐이다.

이제 시는 좀 더 우리들의 생활 곁으로 다가서야 한다. 그러한 의미에서 남은 여력으로써 노랫말 쓰기가 아닌, 온 힘을 기울인 노랫말 쓰기도 상당히 뜻있는 작업이 될 것이다. 김정환의 말을 들어보자.

> 대중문화 특히 대중가요가 지닌 그 퇴폐적이고 감상적이고 마취적이고 도색적인 요소를 극복하기 위해서는 새로운 '민중노래'가 있어야 할 것은 두말할 나위도 없지만, 단순한 민요 복원 작업이나 민중적 의식 수준의 현현만으로 자족한다면 그 결과만으로 거대한 대중문화 매체를 극복하기란 도대체 불가능하다 할 것이다.
> 문제는 대중성에 대해 결벽주의로만 대처할 것이 아니라 대중성 속에 있는 민중성의 확인(민중성은 대중성 안에 있지 결코 따로 있지 않다는 확인), 그리고 그것을 '지금 이 땅에서'라는 문제 제시적 현실 시각으로 방향 잡은 일에 각 문화 예술 담당자가 겸손하게 그리고 능동적으로 뛰어드는 일과, 그 민중성에 일상적 차원을 부여하

는 일이 결코 다른 일이 아니며 따로따로 분리된 별개의 일이 아니라는 것을 깨닫는 데 있다.

－「새로운 노랫말 운동을 위하여」, 『발언집』(한마당)

이러한 이론을 내세우고, 그는 '일노래', '일상노래', '의식노래' 등으로 구분하여 여러 편의 다양한 노랫말 쓰기를 시도했다. 그러나 어찌된 영문인지는 몰라도 그러한 시도는 흐지부지되고 말았는데, 이제라도 다시 여러 시인들이 시도하면 좋겠다.

유행가의 노랫말을 들으면서 팔짱만 낀 채로 저질이라고 비웃는 시인의 모습은 아름답지 못하다. 그것은 바로 그것을 바로잡을 수 있는 사람이 시인 자신이라는 사실을 망각하고 있기 때문이다.

시를 쓰고 읽는 이유를 생각해 보자. 시가 제값을 할 수 있을 때는 바로 사람들 곁에 머물러 있을 때다. 그러나 유감스럽게도 요즈음의 시는 어느 한정된 공간 안에서만 맴돌고 있다. 노래는 그렇지 않다. 저질이라고 생각하고 외면한다 해도 어느새 그것이 사람들 곁에, 아니 바로 자신의 곁에 다가와 있음을 느낄 수 있을 것이다.

시를 읽는 독자와 노래를 듣는 사람들의 수를 비교해서 생각해 보면, 그 파급 효과 면에서 노랫말의 중요성은 시에 비교할 바가 아니다. 이제 그처럼 사람들 곁에 쉽게 다가갈 수 있는 노랫말 속에서 생활에서 새어 나오는 진실한 삶의 이야기를 많이 볼 수 있으면 좋겠다. 그것이 바로 시인에게 주어진 몫이 아닐까?

그리울 때마다 꺼내 읽는다

사람들은 내 얼굴을 보고

이봉환 시인에 대해서 이야기를 해야 되는데 먼저 웃음부터 나온다. 이 글을 마칠 때까지 잔잔하게 떠오르는 시커먼 아저씨의 얼굴 하나를 내내 떨쳐버리지 못하고, 때론 속으로 피식 웃으면서, 때론 그 얼굴에서 풍기는 편안한 느낌에 사로잡혀 오랜만에 차분하고 넉넉한 시간을 가질 수 있다는 생각이 들어 벌써부터 마음이 설렌다.

십여 년 전 나는 이봉환 시인과 비슷한 사람을 만난 적이 있었다. 두 사람의 모습이 무척 닮았기에 먼저 그 이야기부터 잠깐 한다.

내가 직장에 처음 부임하던 날, 교무실에 들어가니 웬 중년 아저씨 한 분이 계셨다. 나는 초짜인지라 바짝 긴장을 하고 정중히 인사를 드렸다. 생김새나 폼으로 보아 분명 교감선생님쯤 될 거라고 생각했다. 곧이어 여러 선생님들이 교무실에 들어와 여기저기에 인사하느라고 경황이 없이 지내는 동안 교무조회 시간이 되었다. 여러 가지 전달사항이 끝나고 신임교사 소개시간이 되자 내 이름이 불리고 나는 깐에(그래봤자 김제 논두렁 출신의 촌놈 티가 어디 갈까마는) 옷매무새와 머리를 단정히 하고 앞으로 나가서 인사를 하려고 하는데, 나를 당황케 하는 일이 일어났다. 또 한 분의 신임교사가 호명되고 나와 함께 부임인사를 하러 나왔는데, 웬걸 내가 아침에 교감선생님일 거라고 정중히 인사를 했던 바로 그 사람이었다.

'초임이란 말을 내가 잘못 들었겠지' 하고 생각하면서. "선생님께서 경력도 많으실 테니 대표로 인사하시죠." 했더니 대뜸 "저도 초임입니다." 하는 것이 아닌가. 엉겁결에 무슨 말을 했는지 기억도 안 나는 인사말을 하고 나에게 지정해 준 자리에 가서 앉았는데 그 뒤로 거의 한 달 정도 그에 대해서 이런저런 생각을 하면서 지냈다.

'학교에는 신임이라지만 전에 다른 직장에 다녔음이 분명한데, 도대체 무슨 일을 하다가 왔을까.' '자녀분들이 혹시 내 또래 정도 되지 않을까.' '필시 무슨 곡절이 있을 것이다. 그렇지 않고서는 저렇게 나이 드신 분이 초임으로 오실 일은 없지 않은가.' 쉬는 시간에 그를 바라볼 때마다 이런 엉뚱한 생각에 사로잡혀 있었다. 그는 분명 나보다 어른이라는 마음에 같은 신임이지만 처음 봤을 때처럼 교감선생님 또래의 선생님으로 생각하고 깍듯이 대했다.

그렇게 지내는 동안 나는 그 선생님과 술자리를 같이 할 기회가 있었는데 거기서 충격적(?)인 사실을 알았다. 그와 나는 동갑이었고, 주민등록증을 보니 생년월일이 나보다 늦었다. 결국 그날부터 내가 그 '아저씨'네 형이 되어버린 셈인데, 그렇게 만난 그와 나는 그 뒤로 그 학교에서 가장 친하게 지내는 사이가 되었다.

그는 참 좋았고, 내가 좋아하는 것보다 더 학생들에게 인기 있는 선생님이었다. 여기서 말하는 '인기'란 다분히 '존경'의 의미를 지니는 말인데, 아무튼 그는 그런 존경을 받을 만한 선생님이었다. 그가 그렇듯 내 마음을 끌고, 학생들에게 존경의 대상이 된 것은 그의 솔직함과 학생들을 대하는 자상함 때문이다. 그 솔직함이란 진실성을 바탕에 두어야 상대방에게 전달되는 것이고, 그것이 가장 강한 힘을 주는 것이라는 것을 나는 그를 통해서 느낄 수 있었다.

몇 년 후 술 담배를 좋아하는 나는 피로가 누적되어 간염으로 2년 정도 병원을 들락거렸다. 내가 그런 나약한 모습을 보이고 있을 때, 그는 학교에서 「평교사협의회」를 만들고 「전교조」에서 주도적인 역할을 하다가 해직되었다.

그가 바로 문형채 선생님이다. 나는 지금도 참다운 선생님을 생각할 때마다, 내 학창 시절의 은사님을 제외하고는 가장 먼저 그를 떠올리곤 한다. 재작년에 그는 신안군의 외딴섬인 안좌도의 안좌중학교에 복직이 되었다. 아니, 지금은 목포의 한국병원 810호실에서 근무(?)하고 있다. 지난봄 교내 체육대회 때 학생들과 함께 축구를 하다가 무릎이 으스러져 아직도 병원 신세를 지고 있다. 이 자리를 빌려 그의 쾌유를 빈다.

그런 그의 행동이 또 나를 당황케 하고, 늘 선생으로서의 바른 모습을 나에게 심어주곤 한다. 누가 보아도 오십은 훨씬 넘어 보이는 웬 할아버지 한 분이 손자 또래의 중학생들과 땀범벅이 되어 운동장에서 뛰고 있다고 생각해 봐라. 처음에는 조금 어색하게 보일지 몰라도 참 아름답지 않은가.

이봉환 시인이 바로 그와 비슷한 인상을 지닌 사람이다. 또 앞서 얘기한 문형채 선생님과는 같은 날 해직되어, 몇 년 동안 「전교조 전남지부」의 같은 사무실에서 두 사람이 함께 근무한 일이 있기에 오늘 얘기하려는 이봉환 시인에 대한 이야기의 서두에 문형채 선생님을 얘기한 것은 전혀 관계가 없는 것도 아니다.

그의 얼굴을 보지 못한 독자들에게 모습을 상상할 수 있도록 시를 통해 보여주겠다.

어떤 사람들은 내 얼굴을 보고
어쩌면 그리 검냐고

베트남쯤이 고향 아니냐고 한다
뽀송뽀송 하얀 살결 자랑하며
보라고 사람 얼굴이 이 정도는 돼야지
그게 어디 펜대 굴리는 선생 얼굴이냐고

그러나, 묻고 싶어라
흰 얼굴의 도시 사람들에게
그렇다면 어느 농촌의 들판에 가보라
농부들도 하얀 얼굴이더냐고
일하는 사람들 손발도 하얗더냐고

묻고 싶어라 나는 말이지
일하지 않는 팔자좋은 사람들에게
어휴 더워라. 오두방정 떠는 아이들에게
세상사 진정 아름다운 것은
타는 들판의 노동이 아니던가

묻고 싶어라 내 고향 논밭에 가면
나보다 검지 않은 얼굴 없더라고
그런 내 손이 하얗게 부끄럽더라고
말하고 싶어라 고래고래 외치고 싶어라

-「사람들은 내 얼굴을 보고」 전문

　사람들이 '베트남쯤이 고향 아니냐'고 물어올 정도로 시커멓고
주름이 많은 이봉환 시인을 처음 만난 것은 몇 년 전 해남의 대흥
사에서였다. 「교육문예창작회」 여름 수련회 때다. 모임의 장소를
잘 못 알고 강진의 백련사로 갔다가, 저녁 무렵에서야 대흥사로 가
게 되었는데, 내가 도착했을 때는 이미 행사는 다 끝났고 뒤풀이가

한창이었다. 그 뒤풀이 장소에 들어서는 순간, 나는 앞에 말한 문형채 선생님과 똑같은 사람을 만났다. 빈 맥주병을 입에 대고 노래도 부르고 춤도 추면서 원맨쇼를 하고 있는 사람이 있었는데 그게 바로 이봉환 시인이다.

피부색은 몽고간장(사실은 한때 내 별명이었다)이나 초코우유 비슷하고 주름 잡힌 얼굴은 그대로 문형채 선생의 그 모습이었다. 그가 시에 썼던 것처럼 무엇인가에 대해 '고래고래 소리치고 싶어라'고 떠들어댔는데 다음날 아침에 만난 그는 완전히 딴사람이었다. 대흥사 경내로 들어가는 숲길을 같이 걸어가면서 이런저런 얘기를 나누었는데 수줍게 웃으면서 말을 하는 그는 그대로 샌님이었다. 그날 그의 모습에서 읽을 수 있었던 '샌님'은 솔직함이었고, 그 솔직함이란 바로 진실성이 뒷받침된, 앞서 말한 문형채 선생님의 모습, 그것과 하나도 다를 것이 없었다.

김형수는 「내 안에 쓰러진 억새꽃 하나」(두리) 해설에서 이렇게 말한다.

그런데 그 친구(내게 이봉환 얘기를 들려준 '나이 어린 선배')가 감방에서 갓 나와 그의 선배들이 그랬듯이 팔짱낀 논평가의 모습으로 가두투쟁을 나갔을 때 웬 아저씨 한 분이 땀을 뻘뻘 흘리며 참으로 열심히 데모를 하고 있더라는 것이다. 나이 드신 학부형 같은 분이 그 어린 신입생들 틈에 끼어 지도자가 선창하는 대로 구호도 따라서 하고 최루탄에 눈물, 콧물이 범벅되어 돌멩이를 나르고 던지고 하는 모습을 보면서 멀찍이 서서 팔짱을 낀 자신이 부끄러워서 견딜 수 없을 정도였다고 한다. 그래서 그 훌륭한 귀감을 주는 아저씨 때문에 자신도 시위대의 일선에 나서야만 했는데 더욱 가관인 것은 자신이 참여한 모든 데모, 다시 말해 전남대가 참여한 모든 투쟁에 그가 있더라는 것이다. 나이든 분인데다 너무나 열심이어서 늘 눈에 띄는 분이었는데 나중에 술집에서 보니 그가 인사 올리러 온 후배들 틈에 끼어 있었다는 것이다.

김형수 시인에게 이봉환 시인에 대한 이야기를 전해 준 친구가 처음 이봉환 시인을 본 인상은, 어쩌면 내가 문형채 선생님을 본 인상과 그렇게도 비슷한지.

그가 산전수전 다 겪은 듯한 시골 농부의 모습으로 잔잔하게 웃을 때면 진짜 시골 농부를 대하듯 편안해진다. 그러한 그의 인상은 진실함이 안에 숨어 있기에 푸근하게 보이고, 또 그러한 마음이 행동과 일치하기에 그의 시가 잔잔한 감동으로 다가올 수 있는 것이다.

그런 모습을 오랫동안 간직하고 싶어서

우리는 대흥사 경내를 돌면서 그의 시 「그 후로도 오랫동안」에 대해서 꽤나 길게 얘기했던 것 같다. 나는 그에게 시 속에 토로한 감정이 '광주문제'인가, 아니면 '전교조'로 해직된 지금의 심정인가를 물었던 것 같고, 그는 '살아오면서 느낀 그 즈음의 심정을 복합적으로 나타내 본 것'이라고 대답했던 것으로 기억한다.

그 후로도 오랫동안
우리의 기억 남아 있겠지
차가운 바람 불고
단풍이 쓸려간 자리

그 아픈 흔적이
봉오리 가득

그 후로도 오랫동안

멍들어 있겠지 훨훨
타다 남은 단풍이
나뭇가지에 머물러
피눈물로
내 가슴 적셔오겠지
그 후로도 오랫동안
바람 부는 날 오래오래
우리 살아 있는 날

-「그 후로도 오랫동안」 전문

'그 아픈 흔적이' '그 후로도 오랫동안' '피눈물로/내 가슴을 적셔 오겠지'라고 말하는 이 시는 그의 마음과 꼭 닮아 있다.

아픈 흔적이 누구에게나 남아 있어야 할 그때의 그 시절에, 다른 사람들이 다들 그 흔적을 가슴에 남기지 못하고 비켜갈 때 그는 세상을 바른 자리에 서서 보고 거기에 맞서 열심히 살았기에, 그의 얼굴에서 정직하고 포근한 농부의 모습을 느낄 수 있고, 또 이런 시도 쓸 수 있었다고 생각한다.

그런 그의 삶에서 나는 「미인(美人)」의 모습을 느낀다.

집 안에서는 돈 못 번다 구박당하고
밖에 나가 지푸라기 하나 훔쳐올 줄 몰라도
바보같이 바보같이 제 길을 가는 사람
미쳐 그 길에 미쳐서
아름다운 시 하나 뭇 가슴에 심어 놓고
죽음인지 삶인지 단풍고개 저기 넘어가는 사람

그가 생각하는 아름다운 사람의 모습 또한 바로 자신과 꼭 닮아 있다.

‘바보같이 바보같이 제 길을 가는 사람’의 모습은 솔직함과 정직함이라는 무기 하나를 가슴에 품고 묵묵하게 자기 갈 길을 가고 있는 사람이다. 그 사람은 바로 이봉환 시인의 삶의 역정 그대로다. 그가 아름답다고 생각하는 ‘제 길을 가는 사람’이란 「생산으로 가는 마을의 저녁」 길을 가는 사람이다.

> 얼마나 아름다운가
> 생산으로 가는 마을의 저녁은
> 그러나 얼마나 슬픈가 싸우는 마을은
> 벗이여 더운 피 얼마나 더 흘려야
> 우리의 마을에도 아름다운 저녁이 오는가

아름다운 저녁을 위하여 더운 피 흘리는 사람. 그게 바로 제 길을 가는 사람이고 또 그게 바로 ‘미인’이고, 그 ‘미인’이 바로 그런 세상을 꿈꾸며 ‘제 길을 가고’ 있는 시인 자신 아닌가. 그러기에 그의 시 속에는 감동이 있다.

그런 마음을 직접 그의 말을 통해서 들어보자.

어떤 이들은 지금의 내 시를 보고 치열함이 떨어진다거나 하는 이야기를 할지 모르겠다. 그러나 나는 지금의 시나 예전의 시나 치열함은 마찬가지이고 오히려 온전히 내 삶을 시로 쓰고자 했다. 어쨌든 그동안 내 삶이 흘린 눈물과 슬픔, 기쁨, 그리고 그리움들이 뒤범벅이 된 온갖 덩어리들인 것이다.

그동안 나는 이런 생각을 했다. 이제 나의 감정을 속이지 않겠노라고 슬프면 슬픈 노래, 가슴이 벅차면 그리움이 흠뻑 묻어나는 노래, 삶이 노여우면 분노를 노래하겠노라고 기쁨만을 억지로 노래하는 게 능사가 아니라는 그런 생각을 했다. 그래야 내 시를 읽는 이들에게는 눈물을 주고 분노와 희망도 줄 수 있을 테니까. 어쩌면 시

쓰는 사람에게는 상식 이하의 것일지도 모르는 이 사실을 이제야 깨
닫게 되었으니 얼마나 우스운 일인가

                        -『봄, 금남로 가로수』에서

그의 말대로 그의 시는 '그동안 내 삶이 흘린 눈물과 슬픔, 기쁨,
그리고 그리움들이 뒤범벅이 된 온갖 덩어리들'이다. 그의 그런 감
정들이 '뒤범벅이 된 온갖 덩어리들'로 뒹구는 그의 시집이 따뜻하
게 읽히는 것은 그가 흘린 눈물과 그가 맛본 기쁨들을 느낀 자리
가 항상 세상이 바르게 보이는 곳이었기에 가능하다.
　대흥사에서 헤어진 몇 달 후에 『1백년 시간 속의 동학여행』(은
율)이라는 책을 보내왔다. 첫 장을 넘기니 동학의 전적지에서 계단
식 논을 배경으로 찍은 사진 속에서 그가 옛날의 동학군마냥, 또
땅만 믿고 묵묵히 살아온 농부인 양, 넉넉하게 웃고 있었다.
　그의 그런 모습을 오랫동안 간직하고 싶어서「그 후로도 오랫동
안」에 곡을 붙였다.

　　그 후로도 오랫동안
　　우리 기억 남아 있겠지
　　차가운 바람이 불고
　　단풍이 쓸려간 자리
　　그 아픈 흔적이 봉오리 가득
　　멍들어 있겠지 훨훨
　　타다 남은 단풍이
　　나뭇가지에 머물러
　　그 후로도 오랫동안
　　내 가슴을 적셔오겠지
　　바람 부는 날 오래오래
　　우리 살아 있는 날

뭇 사람들의 입에서 닳고 닳은 포근한 노래

악보를 부치고 며칠 후에 고맙다는 전화를 받았다. 나는 '노래를 뽕짝으로 만들어서 미안하다'고 말했다.

지금 생각해 보면 내가 왜 미안했는지 모르겠다. 뽕짝 풍으로 되어 있어서 그랬던 것 같은데, 그것이 그토록 미안한 일이었던가 하는 생각이 든다.

뽕짝은 일본풍의 노래라는 인식이 은연중 머리에 박혀 있어서 나도 모르게 불쑥 그런 말이 나온 것 같은데, 그렇게 따지고 보면 우리에게는 부를 노래가 민요 말고는 하나도 없다는 얘기나 마찬가지다. 요즘의 노래 중에서 가장 '우리 것'을 지향하는 것으로 볼 수 있는 민중가요들도 민요적 가락을 타고 있는 몇몇을 빼고 나면 나머지는 다들 서양의 음악을 그대로 쓰고 있다.

다시 말하면 민중가요의 가사를 빼고 음만 연주해 보면 서양음악과 별로 다른 점이 없다는 얘기다.

그 문제에 대해서는 음악에 문외한인 내가 뭐라 말할 수는 없지만 무조건적인 배타는 바람직하지 않다. 또 하나 내가 의아한 것은 민중가요 가수나 민족예술을 주창하는 사람들의 대부분이 모임의 뒤풀이 좌석에서 부르는 노래들이 거의 다 뽕짝 노래라는 점이다.

나중에야 돌이켜 생각해 보게 된 것이지만, 그렇게 내가 밥맛없어 하고 싫어했던 노래들일지라도 듣고 또 듣게 되니까 어쩔 수 없이 나의 노래적 감수성의 어떤 부분에 똬리를 틀고 앉아 있었고 틈만 있으면 불쑥불쑥 튀어나왔다. 대학교 1학년 때에 술자리에서 그토록 경멸해 마지않았던 뽕짝, 흘러간 옛 노래를 이난영이나 황금심처럼 간드러지게 부를 수 있었고, 아직까지 술자리 십팔번은 뽕짝을 면치 못한다.

—이영미 「나의 노래 편력기」에서

노래평론가 이영미의 솔직한 이 말은 귀담아들을 만하다. 또 하나 눈여겨볼 것은 '그토록 내가 밥맛없어 하고 싫어했던 노래'라는 것은 뽕짝노래를 가리키는 말이다.

뽕짝이 그토록 '밥맛없어'할 정도로 경멸해야 될 대상의 리듬인가. 다만 뽕짝의 도입과정을 보면, 트로트(트로트의 리듬이 '뽕짝 뽕짝' 하는 발음과 비슷하여 속칭 뽕짝이라고 부른다)라는 미국의 춤곡이 식민지 시대에 일본을 통해서 단순하고 느린 일본식 리듬으로 변형되어 들어왔기에 거부감을 갖는다. 거기다 단조로운 리듬에 실린 가사의 내용이 예나 지금이나 징징대는 데서 벗어나고 있지 못하고 있기에 은연중 우리는 뽕짝을 아주 '밥맛없어'할 정도로 수준이 낮은 음악으로 치부해 버리는 것이 현실이다.

서양의 음악을 받아들이는 데에는 관대하면서도, 왜색이라는 이유로 뽕짝만을 배타하면서 비판하는 것은 문제가 있다. 사실 리듬보다는 거기에 실린 가사의 내용에 더 문제가 있는 것이다.

한편으로 가만히 생각해 보면 뽕짝의 리듬 자체는 어떤 특정한 나라의 리듬만은 아니라는 생각이 든다. 옛날 우리 선조들의 절구소리나 방아 소리 등도 다 '궁떡 궁떡'하는 리듬이었는데 그것은 다름 아닌 뽕짝의 리듬과 같다. 또 하나 사람의 맥박 흐름도 가만히 들어보면 뽕짝리듬을 닮아 있다. 음악적인 견해가 짧아 이 이상은 더 말할 수 없지만, 뽕짝의 리듬을 어느 한 나라의 고유한 리듬으로 단정짓고 무조건 배타하는 것은 옳지 않다고 말하고 싶다. 뒤풀이 좌석에서 민족음악가의 입에서 자연스럽게 나오는 뽕짝노래는 앞서 말한 그런 이유와 무관하지 않다고 생각한다.

이야기가 좀 에돌아갔다. 이 문제는 전문적인 음악공부를 더 한 다음에 확실한 근거를 제시할 수 있을 때 다시 한번 거론하기로 하고 본래의 자리로 되돌아가보자.

솔직히 말해서 나는 체계적으로 음악공부를 해본 적이 없다. 얼마 전에 공부 한번 해보려고 마음먹고 『최신 음악통론』이라는 책 한 권 사서 몇 장 넘겨보았는데 무슨 말인지 도통 모르겠기에 책 장 한 구석에 던져두었다.

나의 작곡법은 아주 단순하다. 시를 읽다가 내 속에 있는 감정과 가락이 뒤섞일 때 그대로 적어두고, 또 술 한잔 걸치고 거나했을 때 뭐라고 흥얼거리다가 그것이 입에 붙으면 더듬더듬 오선지에 옮겨 놓을 뿐이다. 별스럽다고 생각하는 사람도 있을 것이다. 그러나 나는 그렇게 생각지 않는다. 누구나 다 할 수 있는 일이다. 시를 써 본 사람들은 안다. 자신이 느낀 어떤 정서를 마음에 담고 있다가 그것이 어느 정도 무르익었을 때 글로 써 내려간 적이 있을 것이다. 그것과 하나도 다를 바가 없다. 그래서 나는 시 쓰기와 노래 만들기를 따로 생각하지 않는다. 그래서 시라는 말보다는 시가(詩歌)라는 말을 더 좋아한다.

이봉환의 시에 가락을 붙인 「그 후로도 오랫동안」도 그렇게 만든 노래다. 그 노래가 뽕작이라는 리듬을 탄 것은 아마도 내가 생각하고 있던 이봉환에 대한 이미지와 그 시가 갖고 있는 호흡률이 자연스럽게 그리로 흘러갔을 뿐이라는 생각이다. 이제 '뽕짝으로 만들어서 미안하다'고 했던 말은 정정해야겠다.

이봉환 시인과 문형채 선생님은 심란할 때 잔잔하게 떠올리면서 내 마음을 달랠 수 있는 그런 얼굴을 가진 사람들이다. 나는 그런 얼굴을 가지지 못했기에, 그 대신에 사람들이 그리울 때마다 꺼내 부를 수 있는, 뭇 사람들 입에서 닳고 닳은 그런 포근한 노래 하나 가졌으면 하는 욕심을 부려본다.

사람 사는 냄새가 나야 감동이 온다

엉뚱하게 시작된 책 읽기와 시 쓰기

오늘 아침에 박배엽 시인이 보내온 『사람과 문학』을 펼쳐 보니 내 약력의 이름 뒤에 '작곡가'라는 직함이 적혀 있다. 작곡가라니? 한참을 들여다보아도 돼지다리에 꽃신 신겨 놓은 것처럼 영 어색하게 보이고, 삼촌 바지를 고쳐 입은 것처럼 이름 따로 직함 따로 노는 것 같다. 생각해 보면 아주 틀린 말도 아니다. 그동안 시를 읽어 오면서 흥얼거리다가 남들의 시에서 가락을 훔쳐 낸 것이 제법 한 권 분량이 되기에 시가집이란 이름을 붙여 어설픈 책도 한 권 낸 적이 있고, 그중 몇 곡은 음반으로 만들어져서 가끔 라디오에서 들려올 때도 있기 때문이다. 그러나 이러한 일은 그동안의 시 읽기와 시 쓰기의 과정에서 생긴 일이지 작곡가로서 활동하면서 생긴 일은 아니다.

나는 좀 특이한 독서 체험을 했다는 생각이 든다. 국문과를 나와 지금 국어 선생을 하고 있지만 애당초 시인이 되려는 생각은 하지 않았다. 대충 점수에 맞게 학과를 선택했고 그러다 보니 문학, 특히 시는 아예 내 관심거리가 아니었다. 술을 좋아해서 같은 반 학생들이 모이는 술좌석에는 거의 빠진 적이 없었지만, 그때 그들이 누구의 시는 어쩌고저쩌고 하면서 떠들어댈 때, 나는 얼마 전까지만 해도 강경식당의 안주가 끝내 주었는데 요즘은 삼화식당엘 가면 먹잘것이 몇 가지 더 올라오고 거기다 닭죽까지 얹어주니 단골집을 그쪽으로 옮겨야 한다는 주장을 하는 데에만 열을 올렸다. 개폼(?)이지만 그래도 명색이 국문과생이면 으레 두툼한 문학개론과 얇은 시집 한 권쯤은 옆구리에 끼고 다녔었는데 솔직히 나는 그때까지 김소월도 제대로 읽어 보질 못했다.

그렇게 지내는 동안에 언제부턴가 술좌석이 마련되는 자리마다 이상한 안주 하나가 꼭 빠지지 않고 올라오기 시작했다.

강태형이는 『서울신문』 신춘문예에 당선되었고, 안도현이는 떨어졌다더라. 정영길이는 시도 되고 소설도 뽑혔다더라. 백학기는 『현대문학』의 추천을 받았고 양귀자·박범신·윤흥길 선배는 요즘 잘 나간다더라. 안도현이는 열을 받아서 이빨을 갈고 썼는지 다음해에 「서울로 가는 전봉준」으로 『동아일보』에 당선되었고, 아예 고운기랑 누구랑 끌어들여 '시힘'이라는 동인을 만들었다더라. 또 이진영이도 「수렵도」로 『서울신문』에 당선되었다더라.

그 당시만 해도 술좌석의 안줏거리로 올라왔던 그 이름들이 지금은 어느덧 문단의 한 자리를 꿰차고 앉아 흐름을 주도하기도 하고, 문학에 대한 열병을 앓는 습작기의 문학도들에게는 선망의 대상이 되는 문인이 되어 있다.

신춘문예라니. 문학지 추천이라니. 그것은 바로 고등학교 때 국어참고서에 적힌 작가소개란에 들어 있던 말 아닌가? 그런 꼬리표가 달려 있는 사람들은 훌륭한 사람들이 아니었던가?

그 뒤로도 계속해서 김영춘은 『실천문학』으로, 유강희는 『서울신문』 신춘문예로, 원재훈은 『세계의 문학』으로, 이용범은 『소설문학』으로, 그리고 요즘 한참 잘 나가는 이정하는 『매일신문』 신춘문예로 각자 자기의 갈 길을 찾아 하나씩 하나씩 작가가 되어 갔다. 그러다보니 진짜 작가의 꿈을 안고 국문과에 들어온 알짜배기 학생들에게는 그런 이야기들이 씹어도씹어도 떨어지지 않는 안줏거리가 되는 것은 당연한 일일 수밖에 없었다.

그러나 그런 일은 애당초 나의 관심거리가 아니었기에 나에게 그리 큰 사건은 아니었다. 나에게 큰 사건은 그 다음에 일어났다. 언제부턴가 그런 안줏거리를 씹어 댈 때마다 누군가의 입에서 슬그머니 시구를 살짝살짝 인용한 말이 튀어나오기 시작했고, 또 자기가 그동안 읽은 책의 문구를 적당히 섞어 가면서 떠들고 웃어대는데 나는 통 알아들을 수가 없었다. 처음 몇 번은 그럭저럭 덩달아 따라 웃으며 끼어들었는데, 그것도 한두 번이지 나중에는 그런 술좌석은 내가 낄 자리가 아니라는 생각이 슬금슬금 들기 시작했다. 같이 따라서 웃자니 무슨 말인지 몰라서 웃기지도 않는데 웃을 수도 없고, 그렇다고 가만히 있자니 나 혼자만 무식한 것 같고……, 은근히 배알이 뒤틀렸다.

'그래, 나도 읽으면 될 거 아냐. 또 나라고 쓰지 말란 법 있어?' 속으로 그렇게 생각하면서 무작정 읽어 댔다. 하도 책을 안 읽었던 터라 처음에는 무슨 책을 읽어야 하는 지도 몰랐다. 그러다가 눈에 띈 것이 '삼중당문고'다. 뒷주머니에 쏙 들어갈 만한 크기여서 가지고 다니기도 편리하고 값도 싸서 나에게 딱 어울리는 책이었다. 약 이삼백 권쯤 되었던 것 같은데 무슨 뜻인지도 모르면서 무작정 읽어 댔다. 지금 생각해 보면 내용은 물론이고 책의 제목도 기억나지 않는 것이 많다. 거의 한 권도 빼놓지 않고 '삼중당문고' 전집을 다 읽었다. 그러고 보면 나의 책읽기는 순전히 술좌석에 끼기 위해서 시작된 것이다.

그런 동안에 한 가지 묘한 점을 발견할 수 있었다. 뜻도 모르고 읽었을망정 어느 정도 읽다 보니 다음에 읽을 책이 자연스럽게 머릿속에 그려졌다는 점이다. 그 뒤부터는 생각나는 순서대로 책을 찾아 읽을 수 있게 되었다. 사실 여기까지 주절주절 떠들어 댄 것은 이 이야기를 하고 싶어서다. 어느 정도 즉, 다음에 읽을 책이 머릿속에 그려질 때까지 닥치는 대로 읽어보기를 권한다. 쉬운 일은 아니겠지만 분명 보람이 있을 것이다.

그리고는 시 한 편을 썼다.

> 남들보다 조금 늦게
> 어색하게 웃는 사람

이렇게 써 놓고 떡하니 '나'라는 제목을 붙였다. 지금 생각해 보면 자꾸 웃음이 나오는 일이지만 그 당시 나로서는 큰 사건이었고 대단한 일을 한 것이다. 그것은 내가 쓴 첫 번째 순수 창작품이 아닌가.

그 뒤로 가끔 글을 쓴답시고 끄적거려 보기도 하고, 이런 저런 이론서도 찾아 읽기도 했는데 시보다는 소설 쪽에 관심이 더 많았다. 소설은 재미도 있고 읽으면 무슨 뜻인지 대충 알 수 있었기 때문이다. 그러다가 언제부턴가 시 쪽에 관심이 더 가지기 시작했는데 그것은 순전히 내 주위에 소설가보다는 시인이 더 많았다는 이유 때문이다. 이제 시 읽은 이야기로 넘어가 보자.

나의 색다른 습작 체험

내가 좀 역마살이 끼어서 그런지 뽈뽈거리며 돌아다니기를 좋아한다. 그러다보니 이런저런 일로 알게 된 시인이 많이 생기게 되었다. 그들은 꼭 자기들의 시집이 나올 때마다 한 권씩 보내왔는데 처음에는 별로 흥미를 느끼지 못했다. 그러나 나를 생각해서 보내준 시집인 만큼 다음에 그들을 만날 때 몇 구절이라도 읽고 무슨 느낌을 말해 주는 것이 최소한의 예의라는 생각이 들었다. 그래서 읽기 시작했는데 역시 재미가 없었다. 아니, 무슨 뜻인지 이해를 못 했다는 표현이 더 옳다.

그래서 해설부터 읽어 보기도 하고, 목차를 보고 눈에 띄는 것이 있으면 찾아 읽어보기도 하고, 어떤 때는 눈을 딱 감고 아무 페이지나 확 펼쳐 그것을 읽기도 했는데, 어쩌다 한 편씩은 재미가 있기도 했지만 거의 흥미를 느끼지는 못했다. 그러다가 장난삼아서 기타를 들고 중이 염불하듯 아무 코드나 잡고 퉁겨대면서 입으로는 시를 흥얼거렸다. 그런데 그것이 뜻밖에도 상당히 재미가 있었다. 일단 긴 시들은 넘겨 버리고 짧은 시부터 기타가락에 맞춰 옹알옹알거리다보니 그냥 활자만 보고 읽을 때와는 영 딴판이었다.

본래 시라는 것이 운율에 실려서 그 뜻이 전해 오는 것이 아니던가. 그러고 보면 내가 시는 제대로 읽은 셈이다. 그렇게 몇 권을 옹알거리면서 읽다 보니 어느새 또 그렇게 옹알거릴 만한 시가 없나 찾아나서게 되었다. 그때부터는 서점에 나가면 시집 코너에서 서성대면서 옹알거릴 만한 시집이란 시집은 다 사들고 들어왔다. 사들고 온 시집들을 또 흥얼흥얼 읽어댔다. 그러는 동안에 시에 대한 흥미를 붙이게 되었고, 아예 소설책을 본 지는 몇 년이 지나버렸다. 그렇게 읽어 댄 시집이 족히 몇 백 권은 넘을 것이다.

시를 읽으면서 내 나름대로의 가락에 맞게 시를 고쳐 써 보기도 하고, 거추장스러운 부분이 있으면 잘라 버리기도 하고, 어떤 때는 아예 시를 뒤집어서 맨 끝 행을 앞으로 갖다 놓기도 하면서 시의 내용과 가락이 적당히 어울린다고 생각되면 더듬더듬 오선지에 옮겨 보기도 했다. 벌써 그런 일을 한 지가 십여 년이 되었다. 그것이 바로 나의 습작기였던 셈이다. 독서 체험도 엉뚱하게 시작했었는데, 시 쓰기의 습작 체험도 좀 특이하게 했다고 생각한다. 남의 시를 한정된 마디 안에 넣기 위해 손질(가사화)하면서 재구성했던 것이 내가 시를 쓰게 된 동기인 셈이다.

책읽기나 시 쓰기나 "어느 정도"까지가 문제이지 그 다음부터는 자기 나름대로의 읽기와 생각의 정리가 자연스럽게 이루어진다는 것을 나의 체험을 통해서 너절하게나마 말해 보았다. 이제 그동안 의 일들을 하나씩 하나씩 작품을 놓고 구체적으로 말해보고자 한 다.

시의 맛, 노래의 맛

사람마다 다 성격이 다르고 자라온 환경도 다르고 생각도 달라 서 각자가 좋아하는 시의 취향도 다 다르겠지만 나는 시 속에서 사람 사는 모습이 보이는 것을 좋아한다. 인간의 가장 보편적인 감 정인 사랑을 노래한 시도 좋지만, 그런 것들도 다 사람 사는 냄새 가 묻어 있을 때 더 감동적이다.

이런 이야기를 하고 있으려니 며칠 전 수업 시간이 생각난다. 시 를 공부하는 시간이었는데 이런 구절이 나왔다.

> 태양도 꺼뜨리지 못한
> 이슬의
> 그 불은
> 별빛의 씨 땅 위에서 눈을 떴다

학생들은 나에게 이 시구의 뜻이 뭐냐고 물었다. 나는 점잖게 폼 을 잡고 설명했다. 여기서 '불'은 '꽃'을 의미하는 것인데 그 꽃은 별빛이 씨를 뿌려서 땅 위에 피어난 것이고, 그렇기 때문에 그 꽃 은 아름답고, 더구나 이슬이 맺혀 있는 그 꽃은 너무 아름다워서 태양도 감히 어찌할 수 없다고. 그랬더니 웬 녀석이 "야, 냄새난다.

문 열어라." 하고 말했다. 나는 처음에 그 말이 무슨 뜻인지 몰라서
멍하니 서 있었더니, 다른 녀석이 또 투덜댔다.

"제기랄, 교과서가 생까고 있네."

갑자기 교실 안은 웃음바다가 되었고, 나도 따라 웃을 수밖에 없
었다.

아직까지도 교과서에는 이런 부류의 시들이 대부분이어서 학생
들이 시는 어렵고, 고상하고, 자기와는 아무런 관계가 없는 것이라
고 생각하기에 딱 맞게 만들어 놓았다. 이런 류의 시들을 억지로
배운 학생들이 졸업 후에 시를 멀리하는 것은 어쩌면 당연한 일인
지도 모른다.

얘기가 좀 에돌아갔다. 이제 제자리를 찾아가 보기로 하자. 고운
기의 시 「옛날의 금잔디」에 관한 이야기다. 그의 시집 『밀물 드는
가을저녁 무렵』(청하)을 읽으면서 「벌교」 연작과 「할머님 말씀」이
가장 따뜻하게 다가왔다.

앞에서 말한 대로 사람 사는 냄새가 물씬 풍겨 왔기 때문이다.
그리고 또 하나 「옛날의 금잔디」가 그랬다.

해 따러 간 성은 어떻게 됐나
달 따러 간 누이는 어떻게 됐나
산에 올라가 불을 지피고
언 땅 고구마 밭을 파면
봄아 오너라 푸르게 오너라
설 쇠고 서울 간 우리 성은
산 넘어 가는 두발 전봇대

성이사 우리 생각 할까마는
갈아 입을 옷 한벌 없이 떠나던 날
봉수네 성은 일 년 만에 양복 입고 왔다고

나도 그럴 수 있노라고
성이사 눈물 감추며 그렇게 떠났었는데

서울 가서 하는 일이 무엇일랴고
성아 너는 고생만 할 뿐이지
돈맛만 들이고 사람 버린다더라
어른들 쑥덕이는 소리 나도 들었다

피어오른 불은 바람에 날려
웬일로 내 눈 따갑게 하고
짧은 소매에 눈물만 물들이는데

해 따러 간 성은 어떻게 됐나
달 따러 간 누이는 어떻게 됐나
고구마 밭둑만 푸르게 할 뿐이네
옛날의 금잔디

시 속의 서정적 주인공은 서울에 가서 고생하는 형에 대한 안타까운 심정을 노래하고 있다. 그 노래 속에는 안타까운 심정과 더불어 옛날처럼 함께 살고 싶어하는 마음이 더 강하게 묻어 있다. 그래서 '설 쇠고 가는' 형의 모습이 '두발 전봇대'처럼 더욱 커 보인다. 형이 있으면 든든할 텐데, 함께 살았으면 좋겠는데 현실은 그렇지가 않다. '갈아 입을 옷 한 벌 없이 떠나'야 할 정도로 생활은 어렵다. 그래서 형은 떠난다. '봉수네 성은 일 년 만에 양복 입고 왔다고/나도 그럴 수 있노라고' 다짐하면서 떠난다.

얼핏 보아서 이 시는 1연을 제외하고는 노래가 될 것 같지 않아 보인다. 그러나 어떤 시든지 노래적인 요소는 다 있다. 전체를 다 노래하고 싶지만 실제로는 그러기가 쉽지 않다. 욕심을 부리다가는 자칫 노래를 망치는 수가 많다. 그래서 적당한 선에서 서울 간 형을 그리워하고 고생하는 것을 안타깝게 생각하는 동생의 심정이 나타날 정도만 남겨 두고, 나머지는 가지치기(가사화)를 했다. 기타를 퉁기면서 이렇게도 흥얼거려 보고 저렇게도 흥얼거려보았다.

　　해 따러 간 성은 어찌 됐나
　　달 따러 간 누인 어찌 됐나

　　서울 가서 하는 일이 무엇일랴고
　　돈맛만 들이고 사람 버린다더라

　　피어오른 불은 바람에 날려
　　웬일로 내 눈 따갑게 하고
　　짧은 소매에 눈물만 물들이는데

　　해 따러 간 성은 어찌 됐나
　　달 따러 간 누인 어찌 됐나

원작인 시보다는 훨씬 빈약하지만 본래의 시가 나타내고자 했던 주제에서 크게 벗어나지 않았다고 생각한다. 시 속의 '설 쇠고 간 우리 성은/산 넘어가는 두발 전봇대'와 같이 명징한 화폭 속에 서정적 주인공의 마음이 담긴 구절을 노랫말에 넣지 못한 것이 못내 아쉽지만, 이건용의 "시를 고치지 않고 그대로 노래 형식에 맞춰 넣을 경우 그 어색함이란 노래가 가지고 있는 최대의 강점인 친숙함을 모두 상쇄시켜 버리고도 남을 정도인 것이다"라는 말을 생각해 볼 때 그 정도 선에서 만족하는 것이 좋다. 시는 시대로 맛이 있는 것이고, 또 노래는 노래대로의 맛이 있는 것이다.

노래의 강점인 친숙함을 살려야

  이건용의 지적처럼 노래의 강점은 친숙함이다. 시를 노래로 만드는 것은 결국 그 친숙함을 최대한으로 살려 독자와 시의 사이를 좁힐 수 있는 가장 좋은 무기다. 친숙함이 있으려면 일단 쉬워야 한다. 시는 의미 파악이 어려울 때 아무 때나 다시 읽을 수도 있고 그 부분에 눈을 붙박아 놓고 여러 가지 의미를 생각해 볼 수 있지만, 노래는 그렇지 않다. 시간성과 깊은 연관이 있다. 일정한 시간 안에 불릴 수 있도록 적당한 길이를 가져야 하고, 또 가락에 실려서 들려오는 노랫말을 따라 듣다가 중간에 의미 파악을 놓치면 그 뒷부분을 앞의 내용과 연결시켜서 이해하기 어렵기 때문이다. 좋은 시가 선명한 그림으로 남듯이 좋은 노랫말은 간략하면서도 그 뜻을 제대로 전달시켜 주어야 한다.

  노래를 다 만든 후에 몇 번 더 불러보다가 생략이 심하다는 생각이 들어서 고운기 시인에게 전화를 했다. 우리는 앞서 생략된 명징한 화폭을 조금이라도 살려 보려고 수화기에다 대고 노래를 불러가면서 조금씩조금씩 고쳤다.

> 해 따러 간 성은 어찌 됐나
> 달 따러 간 누인 어찌 됐나
> 설 쇠고 떠난 서울 편지도 없고
> 봄 여름 푸르른 감자밭만 남아
> 황토흙을 제쳐 성아 너처럼
> 영글어 가던 알알이 캘 사람 없네
>
> 해 따러 간 성은 어찌 됐나
> 달 따러 간 누인 어찌 됐나
> 서울 가서 하는 일이 무엇일랴고

돈맛만 들이고 사람 버린다더라

쥐불 놓는 언덕 하늘은 붉고
짧은 소매에 눈물만 물들이는데

해 따러 간 성은 어찌 됐나
달 따러 간 누인 어찌 됐나
서울 가서 하는 일이 무엇일랴고
돈맛만 들이고 사람 버린다더라

노래가 될 수 있는 시가 사랑을 얻는다

아직도 일부 시인들은 자기가 쓴 시구를 한 자만 고쳐도 무슨 큰일이나 난 것처럼 호들갑을 떠는 경우가 있다. 물론 자기가 쓴 시에 대해서 애착이 가다 보니 그럴 수도 있다는 생각이 드는 것은 이해할 수 있지만, 본래 시에서 말하고자 했던 주제만 제대로 살려낸다면 시를 노래화시킬 때, 그 흐름을 매끄럽게 하려고 약간의 손질을 하는 것은 괜찮다고 생각한다. 아무리 좋은 시라고 하더라도 그것이 책갈피 속에서 낮잠만 자고 있다면 무슨 쓸모가 있겠는가. 다소 상처 난 얼굴로라도 세상에 돌아다닐 때 그 시가 제값을 하고 있다고 말할 수 있다.

이런 말을 뒷받침해주는 임헌영의 얘기를 잠깐 더 들어 보자.

일찍이 하나였던 시와 노래를 뜻하는 우리 민족의 시가(詩歌)가 현학적인 사람들에 의하여 근대화되면서 서로 갈라선 뒤 그 흥망성쇠는 덧없기가 인생살이와 같았다. 저속한 문화와 물량공세 앞에서

옛날의 금잔디

해따러 간 성은 어 찌됐 — 나
달따러 간 누 인 어 찌됐 — 나
설 쇠 고 떠난서울 편 지도없 고
봄 여 름 푸 르른 감 자 밭만 남 — 아
황 토 흙 을 제 쳐 성 아 녀 처 럼
쥐 불 놓 는 언 덕 하 늘 은 붉 고
영 글 어 가 던 알 알 이 캘 사 람 없 네
짧 은 소 매 에 눈 물 만 물 들 이 는 데
해따러 간 성 은 어 찌됐 — 나 달따러 간 누 인 어 찌됐 — 나
서 울 가 서 하 는 일 이 무 엇 일 랴 고 돈 맛 난 들 이 고 사 람 버 린 다 더 라

시가 야위어 가는가 싶었으나 어느새 되살아나 구호보다 더 힘차게, 함성보다 더 우렁차게, 선전문구보다 더 강하게, 명령어보다 더 감동적으로 대중들의 영혼을 사로잡기 시작했다.

그것은 다시 시와 노래가 결합함으로써 빚어진 새로운 시적시대의 열림이었다. 노래가 될 수 없는 시란 향기를 갖지 못한 꽃처럼 이미 시들어 버린 언어의 시체의 나열인지도 모른다는 생각이 든다. 어떤 이론과 재능이 담겼더라도 노래가 될 수 없는 시는 대중으로부터 사랑 받을 수 없음을 우리는 지난날의 우리 시문학사에서 느낄 수 있다.

　　　　　　　　－『그리운 곳 차마 그리운 곳』(웅진출판) 서문에서

마침 어제 서점에 갔다가 고운기의 두 번째 시집 『섬강 그늘』(고려원)이 나와 있길래 한 권 사 들고 왔다. 이 글을 쓰느라 아직 읽지 못했는데 오늘 저녁에 차분히 읽어 볼 생각이다. 첫 시집에서처럼 사람 사는 냄새가 물씬 풍기는 시가 많았으면 좋겠다. 그러면 나는 또 어김없이 기타를 들고 뽕짜르작작거릴 것이다.

푸른 하늘이 열린 세상

꿈꾸는 사람, 우리 시대의 고독한 나그네

세상에는 참 엉뚱한 사람들이 많다. 오늘 얘기하려는 백창우가 바로 그런 사람 중의 하나인데, 한마디로 그를 단정지어서 말하기란 여간 어려운 일이 아니다. 그가 어떤 사람인지 지명길과 백진원의 말을 통해서 알아보자.

백·창·우, 그는 가수가 아니다. 저잣거리의 수많은 가수들을 보며 그를 그냥 '가수'라고 부르기에는 뭔가 석연치 않다는 생각이 든다. 그는 그저 운명처럼 자기의 영혼을 태워 글을 쓰고 노래를 만드는 '우리 시대의 고독한 나그네'이다. …중략… 그는 가수가 아니다. 그저 세상에서 한 걸음 벗어나 세상을 한눈에 담고 싶어하는 마음 가난한 '노래하는 시인'이다

— 지명길, 「백창우의 노래를 듣고 있으면 눈물이 난다」에서

헐렁한 옷에 때 탄 고무신, 잘 빗지 않은 긴 머리에 늘 꿈꾸는 듯한 눈을 가진 백창우. 그는 우리들이 포기한 '아름다움'에 대해, 우리가 잃어 가고 있는 '소중한 것들'에 대해 그 특유의 낮은 목소리로 일깨워 준다. 그가 이 땅의 현실을 노래할 때는 날카로운 칼이 되고 넉넉한 사랑을 얘기할 때는 맑고 아름다운 수채화가 된다. ……중략…… 그는 가수라고 하기엔 노래를 너무 못하고, 작곡가라고 하기

엔 시를 너무 잘 쓴다. 그는 '꿈꾸는 사람'이고 '빈털터리 가객'이다.

—백진원, 「떠돌이 가객 백창우」에서

위에서 잠깐 살펴보았듯이 그는 시도 쓰고, 작곡도 하고, 또 노래를 부르기도 하는 사람이다. 그러다보니 그를 얘기할 때 한마디로 단정지어서 말하기가 어렵다는 말이다. 우리는 그런 사람을 음유시인이라고 말한다.

음유시인이란 무엇인지 사전을 통해서 잠깐 보고 가자.

각지로 떠돌아다니면서 시를 읊는 시인, 특히 11~13세기 프랑스 남부 스페인 동부·이탈리아 북부 지방을 떠돌아다니면서 기사들의 연애사건을 읊어 노래한 서정시인의 한 파.

—신기철·신용철, 『새 우리말 큰 사전』에서

사전에 나온 음유시인(吟遊詩人)에 대한 설명이다. 그러나 어딘지 해석이 좀 덜 되었다는 느낌을 떨칠 수가 없다. 그리고 현대적인 의미의 음유시인과는 거리가 좀 먼 듯하다.

이 시대의 음유시인이란 "작곡과 시 쓰는 능력을 겸비한 사람으로, 세상 돌아가는 이야기와 우리들의 삶과 꿈을 가락에 실어 노래하는 가객" 정도로 풀이하는 것이 더 좋을 것 같다.

백창우가 그런 사람이다. 세상 이야기를 노래에 담아 나직한 목소리로 노래하면서 사람다운 '사람' 하나 만나고 싶어 한다. 그런데 그를 생각하면 '음유시인'이란 말과 함께 떠오르는 것이 하나 더 있다. 바로 '개'다.

지금까지 그는 『겨울편지』(신어림), 『사람 하나 만나고 싶다 1·2』(신어림), 『길이 끝나는 곳에서 길은 다시 시작되고』(신어림) 등의 네 권의 시집을 냈는데, 표지에 어김없이 '개'가 등장하고 시 속에서도 '바람', '비', '별'과 함께 '개'(나중에 안 일이지만 그는 나와 나이가 같은 58년 개띠다. 그래서 언젠가 둘이서 개판(?)을 벌여 볼 생각이다)라는 단어가 유난히도 많이 나오고, 심지어는 그의 음반을 듣다 보면 거기서도 개 짖는 소리가 들린다.

> 개도
> 안 물어갈 이놈의 세상
> 바람은
> 참
> 좋구나

그가 쓴 「바람노래·1」의 전문이다. 박희준은 "바람은 자연의 한 현상이지만, 백창우에게는 개도 안 물어갈 세상에 살면서, 그는 사람 하나를 만나고 싶어한다. 이런 마음자리에서 백창우의 시와 노래는 출발하고 있다"고 말한다.

제기랄, (이 말도 그가 그의 시와 노래에서 자주 쓰는 말이다) 백창우에 대해서 얘기해야 되는데, 나는 아직도 그에 대해서 깊숙이 들어가지 못하고 남의 말을 빌려 가면서 주위만 빙빙 돌고 있다. 그를 한번이라도 만난 적이 있었더라면 이러지는 않을 것이다. 그렇다고 그를 전혀 모르는 것도 아니다. 가끔씩 전화 통화를 할 때는 이런저런 얘기를 오랜 지기처럼 스스럼없이 나누고 지낸다. 그리고 그를 만나고 온 사람들은 그가 나와 닮은 점이 많다는 얘기를 한다. 아마도 말솜씨가 어눌하고 구부정한 폼으로 느릿느릿하게 어슬렁거리면서 씨돌아다니는 것이 어딘지 좀 빈 구석이 있는 듯한, 꺼벙한 모습의 나와 닮았다는 얘기일 것이다.

아무튼 "고운 사람 하나 그리워하는 일은 아름답다. 마음의 집에 아침마다 새롭게 눈뜨는 고운 사람 하나 있다면, 그 삶은 그것으로도 충분히 아름답다"(『겨울편지』 앞글에서)고 말하는 백창우에게 나는 아무래도 '고운 사람'은 아닌 성 싶다.

제기랄, 이제 '맨땅에 박치기'라도 해야겠다. 아니, 맨땅에 박치기라니? 내 앞에는 그의 시가 있고, 노래가 있지 않은가.

이제 그의 시와 노래에 '박치기'를 하면서 그에 대해서 접근해 본다.

힘겨운 삶의 저편, 어둠 저 너머 저편

언제나 내 마음속에
푸른 하늘이 열릴까
먹장구름 다 걷히고
고운 햇살이 내릴까
힘겨운 삶의 저편엔
어떤 세상이 있을까
그리운 사람 더욱 그리워
나 오늘도 빈 하늘만 보네

언제나 내 마음속에
푸른 하늘이 열릴까
궂은 비 다 그치고
맑은 바람이 불까
어둠 저 너머 저편엔
어떤 세상이 있을까
잊혀진 얼굴들 다시 살아나
내 쓸쓸한 노래가 되네

그의 시집 『사람 하나 만나고 싶다』에 실려 있는 「언제나 내 마음속에 푸른 하늘이 열릴까」라는 시의 전문이다.

일단 시 속의 서정적 주인공이 서 있는 자리는 '힘겹고', '어두운' 현실이다. 그래서 그는 '어둠 저 너머'에 있는 희망의 세계를 꿈꾼다. 그가 생각하는 희망의 세계, 즉 '힘겨운 삶의 저편'과 '어둠 저 너머'엔 그가 만나고 싶어하는, 맑은 가슴을 가진 '사람'이 있는 곳일 것이다. 그러나 나는 그런 '사람'이 '어둠 저 너머'나 '힘겨운 삶의 저편'에 있다고 생각하지 않는다.

이미 그의 시 속에 맑은 가슴을 가진 '사람'이 있다. 그게 바로 '잊혀진 얼굴들'이고 '그리운 사람들'이다. 그는 그의 노래 속에 그들을 불러놓고 그들과 함께 '푸른 하늘이 열'리기를 꿈꾼다. 그의 곁에 '그리운 사람'이 있고 '잊혀진 얼굴들'이 있다면 그게 바로 그가 만나고 싶어하는 '사람'이고, 그런 세상이 바로 '푸른 하늘이 열'린 세상이다. 그래서 이 시에 흐르는 어조는 쓸쓸하지만 따뜻하게 읽힌다.

앞서 말한 "그런 고운 사람 하나 있다면 그 삶은 그것으로도 충분히 아름답다"고 한 얘기도 그래서 설득력을 지니는 것이다.

그가 서 있는 곳은 항상 춥고, 바람이 부는 곳이고, 「문패」 하나 제대로 갖지 못한 사람들이 있는 곳이다.

> 내가 살았던 열한 개의 집에서
> 우리 문패를 달았던 적은 모두
> 다섯 번
> 우리의 삶도 어쩌면
> 한 절반쯤은
> 그렇게, 남의 이름으로
> 사는 것이 아닐까

내가 만났던 사람들 가운데
제 얼굴을 가졌던 이는
몇이나 될까
우리의 삶은 어쩌면
한 절반쯤은
그렇게, 다른 얼굴로
사는 것이 아닐까

　　　　　　　　　　　　　　　　　ー「문패」전문

　백창우의 시에서 서정적 주인공은 '남의 이름으로' 아니면 '다른 얼굴'로 사는 사람들 속에 있다. 그리고 그들과 함께 추워하지만 "그러면서도 나에게 절망과 슬픔을 주는 네가 원망의 대상으로 있지 않고 희망과 기쁨의 대상으로 있다는 데"(도종환, 『겨울편지』 발문에서) 그의 미덕이 있다.

　그것은 가슴 따뜻한 '사람' 하나 만나고 싶어하는 그의 가슴이 이미 따뜻하기에 가능한 일이다. 그래서 "모든 것이 얼어붙는 한밤중/길도 얼고 별도 얼고/꿈도 얼고 자지도 얼고"(「한밤중」 부분) 있는 세상에서 그는 '세상은 꿈꾸는 이들의 것'이라고 말할 수가 있다.

울지 말게
다들 그렇게 살아가고 있어
날마다 어둠 아래 누워 뒤척이다, 아침이 오면
개똥 같은 희망 하나 가슴에 품고
다시 문을 나서지
바람이 차다고, 고단한 잠에서 아직 깨어나지 않았다고
집으로 되돌아오는 사람이 있을까
산다는 건 만만치 않은 거라네

아차 하는 사이에 몸도 마음도 망가지기 십상이지
화투판 끝발처럼, 어쩌다 좋은 날도 있긴 하겠지만
그거야 그때뿐이지
어느 날 큰 비가 올지, 그 비에
뭐가 무너지고 뭐가 떠내려갈지 누가 알겠나
그래도 세상은 꿈꾸는 이들의 것이지
개똥 같은 희망이라도 하나 품고 사는 건 행복한 거야
아무것도 기다리지 않고 사는 삶은 얼마나 불쌍한가
자, 한잔 들게나
되는 게 없다고, 이놈의 세상
되는 게 좆도 없다고
술에 코 박고 우는 친구야

　　　　　　　　　―「소주 한잔했다고 하는 얘기가 아닐세」 전문

백창우만이 지닌 문학으로서의 힘

　백창우의 노래를 듣고 있으면 어찌나 느린지 잠이 올 정도다. 오
죽했으면 음악평론가 강헌은 "그의 마음이 빚어내는 선율은 극적인
도약과 활기 넘치는 질주를 허용하지 않는다. 빠른 템포와 갖은 음
향의 조미료에 길든 사람들에게는 이 앨범은 인내심을 시험하는
마인드콘트롤의 교재쯤으로 보일는지도 모르겠다"고 한다.
　어느 한 곳도 외쳐대는 듯한 목소리가 없는, 노래라기보다는 나
직한 목소리로 얘기를 들려주는 듯한 그의 노래를 들으면서 나는
"가수라고 하기에는 너무 노래를 못한다"는 백진원의 말에 전적으
로 공감을 했다. 그러나 지금은 그렇지 않다. 그의 노래는 톡 쏘는

언제나 내 마음 속에 푸른 하늘이 열릴까

맛은 없어도 씹으면 씹을수록 우러나는 칡뿌리 같은 맛이 있다.

고운 목소리를 가진 사람이 가수라면 그는 분명 가수가 아니다. 하지만 노래의 맛을 낼 수 있는 사람이 가수라면 그는 분명 가수다. 그는 자기만의 독특한 목소리를 갖고 있기 때문이다. 노랫말의 분위기를 제대로 살리면서 노래를 맛나게 부른다. 그것은 우선 그가 시를 알고, 노랫말의 내용을 충분히 파악할 능력을 갖추었기에 가능한 일이다. 가창력은 조금 부족한 듯하지만 노래의 맛을 제대로 낼 수 있다는 것은 꾀꼬리 같은 가수의 목소리에 비할 바가 아니다. 거기에 백창우의 매력이 있고, 바로 그것이 오랫동안 그의 노래를 들어도 질리지 않게 한다.

그의 노래 중에서 어린이들과 함께 부른 「땅」을 좋아한다.

> 자꾸만 땅이 죽어간다
> 자꾸만 땅이 죽어간다
> 이러다간 배추 심을 땅도 없고
> 고추 심을 땅도 없겠네
> 자꾸만 땅이 죽어간다
> 자꾸만 땅이 죽어간다
> 이러다간 우리 어머니
> 콩 심을 땅도 없겠네
>
> 한 십 년쯤 뒤에
> 아니, 이십 년쯤 뒤에
> 배추공장 고추공장 콩공장이 생겨
> 라면처럼 비닐봉지에 담겨진
> 배추를 고추를 완두콩을
> 먹게 되진 않을까

환경 문제를 다룬 노래인데 글에 대한 설명이 필요치 않을 만큼 쉽기도 하거니와 노래 또한 가락이 단조롭고 쉬워서 두어 번 들으면 그냥 따라 부를 수 있는 곡이다.

가락이 쉽다고 해서 쉽게 써지는 것은 아니다. 오히려 그 반대인 경우가 더 많다. 쉬우면서도 거기에 자기의 감정을 실어 친근하게 청자들에게 다가갈 수 있다는 것은 그 방면에 웬만큼 조예가 깊지 않으면 거의 불가능한 일이다.

게다가 노랫말 또한 흠잡을 데가 없다. 이러다가는 '십 년이나 이십 년쯤 후에/배추공장 고추공장 콩공장이 생기'게 될지도 모른다는 표현은 기발한 발상으로 우리의 머리를 망치로 한 방 갈겨오는 것 같고, "어, 이래서는 안 되는데!" 하는 생각을 하게 한다.

문학이 어떤 경구나 도덕적 훈계보다 더 위력을 발휘한다는 것은 바로 이런 경우를 두고 하는 말이다. 주제는 환경 보호인데 아무리 "환경을 보호하자"고 외쳐 본들 사람들은 '그저 그런가보다'하고 지나쳐 버릴 뿐 귀담아 들으려 하지 않을 것이다. 그러나 위의 경우는 다르지 않은가. 겉으로는 "환경을 보호해야 한다"는 말은 한마디도 없다. 그러나 이 노래를 들으면서 사람들은 '그래, 그래서는 안 돼'하는 생각을 할 것이다. 그게 바로 문학이다. 이러한 표현은 그가 시인이기에 가능하다.

우리의 노래가 한 그릇 밥이면 좋겠네

'박치기'를 하며 들어온 얘기가 꽤나 길어졌다. 이젠 나갈 구석을 찾아야겠다. 그의 시집을 읽으면서 자꾸 노래로 만들고 싶다는 생각이 들어서 그날 밤에 두 곡을 썼다. 하나는 앞서 말한 「언제나 내 마음속에 푸른 하늘이 열릴까」이고, 다른 하나가 「새벽 네 시」

다.

누가
깨어 있을까
비가 오기 시작하는데
나 이제 잠들면
그
누
가
깨
어
있
을
까

－「새벽 네 시」 전문

새벽 네 시에 잠을 청하면서 몇 시간 후에 찾아올 싱그러운 새
벽을 누군가 맞아 주었으면 하는 심정을 노래한 시이다. 참 별스런
걱정을 다 하는 사람이라고 생각할 것이다. 그러나 나는 이 시에서
사람들이 그저 그러려니 생각하는 세상의 어떤 현상이나 이치까지
도 그냥 지나쳐 버리지 않는 그의 마음을 느낀다. 그리고 그가 그
토록 찾고 있는 '사람'의 모습을 본다.

음반 작업을 하면서 '꼬두메 녹음실'에 이 노래의 악보를 놓고
왔는데 나중에 가 보니 2절이 붙어 있었다. 누가 써 놓았는가 물어
보았더니 한보리가 그랬단다.

모두
잠들어 있네

새벽 네시

가사:

누 가 　깨어있을까 　비가오기시작하는 데
모 두 　잠들어있네 　푸른바람불어오는 데

누 가 　깨어있을까 　비가오기시작하는 데
모 두 　잠들어있네 　푸른바람불어오는 데

나이제잠 들 면 　나 이 제잠 들 면 　그
나 마 저잠 들 면 　그

누 가 누 가 　깨 어 있 을 까
푸 른 아 침 　누 가 맞 을 까

푸른 바람 불어오는데
나마저 잠들면
그 푸른 아침
누
가

맞
을
까

    재주꾼들은 서로 통하는 모양이다. 「새벽 네 시」는 그렇게 해서
완성된 노래다.

    생각해 보면 내가 참 당돌한 짓거리를 한 것 같다. 우리 시대에
제일가는 작곡가 중의 하나인 백창우의 시에 작곡에는 젬병인 내
가 곡을 붙였으니 말이다. 이제 그 노래들을 세상에 내놓으면서 나
는 심청이랑 삼천궁녀가 함께 지켜보는 앞에서 다이빙을 하고 있
는 심정이다.

    이제 그의 노래 「우리의 노래가 이 그늘진 땅에 따뜻한 햇볕 한
줌 될 수 있다면2」를 들으면서 마치자. 그가 왜 노래를 부르는지
알 수 있을 것이다.

      우리의 노래가 한 사발 술이면 좋겠네
      고달픈 이들의 가슴을 축이는
      한 사발 술이면 좋겠네
      우리의 노래가 한 그릇 밥이면 좋겠네
      지친 이들의 힘을 돋우는
      한 그릇 밥이면 좋겠네
      어릴 적 잠결에 듣던
      어머니의 다듬이 소리처럼
      이 땅의 낮은 이들의 삶 속에
      오래오래 살아 숨쉬는
      그런 생명의 노래가 되었으면 좋겠네

우리의 노래가 예쁜 칼이면 좋겠네
어두울수록 더욱 빛나는
한 자루 칼이면 좋겠네
우리의 노래가 고운 햇살이면 좋겠네
이른 아침 깊은 잠을 깨우는
한 움큼 햇살이면 좋겠네
밟혀도 밟혀도 되살아나는
길섶의 민들레꽃처럼
응달진 이 땅의 진흙밭에
조그만 씨앗 하나 남기는
그런 생명의 노래가 되었으면 좋겠네

내가 몸담은 세상을 깨달아 가는 길

고향의 서정을 살리는 글

내 친구 희성이가 언젠가 내게 한 말이 생각난다. 명절 때 며칠이 걸려도 좋으니 아득바득 찾아갈 고향이 있으면 좋겠다고. 서울이 고향인 그는 남들은 귀향 전쟁이라고까지 부르는 그런 모습도 부럽게 보였나 보다. 생각해 보면 그 친구의 그런 마음을 이해할 수 있을 것 같다. 서울서 나서 서울에서 자라고, 지금도 서울에 살고 있는 그에게는 어린 시절에 대한 별다른 추억도 없을 것이고, 힘들고 지칠 때 포근하게 찾아갈 고향이 없다는 것은 어쩌면 불행인지도 모른다. 그래서인지 그는 내 고향집을 잊어버릴 만하면 한 번씩 찾아오곤 한다.

내가 나서 자란 곳은 눈 닿는 곳이 지평선뿐인 호남평야의 한복판에 있다. 어렸을 적에는 십 리 길을 걸어서 학교에 다녀야 했기에 읍내에 사는 친구들을 꽤나 부러워했다. 그러나 지금은 비 오는 날 황토흙 속에 벗겨진 신발을 더듬어 찾던 기억까지도 새록새록 떠오르면서 즐거운 추억으로 되살아난다. 그러한 고향이 있다는 것이 나에겐 큰 재산이다.

월산국민학교랑, 봉월교회랑. 치성이, 형균이, 용주, 양수, 영식이, 교철이, 준용이, 상문이, 권내, 홍아, 창서. 석현이랑, 현태랑, 상표랑, 영미랑, 선기랑, 옥희랑, 순선이랑, 영숙이랑, 강진이랑. 그리고 희자랑, 창승이랑, 옥진이랑. 또 복천이 아저씨, 춘두 형, 모새바탕, 농장달코. 갯갓, 수리잡, 사거리, 남머리, 새터, 모종, 은성이, 코주부, 감람나무달코, 낵끼질, 점빵, 오다마사탕. 호락질, 횐대기, 작두시암. 손목시계를 산 날부터 왼쪽 팔뚝을 걷고 다니던 영식이 형, 아침 동네 방송에 '새마을 노래' 대신 웬 지고이네르바이젠을 틀어 당황케 하던 종옥이 형, 종옥이 형의 동생 종문이, 하꼬방 할머니, 배꼽쟁이, 노래쟁이, 장수 동생 천수, 영학이, 수건이, 준성이, 철성이, 사또양반, 장성떡, 소방서 종과 달기째, 갈촌, 깔끄막, 신털미 산⋯⋯.

　어느 것 하나 정답지 않은 것이 없다. 그래서인지 내가 쓰는 글은 항상 거기서부터 시작된다.

　「오살댁 일기」도 그런 이야기 중의 하나다.

농촌의 전형적인 인물, 오살댁

　　오산리에서 시집 와
　　오살댁이라 불리는
　　민수네 엄니가 오늘은 입 다물었다
　　서울서 은행 다니는
　　아들 자랑에 해 가는 줄 모르고
　　콩밭 매며 한 이야기 피사리할 때 또 하고
　　어쩌다 일 없는 날에도
　　또 그 자랑하고 싶어 옆집 뒷집 기웃거리던
　　오살댁 오늘은 웃지 않는다
　　아들네 집에 살러간다고
　　벙그러진 입만 동동 떠가더니

한 달 만에 밤차 타고 살며시 내려와
정지에 솥단지 다시 걸고 거미줄 걷어내고
마당에 눈치 없이 자란 잡초들 뽑아내는데
오늘따라 해는 오사게 길고
오살댁 오늘은 입 다물었다*

　우리가 어렸을 적엔 어른들의 이름을 함부로 부르지 않았다. 대신 결혼한 어른들은 그의 부인이 시집 온 지명의 뒤에 '댁'과 '양반'을 붙여서 불렀다. 장성에서 시집 온 사람이 있으면 장성댁(실제 발음은 '장성떡'이라고 불렀다)이 되고, 당연히 그녀의 남편은 장성양반이 된다. 오살댁도 마찬가지다. 그렇게 붙여진 이름이기는 하지만, 사실은 우리 동네에는 오살댁과 오살양반은 없었다. 단지 내가 '오사게'라는 말과 맞물릴 수 있도록 시적인 장치로 그런 이름을 만들었을 뿐이다. 그러나 시 속의 인물만큼은 내가 억지로 꾸며낸 것이 아니다. 실제의 이름을 밝히면 그 아들에게 욕이 될까 봐서 살짝 바꾸었지만 어느 동네에나 '오살댁' 같은 사람은 몇 명씩 있다. 나는 이 시에서 농촌의 그러한 전형적인 인물을 그려 보고자 했다.
　마침 오철수 시인이 이 시에 대한 평을 써서 보내온 것이 있어 대신한다.

　　눈에 선합니다.
　　시에 그려진 오살댁의 모습뿐만 아니라 그가 살아왔을 날들이. 아들 하나 위하여 엔간한 시골살림으로는 엄두도 못 낼 서울 공부 시키고, 그 맛에 온 몸이 삭아가는 줄 모르고 일했을 오살댁의 모습이. 그녀에게 만약 딸이 있었다면 그 딸자식에게 했을 그런 모든 것까지

---

* 이 시를 오창규가 낭송한 것은 음반 《감꽃》에, 박양희가 낭송한 것은 《세월이 가면》에 실려 있다.

눈에 환합니다.

어찌 '콩밭 매며 한 이야기 피사리할 때 또 하고/어쩌다 일없는 날에도/또 그 자랑하고 싶어 옆집 뒷집 기웃거리'기만 했겠습니까. 눈 감으면 떠오르고 좋은 것만 보면 아들 생각이었을 텐데 보지 않아도 알 만하지요. 그도 그럴 것이 오살댁에겐 민수가 인생의 전부였고 그에 대한 기대 전부가 이루어졌으니까. 참말이지 해도해도 다 못할 자랑을 가진 사람입니다.

그래서인지 저는 아들 자랑에 입이 근지러워 못 견디는 오살댁의 심정과 행동거지가 정말이지 마음속에 명료한 그림처럼 그려집니다. 남이 뭐라거나 말거나 자랑하지 않고는 못 견딜 그런 자랑을 가진 사람의 모습, 전형 중의 전형이지요.

그런데 그녀에겐 참말로 견디기 힘든 실망, '아들네 집에 살러간다고' 미련 없이 툭툭 털고 제 자랑을 찾아나섰다가 '한 달만에 밤차 타고' 내려와야 할 사연이 기다리고 있었습니다. 쉽게 추측컨대 고부 간의 갈등 같은 것이겠지요. 왜냐하면 어머니가 곧 아들인 이런 관계를 방해할 수 있는 것은 그것뿐일 테니까요. 그래서 인생은 가장 행복한 사람에게 충고하길 행복에 만취는 불행에 가장 가까이 다가가 있는 상태라던가요…….

어떻든지 그녀는 '살며시 내려'왔고, 탁탁 털고 일어섰던 그 자리에 다시 '솥단지'를 건 것입니다. 예전 같으면 그 솥단지는 자랑을 위해 있었던 것인데 이 장면에서의 솥단지는 그것과는 전혀 다른 의미로. 그리고 오살댁은 '입 다물었'지요. 그날따라 '해는 오사게 길고……'.

오살댁을 통해 본 나 자신

시의 내용에 대한 설명은 오철수의 지적과 내가 이 시를 쓸

때의 느낌이 같으니 더는 말할 필요가 없다고 생각한다. 내가 왜 하필이면 그 많은 이름 중에서 오살댁을 내세웠는가 하면 시의 맨 끝에 '오사게'라는 말을 쓰기 위해서다. 내가 어렸을 적에 잘못한 일이 있으면 꼭 듣던 욕이 '오살헐 놈'이나 '썩을 놈'이었다. 그런데 '썩을 놈'에 맞물릴 만한 마땅한 시어를 찾지 못해서 오살댁을 생각하게 되었다. 그러면서도 내내 찜찜한 구석은 있었다. 오살헐 놈의 본래의 뜻이 '다섯 갈래로 찢어 죽일 놈'이라는 말이기 때문이다. 그러나 꼭 그런 것만은 아니다. 그 당시에 어머니들이 그런 욕을 했을망정 그 뜻을 꼭 '찢어 죽일 놈'이라는 의미로 썼겠는가. 단지 '나쁜 놈'이라는 그런 의미였을 뿐이지.

이러한 내 생각을 눈치챘는지 오철수는 '오사게'와 '오살댁'에 관해서 끈질기게(내 생각에 그는 아마 이것 때문에 내 시에 관한 평론을 쓴 것 같다) 물고 늘어졌다. 내 시에 대한 칭찬의 말이라서 낯뜨겁기는 하지만 시를 쓰려는 사람이 혹 이 글을 읽는다면 도움이 될 것 같아 조금만 더 인용해 본다.

앞의 두 행에 '오산리─오살댁'과 끝의 '오늘따라 해는 오사게 길고/오살댁 오늘은 입 다물었다'에 나오는 '오사게─오살댁'의 맞물림은 가히 감탄할 만한 시적 장치이자 시어를 다루는 탁월한 능력입니다. 왜냐하면 '징하게'로 표현해도 무방할 것을 굳이 '오사게'라고 표현함으로써 이 장치가 얻는 효과는 언어가 주는 느낌의 수미쌍관이고, 또 그 느낌의 수미쌍관이 불러일으키는 효과는 오살댁(혹은 그로 대표되는 인물군) 운명의 지독스러움을 암시하기 때문입니다. 실제 내용상으로도 '오산리에서 시집 와/오살댁으로 불리는' 별로 나아질 게 없는 운명. 그리고 아들 하나를 보고 산 모습(서울서 은행 다니는 아들을 자랑스러워하는 모습)으로 추정해 보다 역시 나아질 게 없는 조건, 게다가 유일한 희망이었던 그 아들과의 어긋남이라는 지독스런 운명과 '오사게 ─ 오살댁'이 맞물립니다.

(사실 제가 여기까지 생각하기 전의 첫인상은 '오살댁'이라는 썩 좋아 보이지 않는 명칭의 느낌이었습니다. 제가 왜 '오살'이라는 언어에 좋지 않은 느낌을 가졌는지는 분명하지 않지만……)

사실 나는 오살댁의 아들 민수의 직업을 처음에 '선생'으로 하려 했다. 우리 부모님은 지금도 고향에서 농사를 짓고 계신다. 생활 때문에 어쩔 수 없다고 변명할 수 있지만, 그런 부모님 멀리하고 '목포에서 선생을 하는 나'나, '서울서 은행 다니는 민수'나 별로 다를 점이 뭐 있겠는가. 나는 이런 '오살댁 일기'를 계속 써 나갈 것이다. 이런 작업을 통해서 내 어린 시절이나 고향에 대한 추억을 더듬어 보고, 지금의 나 자신을 다시 한번 돌아볼 생각이다. 시라는 것이 뭐 별 건가. 결국 자신과 사회를 한번 돌아다보고, 하나씩 하나씩 점검하고 깨달아 가는 작업일 뿐이다. 지금 시골에 가 보면 오살댁 같은 사람들이 많이 있다. 혹시 자신이 민수처럼 '오살헐 놈'은 아닌지 자신을 한 번 돌아보고 넘어 가자.

닷새 동안 품앗이하다 몸살겨 누운
오살댁
공판장에서 허리 다쳐 들어온
오살양반에게 아랫목 내주고
몸빼 줏어 입으며 일어납니다
보일러 놓을 돈 보내준 것으로
올 한 해 효도를 끝냈던 터라
어김없이 전화통은 울리지 않고
민수 서울 가던 날
─오살댁 인자 고생 다혔구만
─오살양반은 고생 끝났당께
동네 사람들 부러워서 던지던 말

귓가에서 쟁쟁거립니다
오살댁
서울쪽 한번 흘끔 쳐다보더니
오살양반 들릴락말락하게
한마디 합니다
……오살헐 놈

―「오살댁 일기 · 3」*

문학은 결국 사람 사는 이야기

　가만히 떠올리면서 웃을 수 있는 고향이 있다는 것은 행복한 일
이다. 구렁이가 산다는 늙은 버드나무, 양장로네 집 앞의 팽나무,
고라실 논, 공동산 옆의 고구마밭, 원철이 동생 상록이, 인간잡초
판수, 방용이, 용철이, 떼보 동윤이, 정길이 형, 상옥이 형, 비암만
잡아먹던 홍섭이 동생 진섭이, 코주부 동생 경덕이, 범진이, 봉래,
희산이, 준치, 꽃패치기 잘하던 영원이, 자치기, 삼각, 깔치기, 말봉,
투망질 잘하던 나자균 선생님, 나연종 선생님, 그리고 똘가에서 긁
어 대던 그랭이……. 모두가 다 정다운 모습이다.
　그러나 이제 그런 모습들은 추억 속에 있을 뿐, 고향에 가서 쉽
게 만날 수 있는 모습들이 아니다. 아이들이 모여들던 큰다리에는
찬바람만 논두렁 쪽으로 횡횡 불어갈 뿐, 아이들 노는 소리는 들리
지 않는다. 다만 마을 회관이나 경로당 앞에 내가 어렸을 적 아저
씨라고 불렀던 사람들이 이제는 할아버지가 되어 앞니가 빠진 얼
굴로 서성거리고 있다. 그들이 바로 '오살댁'이나 '오살양반'인 셈이
다. 경덕이도, 권내도, 소방서집 광출이도, 구대도, 그리고 동네아저

---

* 이 시를 유종화가 낭송하여 《바람 부는 날》에 실었다.

씨들 곗날 우리 아버지가 노래를 못한다고 놀리길래 덤벼들었다가 뒈지게 얻어터진 기억이 아득하게 떠오르는 춘식이 형도 이제 '오살댁'의 아들 '민수'가 되어 떠나가고 없다. 많이 배운 놈일수록 더 멀리 가 있다.

이들 모두가 나에게는 다 소중한 사람들이다. 앞으로 나는 그들의 모습을 하나씩하나씩 그려갈 것이다. 문학은 결국 사람이 사는 얘기고 그들이 사는 모습을 통해서 나를 비춰 보고, 내가 몸담은 세상을 깨달아 가는 일이라고 생각하기에.

책과 음반의 이력

20여 년이라는 세월이 지나는 동안 책의 이름과 내용이 바뀌었음을 밝힌다. 테이프와 CD에 실린 노래와 관련된 글만 골라서 따로 묶은 적이 있고 새로운 내용을 추가하여 개정증보판을 냈기 때문이다. 또 출판사가 여러 번 바뀌면서 생긴 일이다. 음반도 마찬가지다. 《노래로 듣는 시》를 중심으로 필요에 따라 여러 장의 편집 음반을 냈다.

이제 정리본을 내면서 앞서 있어온 혼란스러움을 바로잡기 위해 아래에 그 이력을 적는다.

[책]
* 감꽃(Tape포함) / 세시출판사 / 1995
* 시마을로 가는 징검다리 / 내일을 여는 책 / 1996
* 그리울 때마다 꺼내 읽는다 / 한빛출판사 / 2000
* 바람 부는 날(CD포함) / 당그래출판사 / 2001
* 시마을로 가는 징검다리(개정증보판) / 당그래출판사 / 2003
* 시마을로 가는 징검다리(정리본) / 새로운 눈 / 2018

[정규음반]
* 노래로 듣는 시 / 아세아레코드사 / 1994
  - (1995년, '감꽃'이란 이름으로 Tape만 재출반)
* 언제나 내 마음속에 푸른 하늘이 열릴까 / 아세아레코드사 / 1995

[편집음반]
* 집 나온 시, 길 떠나는 노래 / 노래나무 / 1998
  - (2000년, 지구레코드사에서 재출반)
* 바람 부는 날 / 푸른소 / 2002
  - (2004년, 노래나무에서 재출반)
* 세월이 가면 / 푸른소 / 2002
  - (2004년, 노래나무에서 재출반)

유종화

1958년 전북 김제에서 태어나 원광대 국문과를 졸업했다.

1994년 ≪민족극과 예술운동≫ 봄호에 평론 「노랫말 속에서의 '시인의 몫' 찾기」를 발표하고, 1995년 ≪시인과 사회≫ 봄호에 시 「오살댁 일기」 연작으로 신인상을 받았다.

1994년 시노래(poem-song) 창작음반 ≪노래로 듣는 시≫를, 1996년 시노래해설서 ≪시마을로 가는 징검다리≫를 내면서 작품 활동을 시작했다.

≪언제나 내 가슴속에 푸른 하늘이 열릴까≫를 창작음반으로, ≪포플라 잎사귀보다도 더 작은 사랑≫ ≪교실 밖의 논술 여행≫ ≪시 창작 강의 노트≫를 편저로, ≪집 나온 시, 길 떠나는 노래≫ ≪바람 부는 날≫ ≪세월이 가면≫을 편집음반으로 냈다.

1999년부터 시노래모임 `나팔꽃` 동인으로 활동하면서 북시디(Book-CD) ≪아무도 슬프지 않도록≫ ≪제비꽃 편지≫ ≪너를 향한 이 그리움은 어디서 오는지≫ ≪내가 사랑하는 사람≫을 공저로 냈다.

지은이와
협의하에
인지생략

시마을로 가는 징검다리

초판 1쇄 발행 2018년 3월 3일
초판 3쇄 발행 2019년 9월 5일

- 지은이 | 유 종 화
- 펴낸이 | 이 춘 호
- 펴낸곳 | 새로운눈

- 등록 / 제22-0038호 등록일 / 1989년 7월 7일
- 주소 / 서울 중구 퇴계로32길 34-5(예장동)
- 전화 / (02) 2272-6603 팩스 (02) 2272-6604

값 15,000원